LA TERRE DE CAÏN

LAURENCE INK

LA TERRE DE CAÏN

ÉDITIONS ROBERT LAFFONT

© Éditions Robert Laffont, S.A., Paris, 1996
ISBN 2-266-07508-X

Pour Patricia

L'obsession de l'ailleurs,
c'est l'impossibilité de l'instant ;
et cette impossibilité est la nostalgie même.

Cioran

Ce qu'il y a de grand dans l'homme,
c'est qu'il est un pont et non un but :
ce que l'on peut aimer en l'homme,
c'est qu'il est un passage et une chute.

Nietzsche

PREMIÈRE PARTIE

1

« Matthieu ! »

L'appel déchira le soir, les bruissements s'égaillèrent comme une volée de passereaux ; dans l'enclos, le cheval étira le cou vers le plateau sombre des conifères, adouci par l'ocre du crépuscule qui caressait dans les creux d'ombre les dernières flaques de neige. La terre exhala un soupir d'humus et de glaise.

« Matthieu ! »

L'enfant émergea des broussailles, brossa le devant de sa veste maculée de brindilles et de terre, sans quitter des yeux la silhouette pétrifiée du cheval ; puis avec un haussement d'épaules, il fit demi-tour vers la maison, confondue dans la pénombre des arbres.

D'une seule pièce, le camp de bois rond se ramassait à l'abri du toit, éclairé des deux fenêtres qui en trouaient la façade et du rectangle de la porte ouverte d'où s'échappaient des éclats de conversation.

— Voyons, sers ! On ne l'attendra pas toute la veillée..., fit une voix d'homme, autoritaire.

D'un bond, Matthieu fut sur le seuil.

— Eh bien, où étais-tu ? l'interpella Onésime.

Le regard courroucé de son père clouait Matthieu sur le pas de la porte, son élan retomba, sans force, devant la puissance des mains plaquées de colère sur la table ;

mais les exclamations ravies d'Honoré, le benjamin, qui saluait l'arrivée de la soupe, firent passer sur les visages la crispation d'un fou rire.

La louche à la main, Élise indiqua à son fils la cuvette posée à côté de l'évier.

— Tes mains, vite, et à table...

L'enfant s'assit à la place laissée libre, en face d'Angélique qui, espiègle, lui toucha la jambe du bout du pied.

— Alors, mon garçon, reprit le père, on passe tout droit l'heure du souper ? Où étais-tu ?

— J'étais à l'enclos... Le cheval est beau, vous avez bien choisi.

— Ah ! c'est ça que tu penses, toi ?...

Il toisa Matthieu qui, écarlate, baissa la tête vers son assiette, mais son œil brillait déjà d'une ironie plus clémente.

— En tout cas, il a l'air d'avoir pris le dessus de son voyage, ajouta Luc.

À la gauche d'Onésime, le fils aîné se carrait dans sa jeune autorité virile. Ses dix-sept ans paraient de bonhomie des traits légèrement empâtés, une bouche sensuelle dont les années n'avaient pas encore estompé la vigueur. Un hiver passé avec son père dans les camps forestiers, loin de la maison, lui conférait un prestige contre lequel Matthieu ne pouvait plus lutter. Toutes ces semaines à partager la camaraderie des chambrées, le froid qui, la nuit, gelait l'eau dans les brocs, les jurons, les tablées exténuées autour du bol de soupe, avaient transformé l'adolescent parti à l'automne en un homme à part entière.

À peine les vêtements de bûcherons avaient-ils eu le temps de sécher, lavés de leurs relents de sueur et de résine, à peine Matthieu avait-il épuisé sa joie du retour des hommes, qu'il lui fallait s'incliner devant l'arrogance de son frère. Dix ans, âge fragile et volontaire, balayé par le revers d'une main calleuse. Se lever, écarter la chaise d'un coup de pied, défier la sévérité du père, tout pour ne pas devoir à Luc le relâchement du courroux paternel.

— Mmh ! grommela Onésime en avalant une cuil-

14

lerée de soupe. Mais ça prenait une bonne bête, comme on en a toujours eu à la ferme, pour résister à un si long voyage en bateau depuis Québec. Mon frère m'avait pas menti, c'est du cheval solide. En tout cas, la mère, dit-il à Élise en souriant, nous voilà avec une bête de chez nous...

Elle leva vers lui un visage tiré, fit mine de parler puis pinça les lèvres. Inclinée vers Honoré qui mangeait avec appétit, elle guettait les bouillonnements d'un chaudron posé sur le poêle. Arrêté sur le coin de la chaise, son corps se levait déjà, vers le repas à servir, un ingrédient oublié, un menton à essuyer. Son regard parcourut le tour de la table, s'appuyant sur la vision fugitive de la famille rassemblée dans la quiétude du repas : Onésime et Luc qui parlaient toujours de chevaux, sa fille Marie aux quatorze ans boudeurs, Matthieu... Mais la moue d'Angélique qui, absente, remuait lentement la cuillère dans son assiette, la fit soupirer ; déjà six mois que sa nièce était venue vivre avec eux, après la disparition de son père en mer, mais Élise ne s'habituait pas, comme si c'était le fantôme même de son frère qui partageait désormais leur existence quotidienne. Et pour cela, Angélique lui était plus douloureusement chère que ses propres enfants ; d'un froncement de sourcils, elle lui intima un *Mange !* silencieux et tendre.

La lampe, accrochée à la poutre principale, jetait sur la table une lueur vacillante, arrachait des étincelles aux casseroles pendues au-dessus de l'évier, à l'horloge qui battait les heures, aux poignées du poêle ; rien de capricieux dans le décor, la simplicité des logs [1] aplanies pour bien écraser l'étoupe [2] ; sobriété d'espace adaptée aux froids persistants, charme rude du nécessaire.

Derrière Onésime, s'ouvrait la cuisine d'été, espace encore improbable des chaleurs de juillet, de l'air indolent où bourdonne une mouche, des étagères garnies de conserves et de confitures. À gauche, deux catalognes [3] masquaient les chambres ; à l'angle du fourneau, un

1. Billots.
2. Partie grossière de la filasse, utilisée pour l'isolation.
3. Étoffe dont la trame est faite de retailles de vieux tissus.

escalier grimpait comme une échelle vers le dortoir des garçons. Ici, on préparait les repas, on se tenait au chaud ou à l'abri des insectes, on mangeait, puis, repu, on repoussait sa chaise pour allonger les jambes ; la nuit, on dormait. Dehors était infiniment grand pour le reste.

Pourtant, quelques détails s'entêtaient à glisser dans ce décor austère une touche de grâce, un rien de futilité. Aux fenêtres, les rideaux fronçaient des tissus chamarrés, minutieusement assortis aux linges et aux torchons de cuisine. Une couverture, aux arabesques extravagantes, s'étalait sur la chaise berçante taillée en bois brut, inscription rageuse au cœur du quotidien.

Marie débarrassait ; d'une inclination de tête, elle répondit aux quelques mots qu'Élise lui chuchota à l'oreille et posa sur la table les assiettes fumantes de ragoût.

Avec application, Onésime éponga de son pain la sauce brune qui noyait les dés de légumes et de viande ; tous se taisaient tandis que, posément, la main montait à la bouche, entrouverte et gourmande.

— Faudra aller chercher du canard, c'est le temps, dit-il après un silence.

— Je pourrais y aller, Pa ? Je connais une place, s'écria Matthieu.

— Toi, tu iras ramasser les œufs. Et poser des collets si tu veux. J'aime pas ça te voir avec un fusil, fou comme tu es...

— Mais...

— Écoute ce que dit ton père, Matthieu, coupa la mère. Et ferme la bouche quand tu manges...

Vexé, l'enfant balança vigoureusement les pieds sous sa chaise. Il sentait encore sous ses doigts les corps tièdes des perdrix tuées pendant l'hiver ; à ses narines, l'odeur fade du sang, celle aigre du lièvre qui a peur. Et le soir, la première part de viande que la mère déposait dans son assiette, le goût unique d'une viande qu'on a vue mourir. Le printemps le trahissait...

Mais un cognement à la porte les prit par surprise, comme un courant d'air froid qui claque contre le mur le battant d'une fenêtre.

— Entrez, cria Onésime.

16

Un homme d'une trentaine d'années apparut sur le seuil. Du col de la chemise et des manches jaillissaient des poils en bouillonnements frisés, sous les sourcils touffus, les yeux d'un vert tilleul brillaient d'inquiétude.

— Ah ! c'est toi ! soupira Onésime.

L'homme hocha la tête en chiffonnant sa casquette.

— Alors, ça y est ? remarqua Élise. On arrive, Antonio.

Antonio ne bougeait pas, il gardait les yeux fixés sur Onésime qui terminait une dernière bouchée.

— OK, Tony, respire par le nez ! dit Onésime. Fie-toi sur moi et tout va bien aller. Retourne chez toi, prépare de l'eau chaude et dis à Victoria que je suis là dans un instant.

Sans un mot, Antonio referma doucement la porte, mais dehors, le bruit de sa course claqua sur le sol ; Honoré gardait la bouche ouverte, de la purée coulant sur son menton.

— Vous, les enfants, finissez de manger. Marie, quand tu pourras, tu viendras nous rejoindre...

La voix d'Onésime était posée, mais les mains s'ouvraient et se fermaient en une excitation joyeuse ; il se leva, s'essuya la bouche d'un revers de manche. Dans la chambre, Élise ouvrait des tiroirs, se parlait à voix basse ; elle revint, une pile de linge serrée sous son bras.

— Marie, tu couches Honoré. Toi, Luc, tu restes à la maison surveiller les petits.

Jetant un châle sur ses épaules, elle emboîta le pas d'Onésime.

Il fallut plus d'une heure à Matthieu et à Angélique pour échapper à la surveillance des aînés. Une heure de reptation silencieuse vers la porte, de mines innocentes. Une fois dehors, ils étouffèrent un fou rire.

De même âge, ils étaient d'une ressemblance troublante, comme deux vieux époux lissés par l'habitude. Un air malicieux, une bouche très dessinée. Mais dans les yeux d'Angélique passaient des éclairs presque adultes dont un léger strabisme gardait l'empreinte, sa peau fine et pâle laissait transparaître de subites rougeurs. Matthieu dépassait sa cousine d'une demi-tête, ou du moins la robustesse qu'il tenait de son père en donnait-elle l'illusion. Des paillettes dorées éclaircissaient ses yeux verts, comme une fougère balancée par le vent.

Le ciel était complètement dégagé et, à l'horizon, s'élevait un mince croissant de lune. La tête rejetée en arrière, Angélique regardait les étoiles qui vibraient, éparpillaient leurs scintillements en une poussière de grêle, ou, plus loin, s'agrégeaient en voile lactescent. Soudain un trait lumineux griffa la nuit.

— Tu l'as vue ? fit-elle en enfonçant ses ongles dans la paume de Matthieu. Fais un vœu, vite !

Elle ferma les yeux avec tant de force que tout son visage en parut chiffonné.

— Je l'ai ! dit-elle. Et toi ?

Il n'avait pas eu le temps ; dans sa tête, il n'y avait eu qu'un brouhaha confus, traversé de phrases incohérentes.

— Qu'il y ait beaucoup de canards, fit-il d'un trait.

Elle le regarda, navrée, et il se mordit les lèvres.

— Non, heu ! que ton père...

— C'est trop tard, coupa-t-elle en haussant les épaules.

— Allez, viens ! On va voir ce qu'ils font.

La prenant par le bras, il la força à courir.

L'Anse-aux-rivières n'était pas un village, pas même un hameau. À quelques centaines de mètres du Saint-Laurent qui avait déjà à cette hauteur de la côte des humeurs marines s'ouvrait la surface défrichée d'une clairière, couchée le long d'une rivière qui bruissait dans le silence de la nuit. À l'abri du plateau qui protégeait de l'aspiration du large, un rempart de troncs et de branches immobiles cernait ce lieu écarté, lui conférant le caractère déraisonnable d'un rendez-vous de sorcières. Seulement deux maisons y étaient posées, les façades dressées vis-à-vis, aussi éloignées l'une de l'autre que le permettait l'espace volé à la forêt, comme si, tout en recherchant l'intimité de la cohabitation, on eût voulu cependant marquer ses distances. La maison d'Antonio était la plus récente ; après deux ans les poutres semblaient encore luire du vernis de la sève. Sur la pointe des pieds, les enfants en avaient fait le tour jusqu'à la fenêtre de la chambre d'où s'échappaient des gémissements, la résonance modulée d'une cuvette pleine d'eau qu'on heurtait. Le plancher tremblait sous des pas précipités.

— Bâtard de bâtard, ô Sainte Misère... grondait la voix d'Onésime.

En vain s'accrochaient-ils au rebord, toutes leurs forces étirées vers les ombres qui dansaient au plafond. La curiosité cédait la place à une terreur sacrée, l'exigence de voir ce qui se devine. À deux, ils parvinrent à rouler le lourd billot sur lequel Antonio fendait son bois et s'y perchèrent, le souffle court, cramponnés l'un à l'autre.

— C'est-tu possible ! Allez, pousse, pousse, la mère, grommelait Onésime, dont ils ne voyaient que le dos.

La chemise était tendue sur les épaules, les manches roulées au-dessus des coudes. Livide, Antonio s'appuyait au mur ; par secousses, sa main effleurait son front, puis retombait dans un signe de croix inachevé, les lèvres psalmodiant une litanie silencieuse.

Un hurlement s'éleva du lit, une plainte inarticulée qui plaqua les enfants l'un contre l'autre. Élise se tourna vers la fenêtre, pour mouiller le linge dans la cuvette, mais son regard glissa sur eux. Derrière elle, une tête s'agitait de droite et de gauche, des cheveux roux collés au front par la sueur ; enfoncé dans la bouche, un bout de tissu rouge, qui étouffait les accents plaintifs d'une lamentation. La vie s'ébrécha, aspirée par ce visage sans âge, effaçant tous les souvenirs connus de Victoria, la femme enjouée et câline d'Antonio.

Onésime se redressa avec lenteur, s'essuya le front. Il y eut un instant de silence, puis les gémissements reprirent.

— On n'y arrivera pas comme ça.

Voix métallique, sans tonalité.

— Et puis, si on attend trop, le petit va en prendre un coup.

La main d'Antonio ébaucha un geste vers le front, qu'un regard haineux d'Onésime arrêta net.

— Non mais ciboire ! vas-tu nous sacrer la paix avec tes singeries...

— Onésime, je t'en prie, supplia Élise.

— Allez ! au travail, mon garçon, reprit-il d'une voix

19

contenue. Victoria, je n'ai pas le choix, il va falloir que je t'endorme avec le remède que le Père m'a donné, pour pas que tu pâtisses trop. Toi, Tony, tu la prends sous les bras et tu tires, Sainte Misère ! Attends, pas comme ça, je suis pas bien placé, mettons-la en travers...

Piétinements, allées et venues si rapides que seuls surnageaient des soubresauts de dos. Des pieds nus, des jambes, puis la robe retroussée sur le ventre gonflé, obscène.

Instinctivement, les enfants baissèrent la tête, s'accroupirent au pied du mur. Un grand bruit, comme un corps jeté au sol, les grincements du lit ; Victoria ne gémissait plus.

— On y va, dit Onésime. Allez, ho ! ho ! C'est bon, allez, disait-il, la voix essoufflée comme sur une côte, pour encourager le cheval à tirer les billots.

— Tu as froid ? chuchota Matthieu à Angélique qui tremblait.

— Non. Ils lui font mal, tu crois ?

— Non, je ne crois pas, répondit-il avec une feinte assurance.

Des sons étouffés, toujours les ho ! ho ! du père ponctuant ses efforts. Le ciel commençait à s'obscurcir, comme un rideau tiré sur les étoiles du côté du large.

— Qu'est-ce qu'ils font maintenant ?

Il ne répondit pas. Mais un brusque silence le haussa à nouveau jusqu'à la fenêtre. À genoux sur le lit, Antonio tenait sa femme sous les bras ; de larges auréoles tachaient sa chemise. Assis par terre, les deux pieds calés contre la base du lit, Onésime se cramponnait de toutes ses forces au ventre de Victoria.

— Qu'est-ce que tu fais là, maudit garnement ? s'écria Marie, qui surgit derrière Matthieu. Allez, retournez à la maison ou je le dirai aux parents...

Ils allèrent se cacher au pied d'un grand pin sombre ; la porte claqua sur une rumeur confuse.

— Elle va mourir, elle va mourir, se lamenta Angélique.

Maladroitement, il la prit dans ses bras. Il la sentait tressaillir contre lui, il n'y avait rien à dire, que la peur et la tristesse obstruant sa gorge.

Soudain, un cri nouveau lui fit tendre l'oreille ; faible et entrecoupé s'élevait le vagissement d'un bébé.

— Ben voyons ! Vas-y, call[1]-nous ça un bon coup. Mais oui, mon bonhomme, c'est comme ça que ça commence...

Onésime était radieux ; ses mains tenaient délicatement le petit corps violacé, qu'il éleva à la hauteur de son visage, comme une offrande.

— Te voilà parmi nous, mon garçon. T'auras pas le choix de t'habituer...

Puis se tournant vers la forme de Victoria, allongée sur le lit :

— T'as bien fait ça, ma noire ; mais j'ai failli avoir peur.

Et il éclata d'un grand rire qui le secoua comme un spasme. Le bébé hurlait à pleins poumons ; Antonio souriait d'un air idiot et, posant la tête dans le cou de sa femme, éclata en sanglots. Doucement, Élise le fit descendre du lit et il s'appuya au mur avec des larmes qui ruisselaient sur son visage.

Fasciné, Matthieu regardait les mains de son père qui, lentement, palpaient le bébé. Des paumes larges, et rouges du dedans comme une viande saignante, les doigts forts. Des mains pour saisir, tirer sur les cordes sans s'écorcher, abattre la hache, tordre d'un geste le cou d'un poulet. Mais les pouces surtout étaient extraordinaires ; la base en était ronde et charnue, l'articulation souple, les ongles carrés et très courts. Matthieu avait déjà observé la métamorphose des doigts de son père, des doigts de guérisseur, soudain délicats et voltigeants, déchiffrant l'invisible de la douleur ; mais cet être minuscule abandonné à des mains si puissantes était terrifiant. Un pouce s'arrêta à la base du cou, à l'attache de l'épaule une pression brève et nette ; les cris perdirent de leur vigueur. L'expression d'Onésime était absence ; tout autour, les gestes étaient suspendus, la vie n'avançait plus. Et puis les mains se détendirent, prirent une longue inspi-

1. Émettre avec force un cri d'appel.

ration qui monta au visage. Ouvrant les yeux, Onésime sourit.

— Alors, Tony, tu caches tes bouteilles ?

Ce fut le signal de la fête, la rupture de l'embâcle[1] qui submergea les hommes et les trempa d'ivresse.

Cherchant la fraîcheur de la nuit, Onésime surprit Matthieu et Angélique, accroupis au côté de la porte, comme deux levrauts immobilisés dans un faisceau de lumière. Il posa sur leurs têtes ses deux mains grandes ouvertes puis, d'un geste tendre, les saisit par l'oreille.

— Allez, les mousses, ce soir, c'est la fête, on a un nouvel invité. Rentrez au chaud...

Marie avait apporté du ragoût, même Matthieu, toujours affamé, eut une petite part ; le temps flottait dans une bulle.

— Dino, Dino, répétait Antonio d'un air extasié. Oui, l'appeler comme ça, oui. C'est beau, non ?

Il agrippa Onésime par le poignet ; sa voix, à la fin des phrases, s'élevait, comme un envol.

— Coudon[2], donne-lui un nom de chrétien ! Je sais pas, moi, Théodore, Eugène... Tiens, François ! C'est un beau nom, ça, François. François Mattioni...

— Non, Dino. Dino Mattioni.

Antonio regardait au loin, l'air déjà légèrement ivre. Devant lui, le verre de fort[3] était à peine entamé, il n'avait pas touché à son assiette.

— Tu sais, s'il était né là-bas, il y aurait eu toutes les femmes, et puis les hommes aussi. Assis dehors, sous le soleil. C'est déjà l'été là-bas, le soleil chaud, chaud sur le visage et puis, dans la gorge, chaud aussi le vin. Tu sais pas, toi, le vin là-bas. Noir, fort, dedans c'est le soleil...

— Allons, Tony ! c'est le soleil ici aussi. Et puis, on est tous là... Ça fait pas une grosse gang, ajouta-t-il en embrassant la pièce du regard. Mais c'est la fête quand même !

1. Amoncellement de glaçons ou de bois flotté qui obstrue un cours d'eau.
2. Écoute donc.
3. Alcool (whisky, gin, rhum...).

22

L'expression d'Antonio resta une seconde perdue dans le souvenir, empoissée de nostalgie. Puis la joie retomba sur ses pieds, et il se mit à rire, doucement, comme devant une scène revenue du passé dont n'est saisi qu'à l'instant le comique irrésistible.

— Tu sais, si j'avais su... Le petit Dino si dur à venir, si lourd à tirer, plus lourd que les grosses épinettes... Alors peut-être j'aurais jamais quitté le bateau ?

— Jamais tiré Victoria non plus...

Et ils éclatèrent d'un rire venu du ventre qui leur fit monter les larmes aux yeux, qui frappa les murs, emplit la pièce jusqu'à l'étouffement. Jamais, non jamais, Matthieu n'avait vu son père rire ainsi, ses mains claquant sur ses cuisses, toute sa puissance éclatée dans la joie, même après qu'Élise, du seuil de la chambre, leur eut fait signe de baisser le ton. Et il eut peur, un peu, puis chaud ; il eut envie de dire quelque chose, de prendre part au grand rire de son père ; mais il resta muet et immobile, les yeux écarquillés. Il aimait vraiment beaucoup Antonio.

Les deux hommes ne se ressemblaient pas. Sur le visage d'Onésime, les expressions venaient lentement. Le front large se dégarnissait aux tempes, des fils blancs et argentés poivraient les cheveux bruns. Sous les arcades sourcilières, très marquées, un regard embusqué, scrutateur, débordé par des fulgurances de tendresse ; pas de cou, un corps d'une seule pièce. Chez Antonio, au contraire, rien ne retenait le sérieux ; ni le reflet bleuté des joues, ni les fines rides autour des yeux. Une mobilité dans le visage, une effervescence propre à l'enfance. Sans y penser, Matthieu rangeait Antonio dans la classe des « autres », ceux qui, bien qu'adultes, chahutaient, rivalisaient de vitesse ou d'adresse, des presque-enfants ; et même s'il s'était souvent fait gronder par la faute de ce grand frère que Luc n'avait pas été, il ne lui en avait jamais gardé rancune.

Ce qu'il aimait d'Antonio aussi, c'était toute la musique qui l'entourait, mélodies enlevées et gaies dans une langue étrange et harmonieuse. Quelquefois, alors que rien n'était différent, Antonio s'arrêtait au milieu d'un rayon de soleil et la main posée sur le cœur, entonnait un air qui saisissait la nuque d'un frisson. Onésime s'appuyait sur la bêche ou la hache, Victoria sortait sur le pas de sa porte, les enfants suspendaient leurs jeux. Tout autour, les arbres et le ciel, l'immensité verte et lisse, et la caresse du vent qui effleurait le visage. La vie devenait forte et pleine comme une pierre, épaisse à respirer ; il eût fallu coller tout son corps contre un arbre, contre la terre, laisser l'éclair descendre dans le sol, noyer le feu dans les cailloux et le sable. Mais ils restaient là, sans mots ni souffle, à laisser tournoyer la peine et la joie.

Le chant finissait dans un soupir, Antonio saluait, et, jusqu'au crépuscule, les gestes étaient sans force.

Là-bas, il avait été ténor, avait un jour expliqué Onésime. Alors Matthieu avait vu la place du village dont Antonio lui avait parlé, les hommes et les femmes immobiles, avec le soleil qui frappait les murs de pierre. Mais la musique qui enveloppait Antonio, le précédait comme une voile faseye au vent du large était le plus souvent alerte, mosaïque de chansons et d'airs sans paroles. Au printemps, quand le passage des oies présageait le retour d'Onésime, de Luc et d'Antonio, Élise envoyait Matthieu les guetter sur le plateau qui surplombait le fleuve. Tout l'horizon s'élargissait dans le chatoiement des eaux, et certains jours, dans la transparence lumineuse de l'air, se dessinait la ligne mouvante de la Rive Sud. Sur la gauche, le plateau s'étirait et glissait dans la mer, les cimes drues des conifères masquaient le bord de la baie. Au large parfois passait un schooner qui suivait les vents avant de couper vers la Gaspésie, la coque à fleur de vagues. Des goélands criaient, se pourchassaient ; les heures passaient une à une, jusqu'au jusant de la marée, toute l'attente de l'hiver où la séparation s'était épaissie d'inquiétude, de l'absence de nouvelles, agglutinée en une tension insupportable de peurs et d'espoirs.

Et voilà que, porté par le vent, arrivait l'écho d'une musique, à peine perceptible, puis de plus en plus distincte. Au-delà du martèlement du sang, Matthieu tendait l'oreille, jusqu'à distinguer chaque note de la mélodie, les yeux fixés sur l'eau noire. Alors, prenant les jambes à son cou, il courait prévenir sa mère ; bientôt, les canots seraient là.

— Tu vas descendre avec moi pour voir le prêtre ?

Une nuance de crainte et d'hésitation dans la voix d'Antonio tira Matthieu de sa rêverie.

— On a le temps. Même si on va à la Réserve [1], c'est trop long, deux jours en canot pour le petit, répondit Onésime en repoussant son assiette.

— Attendre ? Mais lui si petit, si faible, sans le baptême de Dieu...

— Tout ira bien, Tony, crois-moi. Loin de tout comme nous autres, si Dieu ne nous regarde pas, avec ou sans les prêtres, alors ça n'a pas de bon sens...

Antonio poussa un soupir, déchiré entre la foi et le doute.

— À l'Ascension, je te promets, dit Onésime. Si la Robe noire [2] n'est pas venue, nous descendrons à la Réserve.

— Peut-être, si tu allais le chercher ? intervint Élise venue s'asseoir avec eux. C'est pour lui un voyage de quelques jours, mais, avec toi et pour un baptême, il acceptera de venir jusqu'ici, j'en suis sûre. S'il arrivait un malheur...

Elle se mordit les lèvres, mais les mots résonnaient déjà dans le silence de la pièce.

— Mais vous n'avez donc que de la peur ? Quel malheur ? Cet enfant est vigoureux et fort, il n'arrivera rien, je vous dis ! Allez, ressers-moi de ta petite liqueur de Saint-Pierre, Antonio. Et souris, Sainte Misère... Le petit vient à peine de naître et, déjà, vous voulez l'enterrer.

Élise et Antonio, le visage fermé, baissaient la tête. Onésime se leva pour se servir à boire, remit une bûche dans le poêle, qui s'enflamma avec un pétillement sec.

— Vous faites quoi de la Providence ? Elle sert à rien, votre maudite Providence, sans les prêtres pour vous tenir la main ? Quand t'as sauté du bateau dans l'eau frette, hein ! elle était avec toi ou non, la Providence ?

1. Village indien.
2. Prêtre missionnaire chez les Indiens montagnais.

25

Il parlait d'une voix cinglante mais, dans les yeux, au coin de la bouche se lisait plus de lassitude que de colère.

— Oui, tu as raison.

Antonio s'étira, vida son verre d'un trait.

— C'est quoi, l'histoire du bateau ? demanda la petite voix d'Angélique.

— Tu connais pas, non ? dit Antonio, soudain guilleret.

— C'est vrai ! On n'en a jamais parlé depuis qu'elle est là, dit Onésime.

Il y eut autour de la table un brouhaha de chaises, on s'accouda, on se racla la gorge. Onésime allongea les jambes jusqu'à toucher celles d'Élise qui lui sourit ; Matthieu, assis par terre à côté du poêle, posa son menton sur ses genoux tandis qu'Antonio attendait le silence.

— Dans mon pays, commença-t-il, très loin, très loin d'ici, plus loin que le bout du fleuve, après la mer...

Il y avait un village, un village d'Italie comme bien d'autres à l'intérieur des terres. Une petite place avec une fontaine et des rues si étroites qu'elles restaient fraîches même en plein midi, sombres et sonores. L'hiver, il n'y avait presque jamais de neige ; c'était si rare que, quand il en était tombé moins épais que la semelle d'une chaussure, les mères appelaient en vain les enfants pour la soupe. Ils jouaient dehors, jusqu'à ce que le beau tapis blanc ne fût plus qu'une boue grisâtre et molle.

C'était le pays des parfums, tellement forts parfois qu'on en était étourdi. Et même les jours d'été où le soleil était si écrasant qu'on restait assis, à regarder l'air trembler, le crépuscule était alourdi de fatigue, avec toutes ces odeurs violentes à respirer, à comprendre ; odeurs d'hommes, sueur et désir, celles des bêtes, chiens qui haletaient au pied d'un arbre, moutons dont le goût de laine restait longtemps en suspens après leurs passages, et puis les notes délicates, poivrées, écrasantes, sucrées, sèches, de la Nature qui foisonnait. Tout était comme une figue : les gens, la lumière, les odeurs ; un peu rêche au premier contact des lèvres, mais déjà la saveur de miel s'échappant de la peau crevassée, gorgée de soleil.

Et surtout, au milieu du village, il y avait l'Église. Le dimanche, les cloches sonnaient à toute volée, et le parfum de l'encens s'élevait en nuages, capiteux et piquant. Antonio, tout jeune, aimait cela, les bancs en bois qui se remplissaient de silhouettes habillées de noir, les bruits étouffés, les couleurs des vitraux qui dansaient sur le sol de pierre. L'orgue se mettait à jouer et il chantait de toute la force de ses poumons, haletant à cause de l'émotion.

Un jour, un monsieur était venu vers Antonio à la sortie de la messe ; c'était un Rinetti, le cousin ou le neveu, un qui venait de la ville. Il avait aimé sa voix, une belle voix de futur ténor, avait-il dit. Il avait proposé de l'emmener dans la grande ville.

C'était une chance inattendue.

Alors Antonio avait quitté son village ; c'était en 1914. Mais à peine s'était-il habitué à la foule, aux bruits, aux lumières de la ville, que la Grande Guerre avait éclaté.

La guerre, c'était une drôle d'histoire...

— À ce moment-là, dit-il à Angélique, tu n'étais pas encore née. Mais moi, j'étais un homme...

Oublié, le chant ; il avait fallu partir au nord pour se battre avec des gens d'un autre pays.

Après quatre ans de guerre, le protecteur d'Antonio avait disparu, et beaucoup de sa famille étaient morts aussi. Il y avait eu tant de peurs, trop de choses qu'on ne pouvait raconter mais qui fourmillaient dans la tête ; c'était trop tard pour retourner au village.

Alors, il avait entendu parler d'un homme riche, qui achetait du poisson au Québec pour le revendre en Europe ou au Brésil. Il envoyait souvent des bateaux qui revenaient, quelques semaines plus tard, les cales pleines de morue séchée. Antonio s'engagea pour un voyage ; après, il reviendrait au pays et tout serait plus clair dans sa tête.

Mais sur le bateau, c'était pire que l'enfer, pire encore que la guerre. La mer le rendait malade, il était tout le temps malade. Il fallait travailler sans cesse, à la grosse chaleur, charger la chaudière jusqu'à épuisement, jusqu'à sentir sa peau coller aux os. Il ne savait plus depuis quand ils étaient partis, ni où ils étaient, mais il était sûr que s'il restait encore longtemps sur le bateau, il allait vraiment mourir.

Il y avait eu une très grosse tempête, des jours et des nuits avec le ciel tellement noir que, au bout des bras, les mains s'effaçaient, et le vent si violent sur le visage que toute la peur restait au-dedans. Le capitaine avait décidé de changer de cap, pour se mettre à l'abri, mais, en réalité, c'était le vent qui les emportait quelque part.

Brusquement, une nuit, tout s'était arrêté. Les étoiles s'étaient mises à scintiller avec fureur, l'eau clapotait en petites vagues le long de la coque ; assez loin devant eux, brillait une lumière, une grosse lumière jaune et clignotante. Le capitaine avait dit qu'ils n'étaient pas sur la bonne route, qu'il fallait faire demi-tour ; alors, en un éclair, Antonio avait couru sur le pont et sauté par-dessus bord sans réfléchir ; du côté de la lumière, ça ne pouvait pas être pire que sur le bateau. Et puis, il y avait la Providence.

Avec la Providence, il avait nagé, il s'était laissé porter par les vagues, il avait cru se noyer, de toute cette fatigue et ce désespoir. Il ne se souvenait plus combien de temps cela avait duré, mais, à un moment, les vagues l'avaient déposé durement dans une crique pleine de rochers.

Il faisait jour. Il ne voyait plus la lumière et, de chaque côté, il n'y avait que des étendues de sable et de galets coupées de hautes falaises qui plongeaient dans la mer. Dès qu'il avait pu, il avait marché avec l'espoir fou d'arriver quelque part, il ne savait où... Et puis, alors que le soleil se couchait en face de lui, il avait aperçu, dans l'ombre d'une baie, quelques maisons et la pointe d'un clocher.

Après, tout avait été facile ; ce n'était qu'un village de pêcheurs au bord du fleuve, mais il y avait trouvé sa place. Il avait rencontré Victoria, et Onésime Roy qui était devenu son ami. Mais dans le début des années vingt, la pêche était de plus en plus difficile, surtout pour ceux qui devaient s'engager sur le bateau des autres. Quand la famille Roy avait quitté le village pour défricher un coin de terre, à une soixantaine de milles à l'ouest, il avait hésité, parce que c'était loin et pauvre ;

mais finalement, après deux ans de discussions, Victoria l'avait convaincu, elle disait qu'elle voulait un espace neuf pour leurs enfants à venir. Et ils étaient venus bâtir la deuxième maison au bord de la rivière.

— Voilà, c'est comme ça, dit-il.

La bouteille sur la table était à moitié vide. D'abord hésitante, trébuchante, sa voix s'était déployée au cours du récit, de plus en plus claire, mélodieuse. Vers la fin, il y avait bien des mots que Matthieu n'avait jamais entendus, qu'il ne comprenait pas. Mais il connaissait si bien l'histoire, il l'avait entendue raconter si souvent, qu'il pouvait passer au-dessus des mots et se l'imaginer à sa façon. C'était comme un rêve, avec toutes ces images qu'il devait inventer, les unes à la suite des autres. Les maisons de pierre, les troupeaux qui descendaient des montagnes, le petit fromage sec et fort qu'on mangeait avec du pain et de l'ail ; et aussi la ville avec le port, les bateaux accrochés au quai, les cris et les visages. Un jour, il irait, il marcherait dans les rues pleines de soleil, il parlerait la drôle de langue d'Antonio qui roulait et sonnait fort.

— Et aujourd'hui c'est Dino... dit Antonio.

— Un beau garçon, oui, vraiment un beau garçon, fit Onésime. Tu vas voir, il sera plus grand que toi, il aura des cuisses grosses comme des pitounes [1] et des poings... plus gros que les miens !

Et il tapa violemment sur la table en riant fort. Élise lui fit signe, un doigt sur les lèvres, mais elle aussi riait, de tout le visage. Antonio se leva d'un bond, du regard il interrogea Élise...

— Vas-y. Mais regarde, simplement...

— Et Sainte ! Ça me rappelle des souvenirs, fit Onésime. Tu te souviens pour Luc, cette grande misère ? Et maintenant c'est tout un morceau d'homme...

Penché vers sa femme, il la regardait droit dans les yeux ; elle rougit, émue.

— Musique, musique maintenant, il faut, dit Antonio sortant de la chambre et tournant sur lui-même comme un danseur.

_____

1. Troncs de bois à pulpe.

— Je peux aller chercher Luc, avec sa musique à bouche[1] ! s'écria Matthieu.

— Ça va faire beaucoup de bruit, remarqua Élise.

— Un peu, juste un peu, dit Antonio. Tellement versé de la bouteille du Monseigneur qu'elle va dormir fort maintenant. Et Dino, très bon, très bon pour lui !

— Allez, vas-y, dit Élise à Matthieu, en retenant mal le rire qui pétillait dans ses yeux.

---

1. Harmonica.

2

Pour Matthieu, l'Anse-aux-rivières était plus qu'un lieu coincé d'un côté par l'eau, de l'autre par la forêt rendue impénétrable par l'effervescence végétale ; mais un grand monde où vivaient ensemble les arbres, l'hirondelle nichée sous le toit, le grand marsouin blanc caché dans le ventre du fleuve et la modeste communauté humaine. Le pays d'Antonio, le lointain du Bois où disparaissaient les hommes le temps d'une saison étaient des terres inconnues mais aussi familières que le Ciel dont parlait Élise, avec ce Dieu qui suivait d'un regard plein de rayons les enfants, du haut de son nuage. Dans cet univers très vaste, les peurs n'étaient que des visions échappées des contes ; Bonhomme Sept-Heures[1] sur le pas de la porte, l'esprit de lune qui rôdait au bord de la rivière, le grand Serpent de Mer dont la gueule béante guettait les petits garçons imprudents.

Il y avait bien eu sa grande frayeur à leur départ du Village pour venir à l'Anse, quand il n'était encore qu'un très jeune enfant. Les canots de bois, si chargés que les plus fortes vagues ruisselaient sur la toile enveloppant les ballots, tous les voisins rassemblés sur la

1. Personnage fantastique qui mange les petits enfants qui ne se couchent pas à l'heure dite.

grève, les cris : « Soyez prudents ! », « Si ça fait pas, revenez-vous-en. » Alors, ils avaient piqué vers le large. Non, ce n'était tout à coup plus le même fleuve que celui qui était couché jusque-là devant les fenêtres des maisons. Cinq ans après, Matthieu sentait encore en lui cette surprise, la crispation du ventre, la langue soudain pesante dans la bouche, quand ils avaient frappé la houle creusée sous la coque, éparpillée en embruns qui les trempaient des pieds à la tête.

— Tu as peur, Matthieu ? lui avait dit Onésime, avec un sourire malicieux.

Son père savait ; il les guidait avec fermeté vers un coin de baie qu'il avait choisi, où de ses mains il avait construit leur maison, une maison qu'ils n'auraient pas à partager avec une autre famille comme au Village. Alors la peur, ce jour-là, s'était adoucie de l'attente émerveillée de ce qui venait.

À l'Anse, c'était un pays neuf qui se dévoilait à lui à chaque éclatement de saison et s'il ne dépassait guère la limite des battures, ni la bande de forêt éclaircie où Antonio et Onésime allaient couper le bois de chauffage, l'immensité s'ouvrait encore vers le haut, vers le ciel dont les nuages s'effilochaient aux cimes. Dans cette vie-là, bien sûr, il ne mourait personne.

Mais la naissance de Dino avait ouvert la porte aux inquiétudes, aux aléas d'une existence que les prières protégeaient en vain ; un nouvel être devait prendre sa part d'espace.

Cela vint lentement, comme l'érosion d'un filet d'eau sur une dalle de pierre. Tout d'abord, rien ne changea vraiment ; il y avait l'hiver, avec la vie repliée autour des femmes, dans la chaleur du poêle, la clarté des lampes qui tenait à distance les nuits si froides que l'Anse devenait une île détachée du monde. Alors Victoria et Élise ne se quittaient plus ; ensemble, elles préparaient les repas, travaillaient au métier à tisser. Dino passait d'un bras à l'autre sans étonnement, l'absence des hommes effaçait la frontière entre les familles. Parfois, cependant, quand les enfants rassemblés autour de la table apprenaient à lire et à écrire sous la surveillance de Marie, les deux mères rapprochaient leurs chaises et, tête contre tête, chuchotaient longuement avec des mines soucieuses.

Aux côtés de Victoria, façonnée pour les rudes travaux et l'enfantement, Élise paraissait frêle. Sous les cheveux noirs, un visage en lame de couteau, nez droit et mince. D'elle émanaient une détermination troublée d'une délicatesse presque maladive, un charme indéfinissable qu'exprimaient les mains, longues et souples, mais qui certains jours reposaient inertes sur ses genoux, dans ces moments immobiles au bord de la fenêtre, dont tous se trouvaient coupables dans le secret de leur cœur. Aux yeux des étrangers, Élise était une femme pétillante, toujours active, dont ils emportaient le sourire légèrement moqueur, l'acuité du regard qui imposait le silence, comme une brume d'automne montant du fleuve. Mais plus tard, quand ils s'y attendaient le moins, apparaissaient dans leurs rêves, derrière leurs paupières closes, l'arrondi du chignon sur le cou, le visage penché comme à confesse, l'expression inquiète qui laissait penser qu'elle n'était pas d'ici.

Certes, elle venait d'ailleurs, de la rive sud près de Québec, mais qui eût pu se vanter, sur la côte nord, d'être né de cette terre. Venus « d'en bas », « des îles », « d'en face », tous se mélangeaient et finissaient par prendre, au contact de cette contrée sans cesse mêlée à l'eau et balayée de vent, un air de famille. Grâce à sa mère institutrice, Élise avait reçu une éducation scolaire dont peu avaient bénéficié dans la région ; mais sa singularité était d'une autre nature, comme si parfois elle s'enfonçait dans un monde qui n'appartenait qu'à elle et dont personne ne parvenait à la distraire. Plus l'hiver avançait, plus elle s'étiolait, consumée par une tourmente dont nul ne savait rien.

Et puis les trois hommes revenaient et, de nouveau, le hameau reprenait vie. Ils arrivaient avec leurs rires et leurs voix sonores, ils lançaient les enfants au bout de leurs bras ; et, avec l'argent de l'hiver, ils allaient en canot jusqu'au Village pour acheter des vêtements et de la nourriture.

Mais le premier cri de Dino avait ébranlé cet équilibre précaire ; sous l'apparence des mêmes gestes, la fêlure était là, ineffaçable, comme si l'on eût marché sur la pointe des pieds.

À deux ans, Dino tomba gravement malade ; une brusque poussée de fièvre, qui en quelques heures le rendit méconnaissable, les yeux enfoncés dans les orbites, la respiration sifflante. Éperdu, le hameau retint son souffle, le silence s'épaissit autour du petit lit, unissant adultes et enfants dans une même solitude. Plus de rires, plus de chansons, les femmes agenouillées récitant leurs chapelets, les hommes rasant les murs et se concertant à voix basse.

Une nuit, des éclats de voix montant de la cuisine tirèrent Matthieu du sommeil.

— Je ne peux plus. Tu ne comprends pas ? Je ne peux plus..., disait Élise.

Sa voix tremblait, comme la jambe du cheval après une chute.

— Tu ne peux plus quoi ? répondit Onésime. Tu portes déjà un deuil qui n'est pas arrivé. Dino est vigoureux, il va prendre le dessus...

— Mais...

— Te voilà encore avec tes « mais ». « Mais » demain, de quoi sera fait ? Tu ne trouves pas qu'il y a assez de vrais malheurs, sans appeler les autres ? Nos enfants sont bien-portants. Avec Angélique, on a été chanceux, c'est une bonne petite. Tu t'inquiètes trop.

— Mais tu n'as pas d'imagination, toi. J'ai peur de tout ce qui rôde ici ; même si on crie, personne ne répond, jamais. J'ai cru que, avec le temps, je pourrais m'habituer ; quand notre petite Pauline est morte, je l'ai accepté. Mais je n'accepterai pas de regarder mourir un autre enfant, sans rien faire, même si ce n'est pas le mien...

— Et tu voudrais faire quoi ? Même au Village, il n'y a pas de médecin.

— Mais il y a un prêtre ! Lui sait...

— Sainte Misère, les prêtres ! Ah ! oui, parlons-en. Ils savent tout, ils connaissent tout, ils dirigent tout. Tu ne peux pas tousser sans qu'ils y voient un blasphème. Pas une cenne noire [1] qu'ils ne contrôlent ! Tiens, je les vois d'ici : alors, monsieur Roy, la petite famille va bien ? Honoré serait certainement heureux d'avoir un petit frère. Au fait, mon bon Onésime, n'oubliez pas les quelques sous pour décorer l'église...

— Tu es injuste. Sans les prêtres, on serait oublié de tous. Tu sais bien que, au Village, c'est grâce au prêtre qu'à la disparition de mon frère sa famille n'est pas morte de faim. C'est grâce à lui que les pêcheurs ont eu des aides pour payer leurs bateaux. Dis plutôt que tu ne supportes pas qu'on te critique. Voilà pourquoi tu aimes tant cela ici, personne ne te dit rien. Tony ne jure que par toi, et les enfants !

Doucement, Matthieu s'était approché du haut de l'escalier. Il apercevait sa mère, assise sur la chaise berçante, les jambes repliées sous elle, enveloppée dans la couverture.

— Non, non et non. Jamais je ne retournerai au Village ! martela Onésime, dont le visage tendu apparut sous la lampe.

Matthieu fit non ! non ! de la tête, en serrant ses genoux dans ses bras. Brusquement, l'Anse lui était indispensable, tout son univers tenait dans les quelques arpents gagnés sur la forêt. Une terre où s'imprimaient les pas, où la main palpait le concret d'une écorce, le frais velouté d'une feuille. Si l'on appelait vers les plateaux, le son revenait, déformé et assourdi, mais les mêmes mots, comme venus d'une autre bouche. Au Village, les élans se perdaient vers le large, s'épuisaient au contour des vagues, jusqu'à l'hiver où l'horizon entier se figeait dans un bouleversement de glaces. Au printemps, les grosses barges de pêche s'éloignaient, ou bien les goélettes, si frêles dans l'éblouissement de l'eau ; ainsi, le père d'Angélique était parti, son canot fendant

1. Pièce d'un centième de dollar.

les vagues sans laisser de traces, et il n'était jamais revenu.

— Mais j'ai peur, Onésime, tu ne comprends pas ? J'ai peur..., continuait Élise d'une voix plaintive que Matthieu ne reconnaissait pas.

La chaise oscilla avec un couinement feutré.

— Mais peur de quoi, ma chouette ? Je suis là, moi. Pour Dino, il faut attendre, tu le sais. Mais on n'est pas bien, tout seuls, tranquilles, avec Tony et Victoria ?

— Mais tu n'es jamais là !

— Ça, ça va changer ! Je n'ai pas voulu t'en parler tout de suite, mais ça a l'air qu'à l'automne, ils ouvrent un chantier sur la rivière Saint-François, même qu'ils parlent de construire une ville, après. Oui, je sais, ça peut bien être des accroires [1] mais, pour le barrage, c'est pas mal sûr. Tony, Luc et moi, on est bien placé pour avoir les jobs ; alors on sera là, presque tout le temps.

Les voix s'apaisaient, Matthieu n'en percevait plus que des bribes. S'il n'y était jamais allé, il savait que l'embouchure de la rivière, à une dizaine de milles de l'Anse, était une étape dangereuse quand on descendait en canot vers la Réserve et que plus d'un s'était noyé pour n'être pas passé assez au large. Comment pouvaient-ils espérer la dompter, alors qu'elle rejoignait le fleuve dans une telle rage et qu'elle tuait déjà des hommes au bout de sa course ? L'autre jour, il avait entendu son père dire à Antonio qu'il était prêt, lui, à aller le construire ce barrage, même s'il fallait se tailler un chemin à même la montagne, porter tout le matériel à dos d'homme, à deux jours de marche de la côte. Mais Antonio n'avait pas l'air convaincu, c'était si difficile à imaginer, avec toute cette végétation rampante qui retenait les pas, les arbres renversés, les souches à escalader. Bûcher était différent, le chemin se dessinait dans l'avancée des haches. Mais pour construire un mur au travers de la rivière, la sueur et la bonne volonté n'y suffiraient pas.

La voix d'Élise s'éleva de nouveau, triomphante.

1. Racontars.

36

— Et puis, au Village, il y a l'école...

— Quelle école ? répondit Onésime. La plupart du temps, il n'y a même pas d'institutrice ou, à peine arrivée, elle est déjà repartie. C'est sûr que si loin de chez elles, elles doivent s'ennuyer de leur mère... Tu en sais autant qu'elles.

— Pour les petits, c'est vrai. Mais Marie ? Même Angélique et Matthieu ont besoin d'en apprendre plus.

— Et ça va leur donner quoi ? Pour être bûcheron et élever des petits, comme leur père pis leur mère, c'est déjà bien assez. Ils savent lire et écrire, non ? C'est encore plus que je ne sais.

La voix d'Onésime prenait de l'ampleur, éclata en paroles amères.

— Vas-y, toi, au Village. Retournes-y donc puisque tu y tiens tant. Moi, je mourrai ici, ou chez nous, à la ferme des Roy...

— Honte à toi, Dieu te pardonne, de dire une chose pareille...

Élise s'était dressée, elle toisait son mari d'un regard de mépris et de haine que Matthieu ne lui avait encore jamais vu, qui s'enfonçait en lui comme une brûlure. Onésime s'était avancé d'un pas, la main crispée sur le dossier d'une chaise.

Alors, pour Matthieu, le monde se sépara en deux. Comme une mouche posée sur une fenêtre : entre le dehors et le dedans, il y avait maintenant la peur.

— Je te demande pardon, dit enfin Onésime dans un soupir.

Finalement, Dino se rétablit et ils restèrent à l'Anse. Matthieu se dit qu'il était content ; il n'avait jamais vraiment aimé cet univers voué au fleuve, non par choix, mais par obligation. Derrière, la forêt mystérieuse appuyait sur les dos, poussait vers le rivage. Il sentait encore sur ses lèvres la pression continue du vent, comme une main froide qui le faisait taire. L'odeur tourbillonnante du poisson, le goût tenace de la morue séchée sur les vigneaux [1]. Les chiens mêlaient leurs jappements incessants aux criaillements des goélands, se battaient pour dévorer les viscères que les hommes, au retour de pêche, leur jetaient, les mains gluantes de sang. Le sang, sur la Côte, était poisseux et pourpre.

Et puis l'Anse-aux-rivières était un royaume qu'il partageait avec Angélique. Parfois, si l'après-midi était belle, il l'entraînait dans une crique sablonneuse, isolée par la marée. Il y allumait un feu de bois sec et d'herbes dont la fumée âcre éloignait les mouches ; enveloppant sa cousine de ses bras, il posait sa bouche sur la joue souple et rêche, fermait les yeux. Goût de sel, contact sensible des lèvres et de la peau, juste sous la pommette, que le plus infime geste eût détruit ; le cœur se débattait, les respirations confondues, aspiration à une sensation éperdue mais flottante. Ne pas bouger, et s'imprégner des saveurs comme d'une brise.

Instants fulgurants mais déjà cachés ; la mère, aux rougeurs des visages, aux essoufflements de la course depuis la grève, fronçait les sourcils. Finis les jeux du matin, quand Angélique montait au grenier et se glissait dans son lit. Interdites les baignades à la rivière où ils riaient de leurs corps nus et blancs sous les visages hâlés, dans des gerbes d'éclaboussures. Même les coups de pied sous la table se devaient d'être furtifs. « Parce que... », disait Élise et une menace imprécise planait sur leurs joies clandestines.

Appuyé à la clôture du potager où les légumes venaient lentement, par caprice, Onésime regardait la terre qu'il s'était donnée. Son attachement à ce coin de pays repoussé par le fleuve était une passion douloureuse, comme pour une femme éternellement libre, l'eût-il soumise dans son lit, abandonnée sous son corps. Quelle contrée était plus rebelle que cette terre de Caïn, de sable et de rocs, une terre damnée dont les premiers

1. Tables en treillis sur lesquelles on fait sécher la morue.

colons s'étaient détournés ? Parfois, il revoyait dans ses moindres détails la ferme familiale, d'un bloc, avec autour les terres qui s'éparpillaient, le vert acide des feuilles printanières, les cris des hommes mêlés aux beuglements des vaches, aux tintements des cloches paroissiales. Le soir, quand l'air était presque invisible, se devinaient sur l'autre rive, moutonnantes sur l'horizon, les silhouettes de Québec ; un grand pas et on aurait pu y être, cela suffisait au plaisir. Ainsi, rêvait Onésime, la vie se serait déroulée simple et droite, les petits élevés dans la cour, la joie et la peine réglées sur les nuages, et le visage toujours jeune d'Élise, son visage rougissant et tendre qui ne l'aurait jamais quitté des yeux. Mais il était le troisième fils, celui dont la Bible ne parlait pas, chassé du Paradis sans même la liberté d'une offrande. Il avait pris la route, non qu'on eût parlé contre lui, ou qu'un seul doigt lui eût désigné la porte, simplement parce qu'il le devait.

À jamais devant ses yeux désormais, il y aurait le rideau vert-de-grisé des épinettes, les troncs blancs des bouleaux comme des aiguilles de porcs-épics, le prolongement infini des crêtes boisées, l'évidence de la solitude. Et pourtant, il aimait cette terre. Comment aurait-il pu lui refuser l'amour, quand justement, elle était sèche et ingrate, indifférente ; de sentir sa puissance toujours battue en brèche, sa volonté sans armes devant l'absolu détachement le liait plus fortement qu'aucun regret. Cela raisonnait sa vie, la purifiait.

La construction du barrage lui donnait raison, c'était du vrai travail, riche d'avenir. Avec des chevaux pour aider au chantier, quelques poules et la communauté rassemblée autour de lui, il regarderait passer les bateaux qui montaient vers Québec avec moins de nostalgie, la blessure de l'exil deviendrait plus discrète.

Dans son dos, il entendit un pas froisser le thé du Labrador[1]. Un raclement de gorge, mais déjà il avait reconnu la démarche nonchalante de Luc.

1. Plante rampante (éricacée), dont les feuilles s'utilisent en infusion.

— Père, je voudrais vous parler. Si ça ne vous dérange pas...

— Non, j'étais rien qu'à jongler[1]. Je me disais comme ça que le cheval avait l'air bien seul. Et puis, si je lui trouvais une jument, on pourrait commencer à élever des poulains. Avec les projets de construction, ils auront besoin de bêtes pour le charriage.

— Pour sûr, ça serait une riche idée. Vous en feriez venir une de la ferme ?

— Oui, qu'est-ce que t'en dis ? Mais, cette fois-ci, je monterai moi-même à Québec ; en même temps, j'irai faire un tour dans la parenté. Paraît que Rosaire, le dernier à mon frère Azellus, il est prêt pour la petite communion. Sainte Misère ! le temps passe...

Luc hochait la tête en regardant l'enclos.

— Tu pourrais venir, ça te ferait changement ! En prenant le bateau vers la fin mai, on pourrait être de retour pour la Saint-Jean[2]. Le temps d'aller magasiner en ville...

— C'est qu'il faut que je vous dise, père, dit Luc après un silence. Je voudrais m'installer pêcheur sur la Basse-Côte[3].

— Pêcheur ? Quelle idée ! Tu sais bien que ça ne rapporte plus ; et puis, avec les travaux au barrage...

Écarlate, Luc gardait les yeux fixés sur le bord du plateau, comme si au-delà il apercevait l'ondulation des vagues, la lumière caresser le fleuve. Étonné, Onésime contemplait son fils, le front buté, les épaules penchées en avant comme s'il allait se battre.

Il résista, invoquant les hordes de marsouins, la quête aléatoire d'un poisson toujours plus éloigné, toujours plus rare ; et puis l'exil, enfin, dans ces régions certainement inhospitalières, bloquées par les glaces jusqu'à la mi-juin peut-être, aux ordres des Anglais...

Mais il craignait plus encore les mots déchirants,

1. Réfléchir.
2. 24 juin.
3. Partie la plus à l'est de la rive nord du Saint-Laurent.

l'autorité souffletée. Après quelques jours, il finit par céder, et Luc partit s'installer loin des siens.

Ainsi Matthieu prit-il à la table familiale la place à la droite du père ; ce n'était déjà plus un enfant et il y avait en lui une ténacité farouche, presque violente, qui en faisait un digne fils de la souche des Roy.

Onésime et Antonio furent engagés au chantier à l'automne. Durant l'été, ils s'étaient frayé un chemin à coups de serpe et de hache, qui reliait la clairière à l'emplacement du barrage. C'était un mauvais sentier qui sinuait à travers bois, traversait péniblement des talls [1] d'aulnes, longeait des lits asséchés de ruisseaux. La voie du fleuve était plus courte, trois heures de canot en été jusqu'à l'embouchure de la rivière Saint-François ; mais Onésime redoutait la traîtrise des glaces l'hiver venu et puis il aimait n'avoir à se fier qu'à la solidité de ses jambes pour rejoindre les siens.

Ils ne revenaient que le dimanche mais cela suffisait à marquer de leur présence la vie quotidienne du hameau. Dès le samedi, Victoria et Élise préparaient les maisons pour leur retour et l'attente s'enveloppait du parfum des pains qui cuisaient, de la vapeur des bains qu'on donnait aux enfants. Enfin, ils étaient là et, avec eux, arrivaient quelques bribes du monde d'ailleurs. Très fiers, ils expliquaient l'avancée des travaux, la route défrichée depuis le fleuve, la fureur des eaux qu'il fallait endiguer pour alimenter en électricité les futurs moulins à scie ou bien l'usine papetière. À partir de là, les projets devenaient flous, mais, si Dieu le voulait, il y aurait du travail pour longtemps. Déjà, les rumeurs colportées, les échos de conversation rendaient la solitude moins pesante. Après tout, on était des hommes parmi les hommes.

Flatté de son nouveau statut d'aîné, Matthieu en

1. Touffes de plantes d'une même espèce.

oubliait de regretter les joies de l'hiver quand, Honoré ne comptant pas, il restait seul parmi les femmes. Il n'y avait pas si longtemps, il était encore blotti dans les bras de sa mère, lové dans la tiédeur de son buste, écoutant pour la millième fois la légende de la photo de mariage accrochée dans la chambre ; toutes ces mines solennelles au-dessus des rubans et des cols empesés, Élise dans une longue robe raide qui lui dessinait la taille, Onésime droit comme un poteau de télégraphe qui souriait sous son chapeau à large bord. Il se trouvait riche de tant de personnages inconnus que quelques milles d'eau et de forêt mettaient hors d'atteinte. Et devant les visages si jeunes, les yeux rieurs, il se disait que si c'était vrai, cela n'avait pas vraiment existé.

C'était un jeu qu'ils avaient aimé tous les deux, l'enfant d'entendre répéter les noms comme une incantation, Élise de se rappeler les rires, les soirées et les fêtes des premières années de son mariage.

Mais maintenant c'était Honoré qui, enveloppé de l'odeur sucrée d'Élise, se fondait dans l'harmonie rêvée des familles. Qui le premier avait tracé la frontière invisible, qui de Matthieu ou de sa mère avait glissé dans leurs échanges le premier grain de défiance, importait peu. Dorénavant, comme au parloir d'un couvent, une grille très fine séparerait le petit homme de l'univers des femmes, des secrets des femmes, des émotions des femmes. Et si Matthieu devenait un homme, c'était, non par choix, mais par un dépit triomphant.

3

L'arrivée de l'été 1931 fut pour Matthieu une fièvre qui consuma les vestiges de son enfance.

En quelques jours, les paysages noir et blanc de l'hiver s'oublièrent dans une riante désinvolture, la brûlure du soleil sécha sous les arbres les ultimes bouffées d'humus et de terre.

Comme un jeune oiseau entré étourdiment par une fenêtre ouverte, il se heurta à l'étroitesse de la clairière, à la monotonie des travaux quotidiens que lui confiait son père. S'occuper du potager et des poules, fendre le bois pour la cuisine ou la lessive hebdomadaire ne lui suffisaient plus. En vain, il suppliait Onésime de l'emmener au chantier.

— Tu es plus utile en bas, disait le père. Chacun sa place.

Il allait bien ramasser, dans les baies marécageuses, les derniers œufs de canards ; il s'enorgueillissait encore du regard admiratif d'Angélique pour un beau coup de fusil. Mais il lui prenait des agacements, des rages brutales qui le faisaient regimber contre une certaine douceur. Grimpé jusqu'au nid, il prenait plaisir à l'affolement de l'hirondelle, à ses vols en piqué frôlant ses cheveux ; assis au bord du fleuve, il passait des heures à jeter des cailloux, à viser sans succès les goélands. Et par un mot blessant, il aimait, le cœur serré, voir monter les rougeurs au visage d'Angélique.

L'été ne lui laissait aucun répit. Dans la moiteur des premiers orages, malgré les mouches qui jaillissaient en nuées des marécages, le harcelaient de leurs morsures douloureuses, il courait. Le long de la rivière, sur les roches usées qui abritaient les truites, sur les falaises qui surplombaient le fleuve, dans le labyrinthe des troncs. Plus il haletait, plus sa peau se zébrait d'écorchures, le démangeait de piqûres, plus il croyait rappelé l'ancien monde.

Un jour où il battait la grève, tout ébloui encore par le poids, à son épaule, du fusil offert pour ses quatorze ans, son attention fut happée par des reflets blancs à fleur de vagues, incrustés dans le paysage comme une épine. Le temps était clair et beau, le ciel parcouru de filaments de nuages, sitôt dissous. Un jour d'où l'on n'attendait rien, mais avec ferveur. Devant lui, le Saint-Laurent en toile de fond, les brisures infinies de l'eau.

— Tiens, des dos blancs, se dit-il. Maudits marsouins, avait-il ajouté, pour la peine.

L'émotion le frappa avant même que l'apparition ne s'alourdît d'évidence. Des goélettes, des dizaines de goélettes s'avançaient vers lui, longeant la côte sur les lames de la marée montante. Elles s'immobilisèrent, pétales délicats simplement déposés, puis obliquèrent vers l'entrée de la grande baie en amont, coque contre coque ; il y eut une rumeur imperceptible, comme à la pointe d'un voilier d'outardes [1].

Onésime prit son canot pour aller aux nouvelles et, deux jours plus tard, il ramena à l'Anse quelques-unes de ces familles échouées, que la pauvreté et la détresse avaient convaincues d'un ailleurs plus prometteur.

C'étaient des êtres à bout de souffle, que les rigueurs de la Grande Crise avaient débusqués des villes pour les jeter sur la route, fétus poussés par des rumeurs, des

1. Formation en V des vols d'oiseaux migrateurs.

informations imprécises qui, d'être répétées de bouche en bouche, ne gardaient de la réalité que le lustre de l'espérance. Que ne leur avait-on promis pour les décider à s'exiler sur des terres dont ils ignoraient tout, si ce n'était qu'il y ferait mieux vivre ; entre mieux et bon, la patience et l'humilité brouillaient les pistes.

Au récit de leur misère, les Roy et les Mattioni s'étonnèrent de se découvrir prospères, comme si l'obscurité de la clairière s'était illuminée du désir d'autres hommes. Leurs poules leur semblèrent grasses, leurs maisons solides, leurs légumes abondants ; et Antonio, qui reconnaissait l'étincelle fiévreuse dans le regard de ces naufragés, jura qu'il ne les laisserait plus repartir.

Mais Onésime, plus lucide, calma les enthousiasmes.

— Ça, c'est encore une idée des prêtres ! s'exclamat-il. Ils ont de bien bonnes intentions, mais j'aimerais savoir comment ils comptent organiser tout ce beau monde. Je veux bien aider, mais il y a des limites aux miracles.

Il n'eut pas longtemps à attendre ; le lendemain, le prêtre de la Réserve vint leur rendre visite. Le père Fillion était dans la région considéré comme un saint homme. Un visage long, le front haut dégarni sur les tempes, un regard insistant que les récentes nuits sans sommeil soulignaient d'ombres. Bien que désigné par son ordre comme le missionnaire principal du village indien, il avait toujours étendu son apostolat aux hameaux avoisinants et ne rechignait pas à prendre les pagaies ou, l'hiver, les rênes du comético[1], pour apporter la bénédiction de Dieu aux familles isolées. Il venait rarement à l'Anse, officiellement rattaché au Village, mais des Roy et des Mattioni, il n'ignorait rien, ni le nombre d'enfants, ni la réputation d'Onésime comme guérisseur et forte tête.

Il portait la responsabilité de ce débarquement impromptu et il le savait. En relation constante avec d'autres prêtres de Québec, il avait lancé par télégraphe

1. Traîneau à chiens utilisé sur la Côte Nord.

l'idée que cette partie de la côte, à l'écart des politiques de colonisation, pouvait, grâce aux constructions du barrage, constituer une terre d'asile. Avait-il sous-estimé la virulence du mal qui gangrenait les sociétés urbaines ? À l'Anse ou dans d'autres baies où les goélettes avaient accosté sans ordre et en désespoir de cause, c'était une foule bruyante et anxieuse qui l'entourait, à peine avait-il débarqué du canot.

Assis à la table des Roy, il semblait très las, affaibli sans le prestige de la soutane et, nerveusement, il égrenait les perles du chapelet accroché à sa ceinture. Debout en face de lui, Onésime se taisait, les bras croisés.

Ce fut Élise qui, la première, osa rompre le silence.

— Mon père, vous nous voyez prêts à nous soumettre à votre volonté. Mais...

— Mais sauf votre respect, l'interrompit Onésime, la terre ne vaut pas grand-chose par ici. Et pour nourrir...

Le prêtre fit un geste de la main.

— Combien peuvent travailler au barrage ? demanda-t-il.

— Faut voir. Mais pour moi, avec deux nouvelles familles, on sera bien assez. L'été, il y a moins d'ouvrage, sans compter que, depuis quelque temps, il y a plus gros d'embauche. Avec la Crise, tout est au ralenti, on ne sait même pas s'ils vont garder le chantier ouvert. Si les projets derrière ne suivent pas...

Le prêtre réfléchissait ; on entendait le tic-tac de l'horloge et le cri des enfants qui jouaient autour des maisons.

— Bien, dit-il enfin. Dieu nous viendra en aide mais il ne faut pas abuser de sa miséricorde. Que ceux qui peuvent restent ici ; pour le reste, nous tâcherons de trouver d'autres solutions. Gardons nos cœurs joyeux et forts, nous en aurons besoin.

Le tri se fit de lui-même, après quelques jours qui permirent aux nouveaux arrivants de mesurer l'ampleur de l'isolement, la menace muette de la forêt qui se refermait sur la clairière ; ceux à qui la foi manquait retournèrent à la mer. Deux familles restèrent cependant, pour qui l'on se serra, dans une chaleureuse connivence, avant d'abattre les arbres pour construire les maisons.

Que deux ou trois, en effet, soient réunis en mon Nom... Combien de nouveaux venus avait-il fallu pour que, naturellement, la commune prît naissance ?

Eugène et Désirée Lacasse venaient de la Malbaie ; alors que la flotte de goélettes y avait fait escale pour la nuit, ils s'étaient décidés en quelques heures et, avec un balluchon de vêtements et de nourriture, ils avaient quitté sans regret la ferme familiale. C'était pour eux comme un voyage de noces qu'ils abordaient avec l'enthousiasme de la jeunesse. Là ou ailleurs, ils avaient trop peu à perdre pour s'inquiéter du lendemain.

La Crise avait atteint Albert et Thérèse Picard de plein fouet, engloutissant la fabrique de tissus où Albert travaillait depuis son mariage, les acculant à une misère contre laquelle leur volonté se brisait.

— À Québec, racontait Thérèse, quand tu n'as rien, c'est encore moins qu'ailleurs. Et c'est pas à trente-cinq ans que tu vas apprendre à quêter ton pain.

Alors ils s'étaient embarqués sur le bateau que leur ancien patron avait affrété, avec leurs six enfants dont l'aînée, Éva, était à peine plus jeune que Matthieu et le benjamin encore aux bras de sa mère. C'était le potager qui les avait retenus à l'Anse ; de voir pousser des légumes, aussi petits fussent-ils, apaisait leur grande frayeur du dénuement. Ils retroussèrent leurs manches et, à défaut d'expérience, mirent dans leur apprentissage toute l'énergie de leur désespoir.

Après quelques semaines, chacun se sentit chez soi ; avec un peu de rien, ils organisèrent le temps et l'espace. Il y avait la journée du pain, les soirées de tissage ou de cartes, les échanges de recettes et les restes de mélasse partagés. Les rites s'instaurèrent, comme dans une proximité de femmes s'harmonisent les cycles menstruels.

De cette ébauche de village, Onésime resta tacitement le chef. Par son âge, mais aussi pour le pouvoir de ses mains ; plus souvent que les autres, il était retenu au chantier pour soigner un blessé, calmer les douleurs ou simplement alléger la peine. De salaire pour ses soins, il en était rarement question, il n'y eût pas pensé. Mais un gîte pour la nuit, une belle perdrix, une chemise pas trop rapiécée le remerciaient de la fatigue. Ce semblant de prospérité le tenait à l'écart, il en éprouvait de secrètes bouffées de tendresse.

Les nouvelles maisons trouvèrent leur place dans la clairière ; le camp des Mattioni prit de l'ampleur, une annexe en bois clair l'allongea comme, aux manches d'un vieux manteau, des ourlets de couleur vive ; et si Antonio ne chantait plus guère, ce n'était pas de passion éteinte mais de trop gonfler la voix sur les sottises de ses enfants.

« Presque un par an, comme les orignaux... », dit un jour Matthieu. Son impertinence fut giflée, mais c'était pourtant vrai. Avec une admirable régularité, le ventre de Victoria enflait et désenflait, comme une marée.

— Tenez-vous donc tranquilles ! leur disait Onésime d'un ton sévère, après une nouvelle grossesse.

Mais c'était comme un élan qui s'épanouissait de lui-même, qui imposait à chacun sa place et un rôle dans cette lutte contre la sauvagerie.

Sur ces terres de naufrage, ce qui était devait être. Et si l'on récriminait contre un hiver par trop rigoureux, un printemps tardif, c'était, semblait-il, pour rire, comme des enfants se vengeant de leurs parents sur des poupées. Choisir était un bien grand mot, la vie s'inclinait d'elle-même, suivant la courbe de la pente.

Matthieu, dans l'arrogance de l'adolescence, se reconnaissait mal dans ce monde soudain raisonnable. Angélique le délaissait pour Éva, pour des secrets de filles, et même sur les battures il se sentait pourchassé par les cris d'enfants, des appels qui le ramenaient à ses devoirs d'aîné.

À l'arrière de la maison, la rivière coulait des eaux tranquilles ; à force d'habitude, son froissement continu sur les pierres, dans le fouillis des herbes, s'agrégeait au silence. Passé les furies printanières, le courant devenait sage, et mêmes les jeunes enfants s'y baignaient dans une anse abritée, de l'eau jusqu'à la taille. D'évidence, elle rejoignait le fleuve ; mais d'où elle provenait n'intéressait personne. De là-bas, répondait le père aux questions de Matthieu, en levant une main vague vers les lointains boisés. Mais ne t'y aventure pas, ajoutait-il.

Dans ces existences où assurer le quotidien constituait une suffisante aventure, ce qu'il y avait au-delà des terrains conquis n'existait pas. À part quelques collets posés durant l'hiver, de brèves incursions de chasse, le Bois réservait ses mystères aux Indiens et à de rares trappeurs blancs considérés avec respect et une certaine défiance ; ainsi, quand les Roy vivaient encore au Village, celui qu'on appelait *Monsieur*, un petit homme presque chauve, avec une épaisse moustache blanche. On disait qu'il avait parcouru bien des pays, que rien ne lui faisait peur. Matthieu revoyait la demeure à tourelles, à l'écart des autres maisons alignées le long des rues de sable, qu'il venait épier comme un château hanté. Peu à peu, Monsieur s'était intéressé au petit garçon. Le premier, il lui avait parlé de l'intérieur des terres, des espaces mystérieux du Nord, jugés inaccessibles. Au cours de promenades, qu'à la mesure de ses jambes l'enfant trouvait interminables, il lui avait nommé les canards, lui avait raconté le voyage des saumons jusqu'au lieu de leur naissance, le cycle des migrations. Loin de l'aveuglement des hommes, la Nature s'enivrait d'elle-même, le monde était infiniment vaste.

— Bien vite, la vie d'un homme s'achève, disait-il. Il ne faut pas se perdre trop longtemps.

Monsieur était mort alors que les Roy étaient déjà établis à l'Anse, mais Matthieu n'avait rien oublié des récits du vieil homme, de l'éclat de son regard quand il évoquait l'orignal surpris au bord d'une baie, le vol en piqué d'un aigle pêcheur et le pouls de la forêt qui battait autour d'un campement solitaire.

C'était peu dire qu'une incursion au-delà des terres défrichées risquait d'être sévèrement punie. Mais Matthieu, fasciné par ce qui lui semblait l'entrée d'un univers, décida que cette rivière le mènerait quelque part.

Plusieurs jours, il peina, dans l'entrelacement des aulnes, les swampes [1] bourdonnantes de mouches qui bor-

1. Marécages.

daient la rivière. Chaque soir, alors que rien dans le fouillis de végétation ne lui avait laissé présager une éclaircie, il devait inventer un nouveau mensonge pour expliquer ses absences. Même à Angélique, il n'avait rien confié de son expédition, c'eût été trop livrer de lui-même.

Enfin il perçut la boucle, l'inutile méandre qu'il lui fallait déjouer. Chez Antonio, il vola une lame de hache, toute rouillée, qu'il aiguisa de son mieux et qu'il pourvut d'un manche transversal rudimentaire ; avec cela, il s'établit des pistes, il signa sur les arbres les traces de son passage. En coupant à travers bois, il put surprendre la rivière plus haut, puis plus haut encore. Une dam[1] de castors éventrée, un pont de troncs échoués, les berges si rapprochées que les arbres s'étiraient en dôme de verdure. Il fallait aller plus loin encore. Sur les troncs, les marques s'enchevêtraient, se réfutaient, et toute son attention était nécessaire pour distinguer les sûres des trompeuses. Il s'en réjouissait, avec une crispation d'inquiétude ; lui seul possédait la clef de ce réseau d'énigmes.

Enfin, alors que sa volonté s'embourbait dans l'épaisseur de la forêt, il déboucha sur un lac. Certes, un petit lac, une étendue d'eau secrète qu'il eût pu traverser à la nage, un étang offert au ciel où se reflétaient les nuages. D'un côté, une paroi de roches, de l'autre une baie de foin où, à bien regarder, s'inscrivait encore le passage des orignaux. Mais l'émoi naissait des deux chutes, cascades joyeuses et bruyantes, qui dessinaient au lieu d'invisibles parenthèses. La première tombait de haut — du moins Matthieu s'en persuadait-il —, dans des éclaboussements d'écume, et s'enfonçait sous la surface apparemment tranquille. L'autre glissait en bonds désordonnés, sorte de fuite précipitée qui poursuivait la rivière.

Protégé par l'explosion du courant, coupé du silence par le fracas de l'eau, c'était comme s'il se tenait dans l'œil d'un cyclone.

« Moi, je serai coureur des bois », se dit-il.

---

1. Barrage de castors.

Bûcheron, pêcheur étaient des métiers, des manières de gagner sa vie. Coureur des bois était, comme prêtre, un état ; dans les deux cas, il y avait vocation et vœux.

Ce soir-là, il descendit tranquillement malgré la lumière déclinante et, en rejoignant la clairière, il jeta sur les pauvres maisons assemblées un regard méprisant.

4

Dès que la communauté eut trouvé ses assises, le père Fillion vint plus souvent à l'Anse.

Prétextant un malade à la Réserve qui réclamait les soins d'Onésime, ou évoquant une mission lointaine qui l'obligeait à passer par là, il arrivait à l'improviste et, en quelques heures, sondait les cœurs, prenait le pouls spirituel du hameau. Parfois il s'attardait, quand l'automne allumait les premiers feux pour réchauffer le soir et que l'odeur des foins jaunis au bord des battures se glissait entre deux écharpes de brume. Alors, au village indien, c'était le départ rituel pour la grande migration hivernale ; les familles indiennes partaient une à une, avec les canots chargés de vivres et d'un bric-à-brac de tentes, d'ustensiles, d'outils, pour remonter les rivières jusqu'à leurs terrains de trappe. Jusqu'au printemps, le prêtre n'était réclamé que par ceux que la vieillesse ou l'infirmité condamnait à la sédentarité. Il en profitait pour élargir ses tournées d'évangélisation, tel un hobereau arpentant ses terres, vérifiant l'avancée de la récolte, calculant la valeur de la vigne.

Depuis quelque temps, il accordait une attention particulière à Matthieu, s'enquérant de la sincérité de sa foi religieuse, de ses progrès dans les matières qu'enseignait Élise ; et le jeune garçon se flattait de cet intérêt affectueux.

Mais un soir de septembre, un bref conciliabule avec Élise décida de son avenir. On le jugea porteur d'une marque, encore voilée, qui devait achever la rupture avec Angélique, avec le monde clos de l'Anse, avec l'insouciance de l'ignorance. En quelques heures, ses vêtements furent rassemblés, ils lui dépeignirent les richesses de l'instruction à la Réserve, le bon Jésus qui, dorénavant, guiderait ses pas, la séparation nécessaire. Et le silence d'Onésime, son regard fuyant, comme si tout cela ne l'eût pas concerné.

Les premières semaines, Matthieu détesta dans les moindres détails tout ce qui composait son exil. Il était trahi ; par les siens qui l'avaient écarté sans plus qu'une larme discrète au coin des yeux, par l'hiver encagé entre les rangées de tentes et de maisons grises ; par le prêtre surtout, cet homme sans failles, sûr de la vérité qu'il imposait aux autres. Battu d'avance, il se rebellait pourtant contre la discipline de l'étude, à l'école où avec une dizaine d'enfants au teint sombre, il devait écouter, immobile, les monologues d'une religieuse qu'il se refusait à comprendre, l'après-midi au presbytère où le père Fillion lui faisait réciter des passages de la Bible. Il s'enfermait dans un mutisme hostile, évitant le regard du prêtre quand celui-ci lui vantait les beautés du Petit Séminaire. Mais la nuit, il gémissait dans son sommeil et s'éveillait, terrifié par le silence d'une chambre qu'aucune autre respiration ne troublait.

Au bord de la Rivière-des-éboulements, la Réserve regroupait ordinairement une centaine de familles montagnaises, qu'éclaircissaient les maladies infantiles et les dures conditions de vie sur les terrains de trappe. Mais l'hiver, elle n'était que l'ombre d'elle-même ; frileuse, elle semblait se recroqueviller autour de l'église flanquée des quelques bâtisses qui abritaient l'école et le presbytère.

Matthieu finit par s'étonner des silhouettes furtives qu'il croisait dans les rues, de l'étrangeté de certains jeux à l'école, du comportement de ses camarades, et la curiosité l'emporta sur la nostalgie.

Il se surprit à attendre les messes avec impatience, particulièrement celles du dimanche où se rassemblait tout ce que la communauté comptait de valide. La chapelle étincelait du clinquant des décorations, papiers colorés, broderies de perles accrochées aux cous des statues, cierges allumés un peu partout, sans ordre, qui jetaient sur les murs des ombres tremblées. Des branches de sapin avaient été déposées sur les marches de l'autel, le long de la travée, et formaient autour du Crucifié une auréole moelleuse. Leur parfum s'enlaçait aux brumes d'encens, aux senteurs de cuir des mocassins qui glissaient, comme une danse, sur les planchers de bois. Alors commençaient les chants, les cantiques transformés, révélés par la langue montagnaise, les voix qui s'élevaient, chacune à leur propre rythme, se répondaient plus qu'elles ne s'accompagnaient. Sur les visages d'enfants, des vieux et des vieilles ridés comme un papier de soie froissé autour des bouches édentées, une même expression extatique, éclairée de l'intérieur. Le père Fillion officiait, accompagné d'un frémissement murmuré, comme si des doigts eussent frôlé des tambours invisibles. L'aube empesée, la chasuble révélaient une autre nature, les gestes s'imprégnaient d'ampleur ; ce n'était plus Jean Fillion tel que Matthieu le voyait le soir, en vêtements d'intérieur, mais une présence qu'à pouvoir nier personne n'ignorait et devant laquelle Matthieu s'inclinait.

— Dieu t'attend, disait le prêtre.

Et Matthieu souffrait de cette patience qui ne lui était rien. À l'homme du soir, il eût souhaité expliquer l'émotion mais, épanouie pour elle-même, la conviction qu'un coureur des bois n'intéressait pas Dieu. Une lâcheté le retenait, le plaisir d'écouter sans l'interrompre le récit des villes, des gens, d'un ailleurs qui existait réellement quelque part.

Car peu à peu, lorsque, autour de la lampe, la nuit se refermait, le père Fillion s'était mis à parler, à confier à l'adolescent silencieux les jeux de lumières et d'ombres, l'avancée incertaine sur les crêtes.

— On ne peut échapper, Matthieu. Tout est aspiration. Tu es de ceux qui rencontrent...

Matthieu écoutait, séduit malgré lui par l'intelligence du prêtre, son érudition, sa gaieté subite lorsqu'on l'attendait grave.

Le savoir acquis sur les genoux d'Élise comme un oisillon à la becquée s'enrichit d'odeurs de vieux livres, de la joie d'une réponse juste, de la perception d'un autre monde, infiniment ouvert. Les langues étrangères le fascinaient, formules magiques pour imaginer d'autres existences, latin qui lui rappelait Antonio, anglais, et l'indien aussi qui le berçait quand, après le souper, il était autorisé à rendre visite aux vieux que la trappe ne concernait plus. Il s'asseyait dans le coin d'une tente, il ne bougeait pas, comme à l'Anse pour observer les castors près de leur cabane. Il fixait les visages, la fumée s'élevant des pipes, les gestes qui achevaient un silence. Si parfois on s'adressait à lui, si on lui tendait un morceau de banique[1] ou de poisson séché, il rougissait, et son « merci » tremblant déclenchait des rires fous qui secouaient la tente.

À l'école, les enfants l'acceptaient sans étonnement, mais avec une réserve que Matthieu n'osait pas enfreindre. Seul celui qu'on surnommait le Boiteux lui accordait plus d'attention et semblait chercher sa présence. En claudiquant, il courait après Matthieu quand il l'apercevait.

— Nabemashkoush[2], Nabemashkoush, viens que je t'apprenne. Avec moi, tu sauras parler comme un vrai Ilnu[3]...

Un soir sous la tente, Matthieu voulut dire : « C'est bon », comme le Boiteux le lui avait appris. Mais les vieux rirent tant et tant qu'il pensa étouffer de honte. L'un d'eux se pencha vers lui et, les yeux encore pleins de larmes, lui dit doucement en français : « Tu ne dois pas dire cela. » Alors, Matthieu n'osa plus et du Boiteux il n'apprit plus rien, sauf la précision des mains pour construire les canots d'écorce.

Quelquefois, le père Fillion l'emmenait dans ses voyages en cométique, jusqu'aux villages voisins. Il lui montrait comment diriger les chiens, évaluer l'épaisseur

---

1. Pain grossier de farine et d'eau.
2. En montagnais : Nabemashkuss, Petit ourson.
3. Homme : ainsi se définissent eux-mêmes les autochtones.

de la glace, prévoir les changements de temps. La nuit les surprenait parfois en route, et il n'y avait pas toujours un chalet habité pour les accueillir. Alors ils dressaient la tente à l'abri du vent, derrière un rocher, et le prêtre parlait longuement, le regard perdu dans le vacillement des flammes.

— Si tu te détournes de Dieu, disait-il, ta vie sera comme un désert sans sable, une falaise effritée par l'affouillement des vagues.

L'adolescent écoutait les mots, conscient que le prêtre se parlait à lui-même, dans une exaltation qu'il ne pouvait comprendre. Car la Divinité du catéchisme ne vibrait pas de cette intensité-là, ce Dieu un peu plus qu'humain avec ses colères saintes, ses pouvoirs surnaturels et le poids de la Croix gravée dans la chair du Fils. Le prêtre regardait au-delà, contemplait une lumière qui le rendait aveugle aux incertitudes quotidiennes. À côté du Père et du Fils, il devinait l'ultime présence, qu'il appelait avec dévotion le Paraclet. Ce mot, selon le discours, évoquait pour Matthieu une grande maison au toit pointu comme une église, une brise printanière ou un ange très beau chuchotant à l'oreille de la Vierge.

— C'est qui, le Paraclet ? avait-il osé demander un jour.

— C'est tout et personne, avait répondu le père Fillion. C'est l'éclat du jour, c'est l'éclaircie dans l'orage, la perche tendue à celui qui se noie.

— Je ne comprends pas, avait dit Matthieu.

Alors le prêtre lui avait demandé s'il ne s'était jamais senti très heureux, pas seulement heureux d'une bonne chose qui lui était arrivée mais baigné de joie, jusqu'aux larmes. Et Matthieu lui avait raconté quand Antonio se mettait à chanter au milieu d'un rayon de soleil.

— C'est ça, le Paraclet, avait dit le prêtre. C'est être dans le souffle de Dieu.

Mais malgré tout l'amour qu'il ressentait pour Antonio, Matthieu ne pouvait l'imaginer donner naissance au Paraclet. Déçu, il se contenta du Père barbu et du Fils grimaçant sur la Croix.

Peu avant les Fêtes, alors qu'ils faisaient étape à l'Anse

pour la nuit, ils trouvèrent une maison silencieuse, Élise atteinte d'une langueur que le don d'Onésime ne pouvait pas guérir.

— La petite est partie, leur expliqua Onésime. Maintenant que sa mère a un nouveau mari, elle peut en prendre soin, Angélique sera bien avec ses frères et sœurs. Finalement, c'est sa vraie place, mais on avait fini par croire qu'elle était avec nous pour de bon.

Comme le père Fillion poursuivait son voyage jusqu'au Village, il fut décidé que Matthieu l'accompagnerait pour aller à la rencontre de Luc, descendu de la Basse Côte. Les deux frères reprendraient alors le cométique pour revenir à l'Anse passer Noël.

À leur départ de bon matin, Luc, plus habitué aux cordages des filets, laissa les rênes à son frère.

Le ciel était sans nuages, un temps froid et sec, qui excitait les chiens. *Hec ! hec ! hec ! Ra ! ra ! ra !* les ordres claquaient au-dessus des lanières tendues, vers le chien de tête, un malamut hirsute qui d'un coup d'œil avait jaugé ce bien jeune maître. L'esprit de Matthieu courait en avant, glissait comme le traîneau sur la neige fraîche et durcie. L'air lui giflait le sourire sur la bouche, glaçait ses pommettes. Décisions intuitives devant la baie de glace, prendre le bois plutôt ; entre les arbres, la piste de la veille serpentait. Dans les côtes, Matthieu sautait du cométique, s'égosillait pour encourager les chiens ; un même souffle, une constante ardeur. Dans sa tête, les conseils du prêtre résonnaient encore : « Évite le rocher à la Petite Rivière-aux-castors. Ne prends pas la grève, tu seras vite rendu au large. Ne pousse pas trop les chiens ; leur fatigue tombe d'un coup et ils n'obéissent plus... » Déjà il voyait le chalet abandonné où ils passeraient la nuit ; une flambée, le visage brûlant vers la flamme, et puis la lassitude tandis que les chiens dehors se rouleraient en boule sous la neige...

Dans l'après-midi, l'horizon était devenu moins net, noyé dans des nuages de neige. La transpiration froide collait au corps, les jambes s'engourdissaient. Pour aller plus vite, Matthieu avait lancé le traîneau sur les bordures gelées du fleuve, coupant au travers d'une baie qui s'enfonçait trop profondément dans les terres. L'étape n'était pas loin !

Peut-être l'avait-il tellement cru qu'il en oublia l'infini hivernal de la moindre distance. Était-ce sa pensée qui fit fausse route, ou les chiens avaient-ils perçu, d'instinct, chez leur musher [1] une vacuité, une de ces rêveries que le défilé de paysages monotones inspire ? La voix inquiète de Luc le tira de sa somnolence.

— Tu ne crois pas qu'on s'éloigne trop de la côte ?

Une seconde pour mesurer l'erreur, vision des plateaux trop loin, beaucoup trop loin, dans le bouillonnement des flocons de neige, un ordre suppliant pour les chiens indécis...

Il n'eut même pas le temps de réfléchir. Avec un craquement sourd, la glace céda, le cométique bascula en arrière ; un cri, de Luc peut-être ou de sa propre gorge.

Il ne sut jamais comment il fut de nouveau à genoux près de l'attelage ; qui, en lui, aida les chiens à s'arracher de l'eau. Un coup de fouet, les ongles qui griffent la glace, le cœur qui meurt à ordonner, à hurler à Luc de se tenir au traîneau...

Était-ce étrange, après, ce silence...

Luc, hagard, assis sur la glace, déjà ses vêtements roidissaient, les chiens qui gémissaient de petits aboiements plaintifs. D'une bourrade, Matthieu poussa son frère sur le traîneau, encouragea les chiens à regagner la rive. Les minutes martelaient à ses tempes le halètement du sang. Rassembler du bois, faire un feu ; les allumettes cassaient dans ses doigts insensibles. Luc, le menton sur la poitrine, marmonnait des phrases incohérentes.

La nuit était déjà tombée quand Matthieu comprit qu'ils étaient de nouveau dans la normalité du temps. La neige avait cessé, mais à peine voyait-il au-delà du cercle du feu. Impitoyablement, il pesa les hasards et les chances, les ballots de vêtements secs qui n'avaient pas glissé, l'arbre mort au bord de la grève, la température adoucie... La paroi rocheuse et la toile de tente leur composaient un abri sommaire, des branches de sapin

1. Guide d'un attelage de chiens.

isolaient de l'humidité du sol. La peur, en contrecoup, rendait Luc loquace.

— Tu sais, à la Baie, je me suis fait une blonde. Une chris de belle fille ! Rose-Alma, elle s'appelle. Je pense qu'on va se marier au printemps...

Matthieu écoutait d'une oreille distraite, comptabilisant avec un soin maniaque ses bons et ses mauvais gestes.

— ... le bateau de son père. J'ai l'impression qu'il me regarde pas d'un mauvais œil. Ça sera pas long que j'y ferai la demande...

À quel moment exactement avait-il dévié de sa route ? Peut-être n'étaient-ils pas loin de la cabane ? Il aurait dû essayer d'avancer, un bout...

— ... Au début, elle voulait pas trop. Mais je voyais bien qu'elle aimait ça pareil !

Non, il avait pris la bonne décision. Une nuit abritée à la fraîche valait mieux que de se perdre en chemin dans l'obscurité.

— ... de beaux gros seins, doux et chauds. Ah ! que je les aime, ces seins-là... Tu m'écoutes, Matthieu ? Tu sais pas ce que c'est, toi, de se mettre la tête contre des chris de seins de même, là, tout contre. Rien qu'à y penser, ça me donne le frisson...

Et pas un moment, il n'avait appelé Dieu ! Pas un seul mot de prière, pas un appel vers le Ciel... Alors, Dieu n'était-il rien pour lui ?

— ... une fois, j'ai glissé ma main plus haut sous la robe. On s'était cachés dans le hangar, là où sèche la morue ; la nuit, personne ne vient. J'ai touché entre ses jambes, c'était tout chaud, et puis... Elle gémissait, j'avais jamais entendu une femme gémir de même...

Lentement, les mots de Luc troublaient les pensées de Matthieu ; quelque chose de haletant lui fit soudainement tourner la tête, à l'écoute.

— ... je peux pas te dire... Ça sera pas long que toi aussi, t'en auras une de blonde. Une bonne fille avec des seins, puis des cuisses. C'est pas les parents qui nous auraient parlé de ça, pour sûr...

Et il eut un rire, un rire plein de sous-entendus qui écorchèrent la nuit. En vain, Matthieu tenta de passer outre, les images étaient projetées dans l'obscurité. Avec violence, il détesta son frère, que le frôlement de la mort n'avait pas changé, dont l'aspiration vitale avait toujours ce côté goulu, d'une seule pièce... Et il eut hâte de retrouver la Réserve, d'écouter les vieux évoquer leurs anciennes chasses, avec le silence du Bois qui noyait les mots.

Du fait de l'absence de sa cousine, ou de cette aspiration à déchiffrer un univers dont rien n'était dit que des images partagées avec des hochements de tête, l'atmosphère de la maison familiale l'étouffa vite. À peine arrivé et malgré l'insistance d'Élise, il prétexta l'importance de son travail au presbytère pour écourter son séjour à l'Anse.

De retour à la Réserve, il se replongea dans l'étude avec une nouvelle vigueur. Peu à peu, les conversations entre les vieux devinrent transparentes ; quand un mot l'arrêtait, il le répétait pour lui-même à voix basse, jusqu'à l'imprégner de sa propre salive et il le rangeait dans sa mémoire, comme un trésor.

Il parlait de moins en moins, non par tristesse mais par économie ; il mesurait sa chance de connaître la Réserve dans l'engourdissement hivernal, il s'y sentait moins étranger.

Mais aux premières chaleurs, aux premières passées d'outardes, les canots commencèrent à arriver ; ceux qui venaient de la Rivière-des-éboulements, puis les autres, famille par famille. En quelques jours, la Réserve entra en effervescence, c'étaient des allées et venues continuelles entre les tentes, un bourdonnement d'appels, d'exclamations joyeuses, de lamentations pour les disparus. Au lieu de débarquement, les canots s'alignèrent côte à côte, les coques en l'air, les ballots de fourrures s'empilèrent sur le sable. Le presbytère ne désemplissait pas et les cérémonies se succédaient à l'église, transformée en caverne d'Ali-Baba avec les brassées de cierges qui illuminaient le moindre recoin, les offrandes de peaux au pied de l'autel et la débauche de verroterie.

Et partout dans les rues, des visages rieurs, des enfants

qui couraient, des adultes pressés, des jeunes filles avec des bébés attachés dans le dos.

Matthieu était étourdi par cette brusque agitation ; la fête l'isolait, l'éloignait des tentes bondées, même le père Fillion ne lui accordait plus aucune attention. Il ne lui restait que le vieux Meshkina, qu'Onésime avait soigné à l'automne et qu'aucune famille n'était venue rejoindre. Il passait ses journées près de lui qui fumait, parlait longtemps et longuement se taisait. Mais une après-midi, en pénétrant dans la tente, il vit que ceux-là aussi étaient revenus. La tête encore courbée, il reculait déjà mais un grand homme, très beau, lui fit signe de rester.

— Pour ton père, à cause du vieux, dit-il à Matthieu en lui tendant une peau de loup. Tshinashkumitin [1].

En prenant la fourrure, Matthieu croisa le regard d'une jeune fille, à genoux au fond de la tente, là où tout l'hiver il était venu s'asseoir. Devant son sourire à peine esquissé, à la fois accueillant et moqueur, il sentit le sang lui monter au visage.

De la peau de loup ou de cette douceur d'un visage, il sut avec certitude qu'il n'irait pas au Petit Séminaire. Le père Fillion réagit à sa décision avec une tristesse à laquelle Matthieu eût préféré la colère.

— Je te souhaite bonne chance, mon fils. Mais n'oublie pas que s'Il t'a beaucoup donné, de toi Il réclamera plus que les autres.

Alors Matthieu revint à l'Anse. Mais de temps à autre, durant l'été, il prenait le canot d'écorce que le Boiteux avait construit pour lui et il descendait à la Réserve. Il rendait visite aux Meshkina, les aidant dans la construction d'une nouvelle maison pour remplacer la tente, jouait avec Jérémie, le jeune frère de dix ans. Peu à peu, on le considéra au village indien comme le camarade blanc de Moïse, le fils aîné. De la jeune fille, il ne s'approchait jamais, répondant à ses salutations sans oser la regarder.

Parfois, il croisait le père Fillion mais celui-ci ne lui reparla plus du Séminaire. C'était entre eux une ombre que rien, jamais, ne dissiperait.

1. En montagnais : merci.

DEUXIÈME PARTIE

Matthieu jeta dans le feu une branche sèche ; au-delà, le fleuve trembla, se brouilla, puis l'horizon s'étira à nouveau, comme le sourire d'une statue. Adossé à la paroi rocheuse, dont la chaleur lui envahissait les reins, il effleura son menton ; ses doigts s'émurent du contact rêche de la peau, de la raideur d'un poil.

Une poignée de feuilles humides exhala une fumée mince et droite, même pas un souffle de vent pour lisser les plateaux.

« Mon garçon, tu ne les connais pas encore, les Sauvages[1] ! avait dit Onésime. C'est comme les orignaux ; ils ne sont jamais là où tu les attends et puis, d'un seul coup, ils sont devant toi, tu ne les as même pas entendus venir... »

Premier jour après la pleine lune, le Cap-des-petites-rivières. C'était pourtant bien là le point de ralliement fixé... Mais il eût voulu un signe pour calmer son inquiétude ; le fleuve était trop étale, l'heure si calme... Ils avaient été retardés sans doute, un décès, un présage, une humeur de la Robe noire... Comme il les connaissait peu ! Toujours à la surface de leurs gestes, comme si, en chacun d'eux, il entrevoyait le même enfant grave, les

---

1. Amérindiens, dans le vocabulaire de la Nouvelle-France.

immenses yeux noirs qui contemplaient sans ciller l'ampleur de son ignorance.

Des taches mouvantes sur l'eau le dressèrent, haletant : quatre, cinq... Mais non, ce n'étaient que des canards qui s'arrachèrent, rasèrent la surface du fleuve, puis passèrent devant lui, corps étirés, battement régulier et précipité d'ailes.

Jour et nuit, il guetterait, les yeux et la gorge brûlés de soleil, glacés de lune. Et, bientôt, les canots s'avanceraient, au ras des vagues, progressant le long de la baie dans le martèlement saccadé des pagaies.

Alors, il commencerait avec eux la longue ascension jusqu'aux terrains de trappe ; mais voilà que les joies, les dangers dont il s'était imaginé le héros devenaient incertains dans cette dernière attente.

Le visage d'Aimée Meshkina vint se dessiner derrière son front, se fixa avec la netteté d'un éclair dans la rétine. Les joues pleines, un moelleux de la peau ambrée, le regard timide et hardi à la fois, comme une reconnaissance. L'approcher ? Espoir chimérique... Même en pensée, il était tenu loin d'elle, séparé d'elle par ce halo qu'elle dégageait, qui l'enveloppait comme un parfum. Dans ses rêves, il la voyait, il ne la regardait même pas ; mais c'était se tenir dans la lumière. Elle avait des gestes lents, puis vifs, comme une danse ; parfois, ses lèvres s'entrouvraient sur des mots silencieux, inventés. Ses yeux le frôlaient, sans un tressaillement ; et il était un arbre sec, à moitié déraciné.

D'elle, il n'espérait rien, d'elle ni de son peuple. Simplement être avec eux, se tenir dans le coin de la tente jusqu'à ce qu'ils l'oublient, laisser venir à lui les mots, naître les images. Ce n'était pas aimer. Aimer, c'était simple et posé, un peu brutal aussi. Non, ce qui le liait aux Meshkina, à tous ceux de leur race, c'était un appel du dedans, une exigence.

Il se reprocha son manque de confiance ; le voyage, ne l'avait-il pas déjà commencé ? C'est aux adieux que l'on part, avant même de passer le seuil.

Au creux du plexus, une boucle se relâcha ; de nouveau, l'air circula en lui, il laissa le fleuve baigner son impatience. Sur les écailles des vagues, les teintes s'oxydaient, l'air se mordorait en un fondu enchaîné qui trahissait l'automne, plus que les rares feuilles déjà ocre et miel ; le temps suspendu par le crépuscule puis qui retombait, comme un rideau à une fenêtre.

Étirant ses membres engourdis, il tourna un dernier regard vers la pointe de la grande baie que le reflux de la marée dénudait. Il empila près du feu quelques morceaux de bois sec, étala des branches de sapin sous les couvertures. Il fit chauffer de l'eau pour du thé, mangea un morceau de lard, une crêpe froide du matin. Dans les nuages, se dessinaient d'illusoires reliefs, des vallonnements bleutés qui fermaient le fleuve. Il sortit la blague à tabac que son père lui avait glissée dans la main au moment du départ et se bourra une pipe, comme il avait vu faire aux hommes.

Derrière lui, si proche mais déjà dans un autre monde, l'Anse-aux-rivières se pelotonnait. Les éclats de cèdre mettaient le feu aux bûches, l'eau montait par secousses sous le battement régulier des bras, les odeurs de soupe parfumaient les maisons ; tout ce qui appartenait aux sociétés humaines cédait le pas, cherchant la chaleur d'une autre présence, la sécurité d'un toit. La vie sauvage envahissait la nuit. Étranges hommes adossés aux ténèbres, pensa-t-il. Au large, s'élevait le globe dilaté de la lune.

Dans la chambre, Élise rangeait les livres défraîchis sur lesquels les enfants apprenaient à lire. Ses doigts caressèrent les couvertures, lissèrent une page écornée. Une bible, *Le Tour du Monde en quatre-vingts jours*, un *Voyages de Gulliver* en version enfantine, un livre de géographie (dont la carte d'Europe était jaunie et maculée), un psautier... Sur la première page, se lisait encore *Amélie Marquet*, de pleins et de déliés, et, chaque fois que le regard d'Élise s'y posait, c'était avec une bouffée d'orgueil, de voir étalé sur ce saint recueil le nom de jeune fille de sa mère. Comme son appui lui eût été nécessaire, maintenant que c'étaient les enfants des autres familles qui se rassemblaient autour de la table pour l'étude. Angélique retournée vivre auprès de sa mère, Luc parti au loin à la baie Saint-Martin, et Matthieu...

— Tu t'inquiètes pour le petit, je suis sûr, fit Onésime en la trouvant assise sur le lit, immobile.

— Tu crois qu'ils sont passés le chercher ? soupira-t-elle.

— J'en sais rien. Enfin, sûrement, sinon il serait redescendu...

— Tu penses qu'on a bien fait de le laisser partir ? C'est dangereux tout de même. Et il n'a pas l'habitude.

— Voyons, ce n'est plus un enfant ! C'est pas que ça me plaise tant de le voir courir avec les Sauvages, mais de toute façon il n'y a plus d'ouvrage au barrage. Et puis, on ne peut pas toujours dire non.

— C'est sûr. Mais ça fait drôle pareil. Maintenant Marie qui veut devenir religieuse. Il restera plus qu'Honoré.

— Je te dis, la mère, on aurait dû en faire plus, dit-il en riant. Remarque, je pense que je serais encore bon...

— J'espère qu'il va pas trouver le temps trop long, continua-t-elle, songeuse. Tout un hiver...

— Ça sera pas pire que dans les camps de bois. C'est long, c'est sûr.

Il ne pensait plus à Matthieu mais à la menace que faisait peser sur le hameau la fin des constructions. Il n'osait pas en parler, par superstition, mais il était las de tous ces projets avortés, d'être toujours sur la brèche.

— Peut-être Matthieu a-t-il choisi la meilleure part, se dit-il.

Et cette pensée le troublait, sans bien qu'il sache pourquoi.

Au réveil, « ils » étaient là.

À peine dissipée sur le fleuve la brume rose du petit matin, Moïse Meshkina éparpillait les braises du pied, ravi de la surprise.

— Mauvais chasseur ! dit-il à Matthieu, les yeux

étirés comme ceux d'un chat. Il n'y a rien à guetter en plein midi...

Il riait, avec une joie tranquille, et Matthieu, un peu honteux d'abord, rit avec lui, pour l'attente prise au dépourvu, pour la journée éclose au ciel, pour rien. Moïse, dix-huit ans peut-être, la même carnation dorée qu'Aimée, un regard vif, déconcertant. Nshauk... « La loutre-qui-veille ».

— Tu es tout seul ? s'étonna Matthieu.

— Non, les parents suivent en arrière, avec Aimée et Jérémie. Trop de bagages, je dois redescendre en chercher. On va charger ton canot, tu iras en avant. À la Rivière-du-rat, tu monteras la tente et tu m'attendras.

Dans la crique à côté des canots, le tri fut impitoyable ; sans une hésitation, Moïse écarta un tiers de l'équipement de son compagnon. Pendant un instant, il soupesa la vieille hache au manche transversal, les sourcils froncés, puis la déposa comme une relique auprès des confitures de bleuets et des bouts de corde. Toute résistance eût été vaine, ce n'était pas un choix mais une séparation.

— Bon, dit-il enfin en se redressant. À Saint-Ephrem, tu achèteras des bottes. Je connais quelqu'un qui en fait des bonnes ; tu paieras ce printemps, en fourrures. C'est tout...

— Mais, la corde ? s'excusa Matthieu, en désignant le monticule d'objets épars.

— Vaut rien. J'ai ce qu'il faut. Pour le reste, prends tout ce que tu peux manger en trois jours ; après, dans les portages, tu n'y penseras plus.

Au campement du soir, Matthieu y pensait encore, le ventre lourd de tant de tartes et de confitures d'Élise.

Déjà, rien ne se déroulait comme cela aurait dû être ; toute la famille rassemblée pour la remontée de la Rivière-aux-remous, les portages effectués épaule contre épaule et le soir, au campement, Aimée partageant le même repas. C'est ainsi qu'il l'avait imaginé, que les vieux avaient raconté les départs.

Moïse ne le rejoignit qu'à la nuit, mangea et se coucha au ras des braises, sans un mot. La lune se tachetait de nuages. Pétillements du feu, clapotement des vagues ; la respiration de Moïse s'élevait et retombait. « Pourquoi ? » demandait Matthieu, au rythme précipité de son cœur, au sommeil qui fuyait. Et il pleura, le menton appuyé sur les genoux, les yeux fixés sur les flammes jusqu'à ce que la lassitude le blottît sous les couvertures.

La Rivière-aux-remous s'ouvrait large sur le fleuve, se donnait sans retenue à l'air marin. Mais passé les premiers évasements sableux, les premières courbes lascives que la marée basse asséchait presque, on entrait par effraction dans les veines secrètes de la Terre. Dans le spectacle de l'érosion qui avait effrité les roches, roulé les galets en poussière de sable, entaillé les falaises, c'était le temps qui semblait à la fois plus pesant et plus libre. Une irréductible force aux humeurs adolescentes, l'eau et la terre entrelacées en un combat amoureux et sans merci, sous l'apparence d'un équilibre en perpétuelle convulsion.

D'un commun accord, les deux jeunes gens ne s'étaient pas attardés au Village ; déjà l'herbe ne poussait plus et, bientôt, dans les baies, la nuit poserait une fine pellicule de glace. Avant-coureurs, ils flairaient l'âme de la rivière, relevant ses impulsions comme on poursuit des indices, se laissaient appréhender par elle. Çà et là se dressaient des moignons de souches, la forêt démentie par les éclaircies brutales des haches. Des chemins forestiers longeaient les rives et ils aperçurent quelques hommes, tôt arrivés sur les lieux de coupe, qui les saluèrent en agitant leur casquette. Mais Moïse ne détourna pas la tête, la pagaie plongeait dans le courant comme si elle eût agi d'elle-même. Pas un chemin de portage qu'il n'eût déjà parcouru, pas un rapide qu'il n'eût deviné. Mais un an avait passé ; comme un livre relu, l'eau, l'eau fuyante et bondissante, dissimulait ses mystères.

Le troisième jour, Moïse prépara le thé dès l'aube, houspillant son compagnon avec une fébrilité qui ne lui était pas coutumière. Le temps était couvert, humide de la menace de pluie, sans un souffle de vent.

Ils mirent les canots à l'eau alors que la rivière émergeait à peine de son lit de brume ; Moïse se tenait en tête et parfois, sans se retourner, suspendait le mouvement de sa pagaie comme s'il fût arrivé au bout d'une invisible chaîne. Matthieu sentit son irritation céder à un élan d'admiration devant cette aisance qui laissait l'embarcation avancer sans heurts, sans éclaboussures, glissade naturelle à contre-courant ; même si les premières douleurs dans ses épaules s'étaient atténuées, même si de jour en jour son corps se pliait mieux à l'harmonie du geste, il ne parvenait toujours pas à maintenir la distance.

Le bruissement du vent lui fit tendre le visage que la sueur figeait. Mais aucun frémissement ne venait troubler le treillis sombre des rives, ils progressaient dans un domaine assoupi. En avant, une large courbe vers la gauche, que Moïse prit à la corde et, d'un seul coup, la rumeur se dilata, tout fut emporté, noyé par le grondement de la cataracte, explosions d'eau solidifiée par l'écume, assourdissement qui gelait les gestes, pétrifiait les pensées.

Quand la pointe de son canot heurta la plage de galets où Moïse avait accosté, Matthieu sursauta, comme délivré d'un songe.

Midi était à peine passé. Ayant tiré les embarcations au sec, ils prirent le sentier de portage jusqu'en haut de la grande chute. À plat ventre sur la corniche, ils plongeaient du regard dans le vide bouillonnant, jetant des cailloux qui perdaient leurs contours avant même de toucher l'eau.

— On reste ici pour la nuit. Demain on passera, dit Moïse.

Ils installèrent leur bivouac en retrait de la rive, dans une savane de mousse sèche que les crues printanières arrondissaient chaque année.

Le grondement du rapide leur parvenait assourdi et, se mêlant au crépitement du feu, à l'obscurité qui était montée d'un coup de la forêt dès le coucher du soleil les rendait rêveurs et taciturnes.

— On l'appelle le Saut-des-portes, expliqua Moïse

alors qu'ils buvaient leur thé en fumant une pipe. La Rivière-aux-remous, c'est une grande rivière. Tu dois toujours ouvrir les yeux. Tu as vu depuis le Village les trous qu'ils font dans la forêt ? Ils disent qu'ils continueront à avancer, qu'ils iront chercher le beau bois, tout le long. C'est ainsi. Mais nous, nous monterons encore plus haut, là où la rivière est cachée. Toi surtout, tu dois faire très attention.

Il eut un long silence.

— La Robe noire te salue, dit-il enfin.

Le lendemain, ils passèrent le premier portage. À la chaleur de la braise, Moïse avait modelé pour son compagnon le bandeau de front en écorce sur lequel s'appuierait la courroie des plus lourdes charges. Il pleuvait, une pluie fine et continue qui ourlait les montagnes de brouillard et rendait les pierres glissantes. Matthieu serrait les dents sur sa fatigue, l'humidité qui imbibait ses vêtements, les moustiques que le sursaut de chaleur réveillait.

— Et tes parents ? demanda-t-il alors qu'ils descendaient chercher le dernier voyage.

— Ils viennent tranquillement. Ils sont chargés et Jérémie est trop jeune pour aider. Mais le père, il est encore capable. Et Aimée, elle est forte, tu sais.

Matthieu sourit, sans répondre.

Durant plusieurs jours, la pluie tomba sans discontinuer. Une brume constante gommait les à-pics, étendait ses teintes livides à la surface de l'eau, étouffait jusqu'aux battements du sang dans la gorge. Ils quittaient un campement le matin pour en installer un autre le soir, exténués, si mouillés que leur peau se fripait et s'écorchait dans les bottes. Longue succession de portages où le pied dérapait, une seule ascension sans fin entrecoupée d'un sommeil assommé de bête. À peine si Matthieu, avant de sombrer, pensait à enlever son bandeau, à peine parvenait-il à fixer, derrière ses paupières closes, l'ébauche d'un visage. Parcimonie de mots, les esprits fuyant comme l'eau qui, inlassablement, glissait sous les coques, envahissait le ciel ; la fatigue même devenue partie de l'être, peau et muscles, manger, dormir...

Et puis un matin, un frisson de soleil tira Matthieu des couvertures. Le ciel s'était dégagé et, si traînaient encore quelques lambeaux de brume, l'air avait le goût tendre et pétillant des belles journées à peine écloses. À plat ventre, Moïse dormait, la joue écrasée contre le sol, absolument assoupi comme un très jeune enfant.

Matthieu puisa dans ses dernières forces le courage de se lever, de rallumer le feu, de préparer le thé. Un pic-bois martela un tronc sec, une musaraigne vint flairer les sacs et décampa au premier bruit ; le thé était chaud et sucré, la banique de la veille dure et bonne au goût.

Il fit quelques pas jusqu'au bord de la rivière et s'accroupit au pied d'un mélèze, dont les aiguilles viraient au paille. Eaux chatoyantes, méandres immobiles...

La voix joyeuse de Moïse le réveilla en sursaut.

— Allez, Nabemashkoush, aujourd'hui on chasse. On a dépassé la ligne des hommes ; assez mangé de lard, mon ventre a faim de vraie viande !

De son visage, toute lassitude avait disparu, les yeux pétillaient de vigueur. Et Matthieu s'étonna que cette suite continue de fatigues eût été marquée, dès le commencement, par la halte.

La baie était propice. Fermée par un rapide en amont, elle s'étirait vers l'aval par un resserrement de moindre profondeur où les caribous traversaient à gué ; sur la droite, une savane de forêt éclaircie et de mousse spongieuse sillonnée de pistes. Des arbres rongés jusqu'à un mètre du sol, des marques de griffes sur les troncs, des déjections bien en vue...

Ils tuèrent quelques perdrix, un lièvre encore brun et un porc-épic qui, avant de mourir, les accabla d'injures. Lorsqu'il ne chassait pas, Moïse dormait ou, de son couteau croche, sculptait de petits objets en bois. Toute hâte avait disparu, l'été revenait avec sa nonchalance.

Dans cette soudaine inactivité, Matthieu ne tenait pas en place. En lui, fermentaient des lubies, des aspirations indécises, que d'éprouvantes marches au bord de la rivière parvenaient à peine à apaiser.

— Moïse, irons-nous encore plus loin ? s'inquiétait-il.

— Hmm ? Un peu, oui, répondait Moïse en jetant autour de lui un regard étonné.

— Moïse, tes parents nous rejoignent-ils ici ?

— Peut-être plus haut. S'ils ont fait bonne chasse en venant...

— Moïse, qu'attendons-nous ? Il faut déjà briser la glace, le matin, sur le bord de la baie...

— Nous n'attendons pas ! fit-il comme s'il eût exprimé une évidence.

La nuit, le froid les éveillait, et d'un geste machinal ils lançaient sur le feu une branche sèche d'épinette.

Moïse ne se fâcha qu'une fois, lorsqu'il surprit Matthieu tentant de pêcher avec une daphnie trouvée sous un rocher.

— Non, non, non ! cria-t-il en jetant à l'eau la ligne de pêche.

Et son visage exprimait autant de colère que de peur. C'était exceptionnel ; son attitude était généralement d'une grande bienveillance. Et s'il ne répondait pas toujours aux questions, c'était avec une dignité nonchalante qui réduisait Matthieu au silence.

Pour occuper ces heures troubles et étouffantes d'être livrées à elles-mêmes, Matthieu profitait du crépuscule pour se mettre à l'affût au bord de la rivière, espérant voir descendre un de ces voiliers d'outardes qui fendaient le ciel de leurs cris et « cassaient », en un désordre calculé, pour s'abriter dans une baie propice. Il serrait son fusil entre les genoux, se grisant de l'odeur de poudre et de l'attente de la nuit qui peuplait la forêt de mille courses furtives, d'une agitation cachée.

Il se préparait à retourner au campement, lorsqu'il vit un ours sortir du bois à la hauteur des rapides ; c'était un jeune de l'année précédente, déjà replet de sa graisse d'hiver. Sans remarquer Matthieu que la direction du vent protégeait, il s'avança vers l'eau plus calme de la

baie, balançant la tête de droite à gauche en une carica-
ture de boxeur. Il se dressa en étirant le museau vers le
ciel, tout le corps pelucheux et massif à l'écoute d'invisibles signes, puis, avec un grognement satisfait,
retomba sur ses pattes.

La déflagration lui arracha un cri rauque et, au-delà
des battements précipités de son cœur, Matthieu l'entendit s'enfoncer derrière la lisière des arbres, dans un
fracas de branches brisées.

— Tu n'es plus Nabemashkoush, s'écria Moïse
quand ils retrouvèrent enfin le corps le lendemain matin,
étendu à une centaine de mètres dans les broussailles.
Non, vraiment, c'est une grande journée pour toi...

Deux jours après, ils partirent.

Ils atteignirent le lac des Meshkina avec la pleine
lune, dans les derniers souffles de l'automne. La neige
poudrait le thé du Labrador, ravivait les teintes chaude-
ment fanées des feuilles qui virevoltaient encore dans le
vent ; l'air avait ce mordant suave qui baigne les cœurs
de nostalgie quiète, de désirs paisibles.

En quelques heures, ils eurent dressé le campement ;
des caches creusées dans le sol renfermaient ustensiles,
haches et pièges, et bien vite la tente s'emplit de la suf-
focante chaleur du poêle sur lequel chantonnait l'eau
pour le thé.

— Nous deux, on continue plus haut, dit alors Moïse,
encore une semaine de marche. Là-bas, il y a un vieux
camp. Le père, lui, il préfère les tentes. Il dit que comme
ça il peut toujours changer de place... L'hiver est près
maintenant, on ne peut pas les attendre.

Ainsi Aimée serait là, se dit Matthieu alors qu'il serrait une nouvelle fois les courroies de son chargement ;
dans le même bois, la même neige, mais encore une
fois distante. L'hiver les envelopperait de solitude plus
sûrement qu'un interdit.

Il n'en eut pas d'amertume, un simple manque d'air
pendant quelques minutes ; il avait rêvé, la rivière avait

passé sur ses mirages et la forêt lui parut plus profonde qu'il ne l'avait jamais imaginée.

Il grava dans sa mémoire le contour du lac, l'avancée des arbres sur la pointe, la blancheur de la tente à l'abri du vent. Il s'inclina, comme les branches de sapin alourdies par la neige ; il aima l'eau, le vieux pin tordu, la pochade de collines sur l'horizon, puisqu'elle les verrait. L'excitation tomba, c'était une sorte de paix, un soulagement presque heureux de cette palpitation qui ne serait pas. De même le Bois, plaqué au sol par la certitude de l'hiver en chemin.

Ils quittèrent la baie dans un fracas de verre brisé. D'autres lacs, de nouveaux rapides ; éclat mouillé de glace aux parois rocheuses, criques rutilantes de mélèzes, un ciel, très bleu, qui n'en finissait pas.

Enfin, ce fut le lac Atihk, le lac des Caribous.

Au-dessus des crêtes drues comme des cheveux ras, un moutonnement carmin et pervenche, reflets de lave, appelait vers des successions de reliefs envoûtés de crépuscule. À flanc de collines, du jaune et de l'ocre essaimaient dans une continuité verte ; sur les traces du courant, un chemin de clarté scintillait, sans début ni fin. Plus qu'un lac, c'était une pause.

Le camp, enfoncé dans la terre, tournait résolument le dos au vent et, tel un crapaud, se fondait dans le paysage. Le toit, percé d'une lucarne d'où tombait un faible rai de lumière, était si bas qu'ils ne pouvaient s'y tenir debout et en en sortant, comme d'un terrier, les yeux étaient éblouis, le cœur se dilatait de toute l'envolée du ciel. Des couchettes de rondins et de branches de sapin, la chaleur du poêle, une lampe à huile pour faire danser les ombres.

Les castors amoncelaient devant leurs cabanes leurs dernières réserves de bois tendre et, le soir, on les entendait faucher les aulnes en quelques coups de dents, puis aller les enfoncer à la base de l'amas ; curieux, ils s'approchaient du canot, les yeux à fleur d'eau, puis plongeaient avec un claquement sec de la queue.

Les journées manquèrent d'heures. Ce que Matthieu savait déjà, préparer le bois de chauffage, poser des collets pour le lièvre, il l'apprenait encore dans cette hâte joyeuse. La très lente gîte de la cime avant le fracas de la chute, les lacets de laiton noircis à l'écorce brûlée, le décollement lourd d'une perdrix dans les branches, une ébauche de silence dans le ciel presque vidé d'oiseaux. L'odeur de sapin prenait le pas sur les autres, mais elle finissait par être comme une émanation naturelle des corps, et ils n'y pensaient plus, concentrés sur les senteurs volatiles d'un changement de saison.

Le camp était un lieu de passage ; dehors, comme des abeilles ivres avant le grand sommeil, ils butinaient le moindre éclat de soleil, s'imprégnaient de clarté. Le jour déclinait avant que ne tombât la nuit.

Sur les dernières eaux vives, ils partirent piéger le gibier aquatique. Le territoire était riche ; là, un débarquement de loutre, ici une hutte de rat musqué. Des peaux de castors furent mises à sécher sur les cerceaux d'aulnes. Ils cherchèrent les coulées, les sentes de passages où poser des collets. Si Moïse utilisait parfois des pièges, c'était avec une pointe de mépris, comme une concession accordée à la mode, en nomade à qui le moindre surcroît de poids répugnait. Une pierre plate à peine submergée où se poserait naturellement la patte, un bout de fil, un arbre pour la potence qui suspendrait l'animal à l'abri d'autres prédateurs ; il connaissait toutes les astuces.

Avec les gels nocturnes, l'eau de la rivière devint d'une transparence de cristal pur, et si froide que, à travailler mains nues, des crispations douloureuses montaient le long des bras jusqu'à la tête.

— Mais les jours sont encore chauds, fit remarquer Matthieu. La viande va se gâter.

— C'est bientôt la fin, répondit Moïse en scrutant la rive des yeux.

Au-delà des berges, la forêt était encore cachée, gardée par les broussailles, l'enchevêtrement de troncs et la mousse où s'effaçaient les pas. Malgré le vent, les arbres n'ondoyaient plus, à peine un frisson du bout des branches, une molle hésitation de la cime. Et sous les bourrasques, ils s'inclinaient d'un seul tenant, dans un craquement.

Puis, en quelques jours, la première saisie de glace fit éclater le paysage en parcelles distinctes, en atmosphères résolues. Le lac des Îles, coupé de la rivière, se couvrit de tavelures blanches, autour des îlots, aux contours des baies, qui en paralysaient la mouvance en une apparence sans souffle. Au lac de la Pierre, des reflets fragmentés dessinaient le frêle contour d'une voile, des étincelles restaient accrochées à la paroi rocheuse. Sous le miroir sans tain, le lac du Caribou persistait à vivre, encore aimable sous le brun et l'ocre d'une forêt mirée dans la démesure. Matthieu courait de l'un à l'autre, fasciné par les jeux d'ombres, la mise à nu, l'implacable avancée de l'hiver. Il n'en finissait pas de reconnaître son territoire, de parcourir son royaume.

— Tu as vu, dit-il à Moïse, cette nuit, la Baie des Cyprès a totalement gelé.

Mais Moïse ne répondit pas, de nouveau concentré sur ses sculptures. Sur son visage, une gravité morne, une tension qui éclatait en sacres[1] pour une mauvaise entaille.

Les herbes se couchaient, le thé du Labrador dressait au bout de ses tiges défraîchies quelques bouquets de feuilles fanées ; seuls éclats, de minuscules fleurs rouges dans le tapis de mousse, au pied des squelettes de mélèzes et des épinettes bleutées.

C'était comme d'attendre quelque chose, avec une sorte de joie désespérée. Lentement le lac Atihk partait à la dérive, isolé dans son étau de glace.

« On est au bout du monde, se dit Onésime, et pourtant, l'hiver c'est comme un grand pays. »

1. Jurons utilisant des termes religieux.

Le sommeil ne venait pas, le bon sommeil de la jeunesse qui vous fauchait d'un coup sec sur la nuque. Dans le dortoir du campement forestier, les ronflements se répondaient, tantôt rauques tantôt haletants, parfois une voix comme empâtée par l'alcool prononçait des mots inintelligibles, un autre se plaignait sans se réveiller. Il devait être tard, dans le poêle on n'entendait plus le craquement des bûches. Si les lieux de coupe changeaient, les baraques se ressemblaient toutes, surtout la nuit, à écouter le sommeil des autres. Celle où autrefois Onésime était venu seul, puis avec Luc et Antonio, et maintenant il y avait Albert et Eugène. La même promiscuité, la même odeur grasse de soupe aux pois mêlée aux relents de sueur, de fatigue. Comme un seul hiver qui, après la parenthèse des travaux au barrage, recommençait. Ici, c'était du beau bois, de l'épinette droite qui payait bien les efforts. Pas trop d'aulnes ni de swamp, un terrain presque plat ; il n'y avait pas à se plaindre. Et puis, à quatre hommes de l'Anse, ils n'étaient pas dépaysés. Non, vraiment, il devait se faire vieux pour s'ennuyer ainsi dès le début de la run [1]. À croire que ces deux semaines avaient le poids d'une vie. Un vieil ours, voilà ce qu'il était, agacé par ce coude-à-coude constant, ces humeurs qui n'en finissaient pas d'être communes, sauf la nuit où l'épuisement avait raison des plus bavards. Pourtant son ancienneté lui valait des égards, une couchette à bonne distance du poêle (trop près on crève, trop loin on gèle), le premier tour pour s'asperger le visage d'eau tiède avant qu'elle ne fût noire de trente crasses rincées, les meilleurs morceaux quand de la viande de caribou venait remplacer le lard dans l'ordinaire de beans [2]. Il en avait presque honte devant Eugène, qui appartenait au groupe moins favorisé des jeunes recrues ; mais, après tout, il était passé par là lui aussi, en son temps. C'était un toffe [3], ce Lacasse, jamais une plainte, de ces gestes de colère qu'engendre l'ennui ou la fatigue ; à croire qu'il avait fait ça toute sa vie,

---

1. Période ininterrompue de travail, sans retourner chez soi.
2. Plat de haricots secs au lard.
3. Dur.

malgré sa petite figure de gamin. Y en a qui paraissaient pas comme ça, au premier coup d'œil, et puis souvent, c'étaient les plus forts. Albert Picard aussi, c'était un bon gars, mais trop sensible en dedans ; c'était pas un défaut, non, mais comme une cabane dont la poutre faîtière est trop faible, un bon coup de neige dessus et tout s'écroule. Antonio, c'était différent, le rire lui tenait lieu de force, même quand on voyait bien qu'il se forçait un peu. Et travaillant avec ça ! Avec lui, le godendard[1] n'avait pas le temps de refroidir... Il y avait de bons moments tout de même, la fierté devant les troncs empilés quand le mesureur venait les marquer au rouge, l'arrivée du ravitaillement avec le cheval qui soufflait des naseaux, qui sentait sa franche odeur de bête. La tiédeur du sommeil juste avant le réveil hurlé par le cuisinier, et les tours sans méchanceté entre camarades qui, de faire rire longtemps, prenaient des saveurs de légende ; et puis les souvenirs « d'en bas », purifiés des soucis, des disputes et des bourses vides. Alors parfois, dans l'enthousiasme, n'oubliaient-ils pas les hordes de poux, les jours trop semblables, l'hiver qui n'en finissait pas.

— Le Ciel fait ce qu'Il peut, soupiraient les uns.

— Y en a de plus malheureux, répondaient d'autres, les plus sages, pour qui le bonheur se déduisait du pire.

Mais Onésime revoyait les yeux rougis d'Élise, sa maigre silhouette découpée sur les battures au départ de l'Anse. Honoré qui avait couru sur la grève en agitant sa casquette, comme Matthieu, il n'y avait pas si longtemps. Les quatre hommes avaient appuyé sur les pagaies de toute leur rage, mais, longtemps, ils avaient senti les regards plantés dans leur dos, ils avaient entendu l'écho des adieux.

— Pour sûr, elles ne sont pas toutes seules, avait dit Antonio à la première halte.

Et ils avaient hoché la tête, en silence.

Doucement, Onésime repoussa les couvertures, chercha ses bottes du bout du pied. Dans la pénombre

---

1. Scie à deux manches.

de la lune, il longea les lits, avec la crainte d'en réveiller un qui le questionnerait des yeux. Mais ils dormaient tous si profondément.

Dehors, l'air froid lui rinça les poumons, avec cette acuité sensuelle des premiers gros gels. Il sourit en apercevant au nord les lueurs naissantes d'une aurore boréale. Peut-être Matthieu la voyait-il aussi, s'il ne dormait pas ; à vol d'oiseau, il ne devait pas être si loin, une trentaine de milles à peu près. De ses fils, c'était celui qui lui ressemblait le plus, le même orgueil et cette hargne du solitaire. Parfois Onésime aurait espéré un peu plus de connivence, une chaleur portée par le regard mais, devant le mutisme de Matthieu, il n'osait pas. Il leur arrivait de rester longtemps assis côte à côte, sans rien dire, à contempler le rideau d'arbres au bout de la clairière, et c'était déjà bien. Antonio et Albert prenaient leurs enfants sur les genoux, les appelaient de noms doux, mais Onésime se fût senti un peu ridicule, il n'avait jamais su.

Et voilà qu'il était environné d'hommes, tous semblables malgré leurs différences, le visage buriné d'être toujours exposé aux intempéries, les mêmes habits, la démarche pesante comme s'ils marchaient dans de la boue. Et pas un n'était de son sang...

Il soupira, vida la cendre de sa pipe contre le chambranle. Il fallait dormir, demain la journée serait longue.

L'hiver eut une dernière hésitation ; après les premières neiges qui bruissaient sous les talons, il plut. La glace disparut, ne laissant en bordure du lac Atihk que des marges de frasil. Et l'oreille était incertaine, entre l'écoulement de l'eau sur le toit et le cliquetis des vagues qui se brisaient sur le rivage.

Matthieu s'installa dans l'attente, le cœur résolu ; avec les castors, il avait rempli ses devoirs d'automne, le bois empilé, les premières fourrures dégraissées et sèches. Avec les arbres, il s'était habitué à la diminution des jours, aux vents déjà froids, aux habillements de neige que la pluie défaisait au matin.

Mais, en une journée, il n'y eut plus de doutes ; le froid s'étendit comme sur un lac, l'avancée de l'orage.

Et l'absence d'Aimée frappa Matthieu avec une violence inattendue.

Jusque-là, il n'avait pas oublié ; l'acuité du regard, la courbe de la bouche, et cet élan ivre d'exister au travers d'elle, d'être le soleil dans ses cheveux, la robe qui touchait son épaule, l'ombre de ses gestes. C'était un trésor, un secret d'infini, un songe qu'il caressait avec un soin jaloux. Mais voilà que le ciel se vidait, l'eau s'étranglait de glace. Tout autour, la forêt hostile, rien pour diluer le manque, détourner le regard de l'absence.

Puisque nul abri ne pouvait cacher sa détresse, il s'exposa. Il s'aventura sur les lacs, coupant les baies, évitant les courants cachés, par instinct. La neige tombait, poudrerie sèche que le vent balayait et lui jetait au visage ; sous l'assaut brutal du gel, les glaces fendaient en de longs cognements sourds, des crevasses larges d'un doigt filaient de bord en bord. En raquettes, il longea la rivière, ignorant les craquements traîtres, les méandres d'eaux vives qu'il frôlait. Il vit les nids désertés des aigles pêcheurs, les hauteurs noyées de neige tourbillonnante, le tumulte de l'eau assagi sur les rochers en épaisses calottes blanches. Il tira une perdrix des neiges, suivit la piste d'un caribou de bois, s'égara quelques heures à la recherche d'un lac. Ses joues se creusèrent, tout son corps affermit ses contours. Lui vint une beauté, de ses grâces qui tiennent de la vigueur plus que de l'esthétique ; les yeux attentifs sous la hauteur du front, un dos très droit, les mains déjà marquées de cicatrices et d'ecchymoses.

Sous la neige, la forêt s'éclaircit, s'offrit au pas avec moins de réticence, immense tableau où s'écrivaient les passages.

Moïse partit en chasse ; sans hésitation, il coupa à travers bois, d'un pas régulier entraîna Matthieu plus au nord. Parfois, les tournées les menaient au crépuscule, l'approche de la nuit imposait le bivouac, à même la neige, sous un ciel voilé ou éclaté d'étoiles. Une simple cuvette calée contre un rocher, tassée par les raquettes, une palissade de jeunes troncs, quelques branches de sapin sous les couvertures qu'abritait chichement la toile de tente. Nuits de veille où le sommeil s'entrelaçait de la contemplation du feu si vite agonisant, où l'oreille ne cessait jamais de guetter le grésillement des braises. Pour chasser la torpeur, Matthieu s'éloignait parfois jusqu'au lac le plus proche, pour voir glisser sur le ciel écartelé les voiles éphémères des aurores boréales. Un loup hurlait, les grondements de la glace ébranlaient le sol, et il avait peine à imaginer, au-delà, les pulsations de vies humaines.

Les tournées étaient déjà bien établies, seuls manquaient les appâts de lièvres ou de castors, ou parfois un nouveau piège au détour de pistes fraîches. Moïse travaillait vite ; en quelques minutes, la structure de bois prenait forme, le jeu de bascule qui, en l'absence de pièges en fer, capturerait martres, pékans, hermines. Il reculait d'un pas, puis, les sourcils froncés, corrigeait un détail, vérifiait la résistance de l'amorce que l'animal gourmand ébranlerait, le poids de la tombe qui lui briserait la nuque. Le soir, autour du feu, les mots lui montaient aux lèvres en flots exaltés, lui si taciturne d'ordinaire, comme une histoire sans fin où l'homme, toujours, déjouait l'animal. La moindre trace était une écriture, chaque recoin de bois un territoire contesté. Il y avait des années pauvres, où loups et renards se battaient pour le dernier écureuil, des étouffements de neige, des froids si cruels que la moindre parcelle de vie se terrait ; et puis des temps d'abondance, où le passé mauvais se noyait dans le ruissellement des fourrures, une euphorie de satiété. Si chaque race avait sa loi secrète, la bête était unique. Les connaissances de Moïse étaient naturelles comme la flexion du genou dans la côte, elles ne se questionnaient pas ; c'étaient des humeurs qui s'exprimaient à voix haute. Devant les hésitations de Matthieu pour une orientation, la lecture d'une trace, il s'étonnait, sans mot dire, de ce manque de ressources.

— Tu ne regardes pas, disait-il parfois.

Et c'était son plus dur reproche.

Puis le froid les ramena au camp, ils resserrèrent leurs

errances. Les lacs étaient d'un blanc sans nuances, l'eau ne gargouillait plus aux détours de la rivière, l'air avait une netteté de lame. Ils posèrent des collets pour le loup et le renard.

— Où est le père, c'est mieux pour le loup. Beaucoup de caribous, dit Moïse avec une moue gourmande.

Les vivres commencèrent à manquer, la viande surtout pour accompagner la banique et les fèves. Les collets à lièvres restaient vides, les perdrix s'étaient repliées aux flancs des montagnes, plus abrités du vent. Ils creusèrent un trou dans la glace et rapportèrent deux ou trois petites truites, mouchetées de points rouges ; ils tuèrent quelques écureuils mais c'était gaspiller beaucoup de poudre pour à peine plus qu'une bouchée. Le goût du lard leur remontait à la gorge comme une nausée.

Un matin, Moïse revint au campement avec un gros mélèze sec. Avec l'aide de Matthieu, il y scia des planches que, pendant des jours, il amincit de son couteau croche. De nouveau, les mots s'évanouissaient, parfois son regard se fixait au loin alors qu'à sa main le couteau restait suspendu. Aucune hâte mais, du matin au soir, le raclement régulier du bois. Sur le poêle chauffé à blanc, il versa de l'eau qui emplit le camp d'une chaleur d'étuve, passa longuement les planches dans la vapeur qui grésillait sur la tôle, pour les plier. En quelques heures, le toboggan était prêt.

— Bientôt Noël. Je vais descendre au lac Meshkina. Chercher de la viande aussi, le père a dû faire bonne chasse. Si, d'ici la nouvelle lune, je ne suis pas ici, tu viendras.

Un signe de la main et il s'éloigna, gagnant à grandes enjambées le milieu de la rivière.

Pour habiter sa solitude, Matthieu redoubla d'efforts. Par neige ou par temps calme, il parcourut les trails [1], ne s'accordant de pauses que pour l'instant d'un thé, qu'il buvait à petites gorgées, les yeux fixés sur le bout du lac, la prochaine courbe. Quand la température le per-

1. Chemins où sont placés les pièges.

mettait, il marchait jusqu'à ce que la tombée du jour le saisît à la nuque, appesantît le sac, le mît en quête de bois sec, d'un lieu abrité. Les arêtes de la hache glissée sous les couvertures lui meurtrissaient le dos dès qu'il s'assoupissait, le tirant de bribes de rêves, lancinants.

Peu de traces, peu de gibier mais il s'obstinait, pêchant quelques truites pour remplacer les appâts, se nourrissant à peine de bouillie de maïs et de banique tout juste cuite. De retour au camp, la fatigue l'écrasait, il perdait la notion de l'heure, du jour et de la nuit, ne quittant l'inconfort de sa couchette que pour ajouter une bûche dans le poêle, avaler un peu d'eau et un morceau de lard, sortir en titubant sur le pas de la porte uriner un jet clair qui tachait la neige. Après deux ou trois jours, il se réveillait dispos et reprenait la route. Devant lui, les lacs s'élargissaient, étendues vierges que l'empreinte des raquettes déterminait ; autour des branches dénudées des bouleaux, le ciel se concentrait de mauve. Il croisa une meute de loups, cinq ou six bêtes efflanquées au poil d'un gris mêlé de beige, les oreilles couchées. Des pensées lui venaient puis s'effilochaient. Le vent murmurait autour des arbres, un tronc sec grinçait dans le silence, une mésange venait picorer la graisse sur ses mains ouvertes.

Lentement, la lune diminuait.

Et puis, alors qu'il revenait de tournée, il aperçut de loin le traîneau planté près du camp. Son cœur se mit à battre à grands coups affolés, des larmes lui vinrent aux yeux ; malgré la fatigue, il allongea le pas.

— Moïse, hé ! Moïse, cria-t-il en approchant, et il eut peine à reconnaître sa voix. Moïse, dit-il plus doucement en ouvrant la porte.

Immobile, Aimée lui faisait face.

2

— Ils ont tué trois gros bucks, expliqua Moïse un peu plus tard, à la clarté de la lampe. Ça prenait un deuxième porteur ; et puis, elle peut aider pour les peaux.

Matthieu s'enivrait de paroles, expliqua les pièges vides, les tournées achevées, le renard esquivant le collet à la passe du bout du lac ; comme si le silence de tous ces jours exigeait les mots pour se dissiper. Il s'exaltait, parlant d'une voix basse, tremblée, et le regard d'Aimée l'aidait à créer l'espace où il avait vécu durant cette longue absence. Dans l'intimité du camp, elle lui parut plus jeune, plus espiègle que dans son souvenir ; parfois elle riait et, se penchant vers son frère, lui glissait en indien quelques mots à l'oreille. Et Moïse taquinait Matthieu, pour une maladresse avouée, les piètres récoltes, avec une gentillesse dont son orgueil ne pouvait se froisser.

— Tu as maigri, dit-elle.

— C'est Moïse dont je me suis ennuyé.

Et ils rirent tous les trois, avec un bien-être qui leur donnait chaud.

Il oubliait presque combien elle était belle, qu'en elle il y avait ce visage qu'il avait tant espéré. Comme son frère, il effleurait sa main au hasard d'un geste, il la regardait droit dans les yeux ; il l'aimait bien. Tout à coup, sa gêne s'évanouissait, il se mettait à parler dans leur langue, avec un accent qui les faisait rire mais qu'ils comprenaient.

Il sortit du chalet. La nuit était si noire qu'à peine distinguait-il les contours du traîneau. Il espéra la neige qui les garderait au camp quelques jours ; même pas un espoir, la naissance d'un désir. Leurs voix, leurs rires glissaient jusqu'à lui. L'idée lui vint que c'était cela le bonheur ; cette quiétude, une tendresse pour l'arbre où s'appuyait sa tête, pour l'air froid qui lui pinçait les narines.

En revenant dans la pièce très chaude, il vit sa bouche, entrouverte sur une parole, ses yeux levés vers lui et sous sa peau, une rougeur naissante.

Les jours suivants furent un long halètement ; dehors la neige se noyait de soleil. La gaieté de Moïse couvrait les silences, dissimulait des émois dont il était le maître. Rarement seuls, Matthieu et Aimée s'évitaient du regard, devenaient gauches et fuyaient.

De nouveau, les corps souples des martres emplirent les pièges, les mains s'imprégnèrent de leur odeur musquée, de celle écœurante de l'hermine. Un loup rôda longtemps aux alentours, avant de se prendre au collet.

Moïse envoyait Matthieu parcourir les trails d'un simple geste du menton, d'un regard appuyé. Chaque prise était un espoir ; dans le halo de la lampe, les mains d'Aimée les maniaient avec douceur, palpaient la fourrure, d'un geste précis du couteau séparaient la chair. Matthieu vibrait, aspiré par le mouvement des doigts, la courbe de la nuque ; dans son ventre, une crispation aux confins de la déchirure.

Il ne dormait qu'entre deux veilles quand avec Moïse il couchait en plein bois. Sur sa bouche, il serrait un bloc de neige durcie pour en apaiser la brûlure, qui fondait et coulait le long de ses bras ; le frôlement de la chemise sur son corps lui devenait insupportable, bienfaisante la douleur des sangles sciant ses épaules.

Au camp, simplement de l'entendre respirer dans son sommeil le tenait éveillé. Il n'attendait rien et pourtant, tout son être était électrisé, comme avant une tempête.

Il sortait pieds nus, sous les étoiles il respirait mieux et restait adossé à la porte, à laisser le froid le renfermer dans son corps.

Ce fut dans un rayon de lune qu'il l'aperçut, alors qu'une nuit il s'était tenu ainsi immobile plus longtemps qu'à l'accoutumée. Accroupie à quelques mètres, elle tremblait, tout son visage crispé autour des lèvres bleuies de froid ; il la prit dans ses bras, la serra contre lui, pour étouffer les frissons qui la faisaient claquer des dents ; contre sa joue, le chatouillement des cheveux, dans le creux de l'épaule, le poids de sa tête qu'il caressa avec des gestes qu'il ne connaissait pas. Sous la chemise, le corps d'Aimée se calma ; il tressaillit sous l'attouchement de son haleine, posa sa bouche aux sources de ce souffle, sur les lèvres un peu salées, pulpeuses. Dans la pénombre, il ne voyait que l'ovale du visage, l'attache plus claire du cou d'où s'exhalait, mêlé à l'odeur de sapin, un parfum légèrement poivré. Mais il se sentit plonger, perdre contour, dans son regard.

Le temps changea. Dorénavant, les jours et les nuits se concentrèrent dans les brefs instants où il pouvait approcher Aimée, s'imprégner de son parfum, embrasser ses lèvres. Très peu de mots, des regards à en perdre le souffle, son indubitable présence qui, du monde, appauvrissait ce qui n'était pas elle. Jamais Moïse n'avait occupé tant d'espace, bloc de granit posé au centre du camp, impossible à contourner. Matthieu se disait *Il sait*, pour le soin scrupuleux à ne jamais les laisser seuls ; puis *Il ne sait pas*, devant son humeur toujours égale, sa cordialité silencieuse. Alors que, un soir, tous trois étaient rassemblés autour de la lampe, il lui vint comme une ivresse de tout dire, expliquer, partager. Mais un regard suppliant d'Aimée, alertée par il ne savait quel invisible signe, lui ferma la bouche, comme si elle eût posé sa petite main moelleuse sur ses lèvres.

Deux ou trois jours passèrent ainsi, sans même pouvoir la regarder avec toute l'émotion qui lui rongeait le ventre ; une faille se creusait en lui, qu'aucun cri, qu'aucune supplication ne pouvait combler. Elle l'ignorait, calme et gentille, mais étrangère. La sentir ainsi éloignée l'asphyxiait, le monde se retournait et il n'y était rien. En vain se levait-il la nuit, des heures à grelotter en suivant des yeux la chute des étoiles, à murmurer son nom. Les tournées, qu'il parcourait de plus en plus souvent seul, étaient un soulagement ; la neige collante, agglutinée en lourds paquets sous les raquettes, lui procurait une apaisante fatigue.

Il fallut bien qu'un jour où, comme de coutume, Moïse lui avait fixé une destination lointaine, il oubliât sa hache. Avec un espoir halluciné, il revint sur ses pas.

Moïse était parti. Aimée n'eut pas d'étonnement quand elle le vit entrer ; elle se leva, avança vers lui, murmurant des mots inintelligibles, un flot précipité de sons qui bruissaient comme une source dans les herbes. Sa bouche rouge, sa langue douce comme un fruit, les mains qui caressaient son corps, leurs odeurs confondues. Et toujours le gazouillis des mots à son oreille, tandis qu'elle reculait, lentement, vers la couchette de sapin, les aiguilles écrasées en un brûlant parfum.

Lorsqu'il revint à lui, il eut peur de son regard ; le nez enfoui dans son cou, il s'efforça de croire que cet effluve humide, enivrant, était le sien. Les branches de sapin lui picotaient la peau, un cheveu chatouillait son oreille. Il entendit le vent frôler le toit, le cri d'un écureuil. Sur son épaule, la pression d'une main ; il leva la tête, lut dans ses yeux une tendresse inquiète, un abandon passionné qui le secoua comme un sanglot. « Nabemashkoush », murmura-t-elle, « Nabemashkoush », comme un mot sacré, et des larmes brillaient au coin de ses paupières.

D'un geste ferme, elle l'écarta d'elle, lui tendit ses vêtements, le poussa vers la porte.

Dehors, il reçut le soleil en plein visage, l'horizon courbe des crêtes, les arbres touffus et serrés en mystères. Dans le ciel, des nuages dessinaient un corps, il courut vers le Bois comme on se jette à l'eau.

Il aima tout. Ses yeux s'éveillèrent à des beautés jusque-là voilées ; un écureuil rongeant une pomme de pin qui virevoltait entre ses pattes minuscules lui arracha des soupirs. Il s'émerveilla d'une martre prise au piège, de son air paisible dans le froid de la mort. Les arbres, ployés sous leur cape de neige, prirent des poses alanguies, les bouleaux éclataient de teintes violentes ; la forêt respirait en longs souffles réguliers.

D'elle, il aima tout. Son visage fermé, tendu, en présence de Moïse ; ses yeux chavirés quand, au cœur de la nuit, elle le rejoignait sur le seuil. Un geste pour remonter une mèche derrière l'oreille, sa manière de s'asseoir les genoux repliés sous le menton, une goutte de sueur sur sa lèvre supérieure. Elle parlait peu ; à peine lorsqu'ils déjouaient la surveillance de Moïse, corps contre corps, elle haletait ses mots chantés. Elle était là, toute proche, puis s'éloignait du regard, mais il l'aimait aussi pour cela, cette énigme dont elle s'enveloppait. Il posait la main sur la sienne, pour percevoir au travers d'elle le rugueux de la table, le soyeux d'une fourrure, le tranchant du couteau. Parfois, il se tenait à quelques millimètres pour sentir son souffle sur sa bouche, la pointe de ses seins frôlant sa poitrine, les yeux tellement proches qu'il les voyait palpiter, hésiter, baigner le visage de tendresse. Il l'enviait avec un désir douloureux de posséder son propre corps, de toucher sa nuque, balancer ses cheveux, se mordre les lèvres ; tous ces gestes qu'elle accomplissait avec désinvolture, inconsciente de leur poids magique.

En vain, se disait-il *Je l'aime*. Cela n'évoquait en lui que des échos de catéchèse. Il disait *Aimée, Aimée, petite fée*, cela suffisait à son bonheur.

Avec Moïse, ils avaient repris les longues tournées, abandonnant le camp pour deux ou trois jours. Matthieu partait avec réticence mais, même loin, il ne lui semblait pas vraiment s'écarter d'elle. Il harcelait Moïse de questions, sur la vie à la Réserve, des mots d'indien qu'il se répétait ensuite dans la nuit, avec une excitation qu'il dissimulait mal. Simplement entendre prononcer son nom était une émotion insoutenable.

Il apprit avec une ardeur redoublée ; le Bois devint une terre de conquête dont il arrachait des révélations. Il avait peine à se détourner du spectacle d'une loutre jouant au bord d'un trou de glace, de l'écoute d'un pépiement d'oiseau, de l'aspiration du ciel. Une flammèche léchant une branche incandescente concentrait toute son attention, le rouge ourlé de bleu, le vacillement évanescent, le crépitement de lueurs. Les arbres répondaient à sa fièvre, sa main pressée contre le tronc écailleux d'une épinette transmettait des ardeurs. L'épuisement le gagnait de toute cette ivresse, il succombait à des torpeurs profondes, sans rêves, dont il s'éveillait avec une impatience fébrile.

Sans cesse, il revenait à ce pays des martres, dont Moïse lui avait parlé, plus au nord, où les animaux étaient si nombreux qu'on les débusquait en marchant. Les broussailles, à demi ensevelies sous la neige, y bruissaient de leurs courses, de leurs appels d'arbre en arbre, de colline en colline. Y menait la voie de la rivière, méandres accrochés les uns aux autres comme une suite de respirations. Les vieux en parlaient, dans l'atmosphère enfumée des tentes, avec des silences et des pauses inspirées ; seul pouvait y pénétrer un homme pur, un homme dont le pouls battait au rythme d'un monde si proche mais toujours distant. Alors, il n'en revenait plus. Matthieu rêva la lente ascension, avec derrière lui la silhouette d'Aimée, encapuchonnée de fourrures, son regard brûlant le poussant aux épaules. Là-bas, les loups longeaient la tente, leurs foulées égales croisant la piste des raquettes, la tête déjà inclinée sous la caresse. La trappe n'était plus ce combat mais un dialogue inscrit de tout temps, une concession divine accordée à la survie de l'homme. Il plaisait à Matthieu que nul n'en fût revenu ; avec une tristesse complaisante, il évoqua le chagrin des parents, sa place vide à la table, sa photo trônant sur l'étagère. Il faisait ses adieux...

Que jamais l'hiver ne finît... Le temps s'enlisait dans la glace, le présent occupait tout l'espace.

Moïse s'inquiétait de cette brutale passion ; les questions de Matthieu ne rencontrèrent plus qu'un silence ennuyé ou des phrases contradictoires.

— Là-bas, il n'y a pas de castors, déclara-t-il avec une assurance butée.

— Mais pourquoi ? S'il y a de l'eau... Et puis, s'il y a des loups, c'est qu'ils chassent le castor.

— Non, répéta Moïse. Il n'y a pas de castors. C'est trop loin, il n'y a pas d'arbres pour eux. Alors moi, je n'irai pas.

Matthieu haussa les épaules.

Entre eux, naissait une gêne, une légère animosité qui durait le temps d'une soirée ; pour la première fois depuis leur départ de l'Anse, la différence de races devint palpable. Les yeux durs de Moïse le toisaient : « Tu n'es qu'un Blanc, ne l'oublie pas. » Et Matthieu se crispait de colère, de chagrin. « Maudit Sauvage », murmura-t-il un jour entre ses dents ; mais le souvenir d'Aimée le suffoqua de honte.

Au retour de ces absences, Aimée était lointaine, cloîtrée dans un ailleurs dont il ignorait l'accès. Elle ne sortait plus la nuit pour le rejoindre, elle ne lui adressait plus, derrière le dos de Moïse, ses regards mouillés qui le bouleversaient. Elle restait penchée sur les fourrures qu'elle dépeçait avec attention, la bouche pincée dans l'effort, écartant d'un revers de main une mèche importune. Mais, après quelques jours, elle revenait vers lui avec des souplesses de chatte, le frôlant, espiègle, de nouveau joyeuse.

Il leur devint de plus en plus difficile de se rejoindre, de déjouer l'attention de Moïse. Leurs étreintes en furent plus profondes, caresses si lentes qu'ils semblaient immobiles, le poids de la main sur le sein qui frémissait, la pression du corps quand elle s'allongeait sur lui, son visage où il lisait l'affleurement du sang. Il en oubliait son plaisir, cet appel impérieux de plonger en elle, fasciné par les subtiles variations d'odeurs, le pouls qui battait plus vite sur sa gorge et, derrière la bouche fermée, comme un gémissement qui le rendait fou. Un jour, alors qu'apaisés ils se serraient l'un contre l'autre, elle pleura silencieusement sur son épaule. Du bout de la langue, il but les larmes qui roulaient sur ses joues, murmurant Petite fée, Petite fée, d'une voix chantante comme pour bercer un très jeune enfant. Elle voulut parler, ébaucha quelques mots dans son français hésitant, qu'il éteignit en baisant sa bouche.

Aimée n'avait pas de gestes, elle bougeait au cœur d'un univers où elle s'inscrivait, comme l'empreinte d'un pied dans du sable mouillé. Sur les objets, les êtres qui l'entouraient, son regard paisible se posait, comme un doigt sur la page d'un livre. En quelques jours, elle avait su tirer du camp, de son confort rudimentaire, de sa constante obscurité, l'évidence d'un lieu où il était bon d'être. Aucun objet nouveau, les vestes simplement accrochées au mur, le sol égalisé, les peaux de castor empilées par taille loin du poêle. Un ordre discret mais qui rendait le cœur content de cet espace réfléchi enclavé de démesure.

En présence de Moïse, Matthieu évitait de la suivre des yeux, quand elle se déplaçait au travers de la pièce. Mais pas un mouvement ne lui échappait, fût-il une hésitation du pied sur le sol de terre battue ; des frissons lui montaient le long du dos pour une main lissant le cuir d'une peau, le glissement feutré de ses mocassins, son mouvement d'épaules, imperceptible, trahissant sous la bonhomie un tempérament moins docile. S'effaçaient les limites de son propre corps, la tension douloureuse de son sexe ; il restait là, les bras posés sur les genoux, les yeux fixés sur quelque point du mur, happé, traversé par l'effleurement de son existence. Parfois Moïse, alerté par son silence, levait le nez de ses sculptures, se raclait la gorge et disait d'une voix moqueuse :

— Tu penses encore au grand pays...

Alors Matthieu souriait et secouait la tête. Était-ce penser que ces visions fulgurantes, une piste tracée dans la neige, la silhouette figée d'un loup au bord d'un lac, une couleur de crépuscule aux franges d'une tente ? Il sentait ses lèvres sèches, sa langue alourdie dans la bouche. Sa respiration descendait jusqu'au creux du ventre, déposait en lui la forêt immuable, la pérennité des animaux et des plantes, et tout autour, la nuit. Et puis tout lui échappait à nouveau ; la proximité inaccessible d'Aimée était une brûlure qu'aucune étreinte n'aurait pu apaiser. D'un bond, il se levait, chaussait ses bottes et sortait. La nuit n'était jamais assez froide ni assez obscure. La neige absorbait ses pas ; à longues enjambées il s'y enfonçait jusqu'aux genoux, trébuchant, ivre. Contre un arbre, il étouffait son désir, les cuisses collées au tronc, avec un gémissement que le vent éparpillait.

Mais déjà les jours se déployaient, l'hiver reculait pas à pas. Sous le soleil de mars, la neige s'amollit puis, avec le gel de la nuit, forma une croûte où les traces ne s'imprimaient plus. Les belles journées, quand le soleil oubliant sa réserve coupait les ombres, ils allèrent s'étendre dehors sur les couvertures et rirent au grand jour, à moitié nus.

Ils commencèrent à fermer les pièges.

Profitant du moindre tête-à-tête, Matthieu parlait à Aimée du Pays d'En-Haut. Déjà, il lui semblait l'avoir découvert, et il s'exaltait à décrire les paysages et les lacs, à dresser la liste des biens nécessaires à l'expédition, comptabilisant la richesse presque à portée de main.

— Tu viendras, n'est-ce pas ? lui dit-il.

Elle le regarda avec tendresse, mais il voyait bien qu'elle ne le croyait qu'à moitié.

— Tu ne crois pas qu'il existe ? C'est ça ? Tu penses que je suis fou ?

— Non, Nabemashkoush, mais c'est très loin là-bas. Et puis personne n'en est jamais revenu...

— Mais justement ! C'est la preuve qu'il existe. Je n'ai pas peur. J'ai tout juste commencé à apprendre mais j'en sais déjà assez pour t'emmener. Et puis, tu me montreras ce que je ne sais pas encore...

— C'est vrai, tu apprends vite. Déjà, tu parles comme un vrai Ilnu. Un bébé Ilnu...

Et elle éclata de rire.

Un jour qu'il tentait une nouvelle fois de la convaincre, elle dit dans un murmure :

— Mais on ne nous laissera pas partir. Tu le sais bien, Nabemashkoush.

— J'irai parler à ton père. Je lui dirai, et il me fera confiance.

Il vit passer dans ses yeux un éclair de terreur, un affolement de petite fille qui lui serra le cœur.

— Tu ne veux pas, dis, tu ne veux pas que j'aille parler à ton père ?

Elle secoua la tête, prit sa main dont elle baisa la paume. Dans la pression de ses lèvres, il sentit une dureté qui le maintenait à l'écart.

Avec l'abandon progressif des tournées, la présence presque continuelle de Moïse rendit ces conversations de plus en plus difficiles, coupées de longs silences. Quelques phrases hachées, incohérentes, se heurtant au visage tendu d'Aimée. Avec acharnement, Matthieu refusait le désarroi, entretenait en lui des dialogues imaginaires ; dans un regard, un instant volé où elle s'était jetée à son cou, il croyait lire des aveux, décelait des promesses. Au petit matin, il se réveillait enveloppé d'une quiétude singulière, écoutant la respiration d'Aimée, le ronflement irrégulier de Moïse. Des bribes de rêves tremblaient à l'orée de sa conscience, et il les murmurait, alors qu'elle dormait encore.

Le printemps, cette année-là, fit de précoces incursions. Des bouffées de chaleur, un frémissement de l'air qui rendait les écureuils tapageurs et le cœur alangui. Désœuvrés, les trois jeunes gens guettèrent la rivière qui, peu à peu, se couvrit d'une taie mate, triste malgré l'immensité bleue du ciel. Mais la nostalgie de l'hiver finissant était débordée, envahie par l'ardeur des recommencements, comme une fête débridée et contagieuse. Par habitude, le poêle ronflait encore, consumant les dernières bûches. Sans cesse, Moïse recomptait les fourrures, s'exclamant sur la valeur d'une peau de loup, calculant déjà le profit une fois payés les achats de l'automne. Cette fortune imaginaire le rendit volubile, rétablit avec Matthieu la camaraderie des débuts, enrichie de la longue cohabitation.

— Et puis toi, tu vas faire quoi, arrivé en bas ?

— Je ne sais pas encore. Retourner à l'Anse, les parents m'attendent. Peut-être y aura-t-il encore de l'ouvrage au barrage cet été...

— Tu veux travailler au barrage ? s'exclama Moïse, incrédule. Mais avec l'argent des fourrures, tu auras assez pour vivre.

— Oui, mais je veux me préparer pour l'hiver prochain ; pas partir à crédit comme cette année.

Moïse hocha la tête, avec un petit rire, comme devant les excentricités d'un chiot encore peu habitué aux courroies des rênes.

— Alors comme ça, tu veux vraiment y aller à ce Pays d'En-Haut...

— Peut-être. On verra bien, ajouta Matthieu d'un ton détaché.

Le visage d'Aimée restait impassible.

— ... mais si tu veux bien, je remonterai avec toi le prochain automne.

— C'est loin encore. Je serai peut-être marié et ma femme ne voudra pas de toi, fit Moïse, moqueur. Sinon, tu es un bon trappeur, on a fait bonne chasse.

Matthieu l'entendit comme un engagement.

Sous le vent chaud, la neige diminua, aspirée par le sol. Au bout des branches, s'entrouvrirent quelques bourgeons sur des éclats d'un vert acide qui agaçaient l'œil habitué aux teintes tranchées de l'hiver ; c'était comme une soif incoercible d'une eau glacée et cristalline. Quelques bécasses poursuivaient le soir de leur chant nuptial, des stridulations montant des touffes d'herbes, grinçantes comme le crissement d'un grillon. En une brusque envolée, elles s'élevaient en tournoyant jusqu'à n'être plus que de minuscules points dans l'azur, puis se laissaient tomber comme des feuilles mortes vers l'obscurité qui noyait la terre.

Dans certaines passes de la rivière, se mit à sourdre une eau boueuse qui souleva la glace, la léchant interminablement comme une marée. Sur les lacs attenants, la neige n'en finissait pas de virer au gris, striée du blanc durci des pistes de raquettes ; à l'écart de l'éclatement printanier, des mondes clos, pacifiés.

De jour en jour, la délivrance devenait imminente. Sur le rivage, les canots attendaient, coques en l'air, calfatés de résine, les pièges s'empilaient dans les caches jusqu'au prochain automne. L'humidité envahissait le camp, s'immisçant dans les pensées et les corps comme une indigestion de nourritures trop riches. Les mots s'épuisaient à contenir cette attente, à rompre un silence que le clapotis de l'eau libre ne dissipait pas.

Et puis, en quelques heures, ce fut l'éclatement. Le courant prit de l'ampleur, fendillant les plaques de glace qui vinrent racler les berges, arrachant aux arbres des lambeaux d'écorce qui tournoyaient sur l'écume de glaçons et de boue. La force des eaux ouvrit un chenal, d'abord étroit et bousculé de débris puis de plus en plus large, rejetant dans les anses et les baies une bouillie épaisse et cristallisée. Des craquements, des grincements ponctuaient le mugissement de l'eau, la clameur oppressante de la débâcle.

Au premier signe d'apaisement, quand la rivière se fit plus claire, ils mirent les canots à l'eau.

Moïse descendait en tête, avec Aimée qui, parfois, d'un geste agile de la pagaie, évitait une pierre ou les ramenait le nez dans le courant. Matthieu suivait, attentif au moindre de leurs mouvements, devinant à une simple crispation des épaules de Moïse l'écueil à contourner, le remous traître, l'arbre dressé au travers d'une baie. La peur lui nouait le ventre, laissant pourtant son esprit clair, ses réflexes précis. Sur les berges, les arbres glissaient vite, à chaque instant un morceau de glace, un bois à la dérive pouvait percer le fragile revêtement des canots. Il ne reprenait son souffle que dans les accalmies du courant, aux évasements de la rivière, à l'entrée des portages. Aux questions de Moïse, il répondait avec assurance, évitant de croiser le regard d'Aimée.

Puis la crispation se dénoua, il se sentit soudain léger, presque joyeux dès qu'il entendait croître le mugissement d'un rapide, riant de contentement à la veillée.

— C'est bien, Nabemashkoush, la rivière t'a accepté maintenant, dit Aimée.

Et de l'entendre prononcer devant Moïse ce surnom caressant effaça toutes ses incertitudes.

Le printemps les avait devancés, ils entraient dans des terres déjà gaies de pousses claires, où les bouleaux et les trembles envahissaient de leurs troncs crème l'austérité des résineux ; des pans granitiques de falaises accrochaient des éclats de soleil, jetaient sur l'eau des traînées d'étincelles. Ils trouvaient au crépuscule des criques sableuses et sèches, et s'étonnaient, au plus profond de la nuit, du froid oublié qui perçait les couvertures.

Les soirées s'étiraient, tous trois assis à contempler le feu, à écouter gronder la rivière avec un engourdissement heureux ; ils allaient vers les hommes, vers un monde que leur retour éveillerait d'un songe mais c'était encore si loin. Matthieu en était ému, sans impatience.

— Les Blancs n'aiment pas le Bois, dit-il un soir. Leurs villages lui tournent le dos ; avec leurs haches ils s'en défendent.

Moïse se frotta le menton, eut un haussement d'épaules.

— Parce qu'ils en ignorent les portes ; parce qu'ils n'aiment pas deviner ce qu'ils ne comprennent pas...

— On dirait qu'ils ont peur !

— Peur ? Oui, peut-être. Cela ne leur appartient pas. Ils font semblant, avec leurs projets, leurs cordes à mesurer, mais cela ne leur appartient pas. Jamais.

— Et vous, cela vous appartient ? C'est un peu à vous, tout ça.

D'un geste de la main, il enveloppa les lointains, le tracé de la rivière miroitante sous la lune, le frôlement d'un mulot dans les herbes sèches.

— Non, à nous non plus, répondit Moïse. Mais nous, on est habitué.

— Mais toi Moïse, toi Aimée, vous pourriez aller vivre ailleurs ? Ne plus reprendre la rivière tous les automnes ?

— Ailleurs ? (Moïse regardait Matthieu avec étonnement), mais ailleurs où ?

— Je ne sais pas. À Québec, à la Malbaie, n'importe où.

— Dans une autre réserve, tu veux dire ?

— Non ! Ailleurs que dans le Bois.

— Mais pourquoi ? Tu as de drôles de questions, vraiment, dit Moïse avec un petit rire.

— Mais si les compagnies montent plus au nord, s'ils se mettent à couper les arbres tout le long de la rivière, cela ne sera plus pareil...

— Non, ce ne sera plus pareil. Mais la rivière est encore là ; on ira plus au nord.

— Mais s'ils montent encore plus au nord ?

— Alors, je ne sais pas, fit Moïse avec lassitude. Il y aura encore des terres où ils ne pourront pas aller. Et puis demain, j'aurai peut-être fait le Grand Portage [1]. Tu me fais rire : tu es tout juste un homme, et tu veux déjà décider.

— Je ne veux pas décider ! Mais ça me plaît, cette vie. Je veux continuer à apprendre, je veux remonter la rivière encore plus loin. Je n'ai pas envie de vivre comme les Blancs, je voudrais être né comme vous, avec le même sang dans les veines.

Il eut conscience que sa voix tremblait, du regard lointain que Moïse et Aimée posaient sur lui. La détresse lui fit baisser les yeux vers les braises qu'il éparpilla du bout de son pied.

— On comprend, Matthieu, on comprend, dit Aimée après un silence.

Mais il comprit qu'il avait trop parlé.

L'accident arriva deux jours plus tard, alors qu'ils n'étaient qu'à quelques milles du lac Meshkina. Le ciel était couvert, un fin voile de brume estompait les rives ; sur l'eau brune, les canots avançaient sans effort. En avant, sur la gauche, Matthieu aperçut la trouée de la branche de l'est qui rejoignait la rivière dans un sursaut d'écume ; il jeta un coup d'œil sur le canot de Moïse qui glissait de plus en plus vite, vit l'accélération des pagaies pour atteindre les eaux plus calmes du bord. Ses mains descendirent de quelques centimètres sur le manche de sa rame, il serra les dents. Dans le tumulte du rapide, il distingua un cri, vit Aimée désigner quelque

1. Mourir, selon l'expression indienne.

chose du bout de sa pagaie. Au moment où son canot arriva à la hauteur de l'affluent, un arbre énorme, les racines tendues comme des tentacules, le heurta de plein fouet. Une branche lui gifla le visage, le fracas de l'eau le coupa du monde. Pantin désarticulé, ballotté, ses bras et ses jambes ne trouvaient pas d'appui sur le remous qui l'aspirait vers le fond. Il perdit connaissance.

3

Un hoquet lui emplit la bouche d'eau saumâtre, il ouvrit les yeux. Une ondulation de surfaces grises et luisantes, paysage au faible relief, emplissait tout son champ de vision.

— Des galets, il y a des galets, se dit-il avec une satisfaction hébétée et il appuya plus fortement sa joue sur le sol pour en épouser les formes.

Il sentit son diaphragme se contracter ; quelqu'un le secouait, puis la caresse d'une main sur sa joue, un appel lointain, dans une demi-torpeur. Il était bien, il était très bien, avec des bulles de lumière qui éclataient dans ses yeux. Une idée lente, émergence d'un rêve, flottait à la lisière de sa conscience, fuyante comme une boule de mercure. Elle éclata soudain en un éclair de lucidité qui le dressa sur son séant.

— Le canot, où est le canot ?

— C'est rien, Matthieu. Ça va, tu es sûr que ça va ?

La voix de Moïse était grave, son visage penché était celui d'un vieil homme.

— Mais le canot, les fourrures ? hoqueta Matthieu.

— Partis. Avec l'arbre. Tu n'y peux rien. L'important est que tu sois là. Tu nous as fait une belle peur.

Dans un brouillard, Matthieu vit Aimée s'agenouiller à ses côtés, le serrer très fort contre elle, sa joue mouillée dans le creux de son cou. Ses poumons lui faisaient mal, il s'abandonna à son chagrin, avec de grosses larmes d'enfant.

Son évanouissement lui avait sauvé la vie. Le tourbillon du courant l'avait attiré vers le fond, puis avait rejeté son corps inerte assez près du bord pour que Moïse pût s'en saisir, comme une balle crachée nonchalamment par la rivière. En aval, ils retrouvèrent dans une courbe quelques ballots de fourrures, des fragments de canot, un bout de veste déchirée qui retenait encore une branche. Un tiers de la récolte avait été englouti. Malgré l'insistance de Moïse, plus complice de l'imprévisible, Matthieu ne se pardonnait pas une perte qu'il jugeait irrémédiable.

— C'est bon signe, la rivière n'a pas voulu de toi, lui disait Moïse.

Mais Matthieu ne parvenait pas à s'en convaincre. Sa perte de conscience lui semblait porteuse d'une vérité qu'il n'était pas encore prêt à admettre. Au-delà des conséquences matérielles qui le taraudaient, sa plongée en eau profonde laissait en lui un creux de néant, le désir de s'étendre au bord de la rivière et de regarder passer les eaux. À l'instant de sombrer dans le sommeil, la sensation physique du basculement le rejetait dans le réel et il restait éveillé, très longtemps, les yeux fixés sur le ciel troué d'étoiles.

Une nuit, il rêva qu'il était assis sur la grève, assez proche de l'eau pour que des vaguelettes chaudes viennent lui lécher les pieds. En amont, la silhouette d'un canot qui venait vers lui se transforma peu à peu en une arabesque griffée sur l'horizon, arbre à la fois couché et dressé en un entrelacs de branches et de racines, comme une gigantesque toile d'araignée. Il se leva d'un bond, avec une sensation d'alarme et de joie, pour regarder passer l'étrange embarcation, sorte de longue nacelle aux pointes relevées, enchâssée dans l'arbre qui formait au-dessus une tonnelle de verdure et de rameaux. Il distingua des silhouettes ; à l'arrière, un homme casqué, de haute stature, le contempla un instant, sans que rien frémît sur son visage anguleux.

— Ainsi, ils descendent, se dit Matthieu. Paix sur eux.

Ce rêve l'apaisa, effaça ses terreurs nocturnes. Mais resta l'empreinte d'un nœud au centre de lui-même, qui le vieillissait et traçait entre lui et les autres une impalpable frontière. Peut-être était-ce aussi, depuis qu'ils avaient retrouvé les parents au lac Meshkina, l'écho de la soudaine étrangeté d'Aimée, redevenue la jeune fille inaccessible aperçue dans la tente à la Réserve. Assis entre elle et Moïse dans le canot surchargé, Matthieu voyait sa longue natte de cheveux noirs, l'arrondi de ses épaules et parfois son profil quand, très lentement, elle tournait la tête vers le défilement des rives. Un profil lisse, d'une beauté absolue comme un masque de cuivre, se découpant sur l'horizon de la rivière qui plongeait vers la côte. Pensait-elle ? Son visage, son corps prenaient leur existence, leur bouleversante présence de la clarté du jour, du clapotis de l'eau, comme un arbre solidement planté au sommet d'une falaise. N'eût été l'espièglerie de Jérémie qui à la moindre halte venait chahuter, Matthieu se fût senti presque invisible, totalement exclu du cercle familial bruissant de rires et de conversations brouillonnes.

Un soir pourtant, alors qu'il s'était assis à l'écart pour bercer sa tristesse, le père de Moïse vint le rejoindre et s'accroupit à ses côtés, fumant en silence, les yeux fixés sur la barre noirâtre de la rive. Autour d'eux, la nuit s'épaississait, rejetant au loin le crépitement des bûches, la voix aiguë de Jérémie ; on entendait les arbres s'égoutter de la dernière pluie, le froissement de l'eau sur les roches, le ploc sonore d'un animal qui plongeait.

— Ce monde-ci va s'éteindre, dit-il enfin en posant la main sur l'épaule de Matthieu. Peut-être y a-t-il un sentier, encore. Je te souhaite de le trouver.

Il se leva, sa haute taille enveloppa Matthieu d'ombres avant de s'éloigner vers le cercle de feu. Les mots, prononcés en indien, résonnèrent longtemps, comme la vibration d'un gong.

Juste avant d'atteindre la côte, Matthieu réussit à prendre Aimée à l'écart.

— Tu ne me reconnais plus, lui dit-il d'un ton de reproche.

Elle ne répondit pas, appuya son front sur son épaule.

— Aimée... dans trois semaines, au dernier quartier de lune, j'irai sur la colline au-dessus de la Réserve, là où il y a une clairière avec des arbres tout tordus. Je ferai un feu, avec de la fumée. Viens m'y retrouver.

Elle ne bougeait pas ; il sentait contre son cou le pincement froid de son nez. Il l'écarta de lui pour la regarder dans les yeux.

— Tu viendras ? Tu promets ?

Elle acquiesça de la tête, déposa un baiser sur ses lèvres et partit en courant rejoindre les autres.

Il n'était sûr de rien.

À l'Anse-aux-rivières, le retour des hommes du campement forestier avait mis en branle les travaux printaniers. En quelques jours, le printemps avait débordé, engloutissant les dernières plaques de neige, éclatant en bouquets tendres aux branches des épinettes, maculant les broussailles de l'éclat vif des rhododendrons sauvages. Les éclats de bois volaient sous les haches, les bûches claires de bouleaux s'amoncelaient dans la cour où régnait un désordre familier. Si, tout l'hiver, ils avaient abattu des arbres, c'était un autre labeur qu'ils accomplissaient là, avec une rage joyeuse, puisque c'était pour eux et dans chaque balancement de bras, il y avait la chaleur des plats longuement mijotés, des soirées autour du poêle, la quiétude d'empiler du solide, en longues rangées rectilignes qui s'élevaient jusqu'à hauteur des toits. Le bouleau était une matière noble qui fendait sec, fleurait la mie fraîche, pas comme ces épinettes gommées de résine, tout juste bonnes à démarrer une flambée et à finir en pâte à papier. Il fallait faire vite, la sève montait déjà, avec cette chaleur précoce qui éclatait les bourgeons, asséchait la terre, chassait les oiseaux migrateurs. Par plaisir, on mangeait dans la cuisine d'été, bien que ce fût encore frais le soir. Du linge séchait un peu partout au grand soleil, sur des cordes tendues à la hâte et les enfants jouaient à cache-cache derrière les draps et les couvertures qui claquaient au vent. On avait démonté les métiers à tisser, les soirées étaient trop courtes, et puis la patience manquait.

Mais l'absence de Matthieu, qu'on avait supportée jusque-là avec la philosophie de l'inévitable, devenait un accroc trop visible dans l'étoffe des jours. À tout moment, Élise envoyait un enfant guetter sur les battures, et n'eût été sa crainte d'Onésime, elle s'y fût installé une tente pour être certaine de ne pas manquer l'apparition de son fils sur l'horizon du fleuve. La présence d'Angélique, venue passer quelques jours, ne la consolait pas ; c'était Matthieu qu'elle voulait, avec cette indifférence inconsciente d'une mère sentant un petit menacé. Par solidarité, les autres familles avaient vite étouffé les hourras des retrouvailles, et malgré la jubilation intime des premières douceurs de l'air, malgré ces ivresses indécentes de s'exposer nu sous les ondées tièdes régnait sur le hameau une vague impression funèbre. À l'heure du souper, les portes se refermaient sur les quant-à-soi, on laissait les Roy en tête à tête avec leurs inquiétudes.

Il fallait se raisonner, un accident ne tardait jamais à s'apprendre ; mais il y avait trop d'inconnu dans une telle escapade pour ne pas encourager les prévisions les plus pessimistes.

— Il s'en vient. Tiens, je suis sûr qu'il est déjà à Saint-Ephrem, disait Onésime. Il a dû s'attarder un peu au Village... C'est comprenable, à son âge, après tout un hiver dans le Bois !

Mais il se rendait bien compte qu'il pariait sur du vent. L'animosité silencieuse d'Élise mettait ses propres plaies à vif ; cela n'était pas suffisant de deviner le prochain hiver derrière le masque du printemps ! Il ne lui serait donc tenu grâce de rien, ni de son labeur, ni de sa solitude bafouée, ni de son impuissance devant ses enfants qui devenaient adultes sans crier gare... Était-il le gardien de ses fils, alors même qu'ils partaient, sans un regard en arrière ?

Il descendit à la Réserve, par acquit de conscience mais aussi pour éventer sa colère d'un peu de vent du large.

Non, les Meshkina n'étaient pas arrivés, ils étaient toujours les derniers à rejoindre le troupeau, comme si l'exubérance du village reconstitué leur était pénible après tout le silence de l'hiver ; il leur fallait laisser retomber la poussière.

Un message télégraphique attendait Onésime au presbytère, datant de quelques jours, mais avec les fêtes, les confessions, les enterrements, personne n'avait eu le temps de porter la nouvelle à l'Anse.

Les sourcils froncés, Onésime tournait et retournait le petit papier sur lequel le père Fillion avait transcrit le télégramme, mais c'étaient les mots du prêtre qui résonnaient à ses oreilles.

— Ton frère Rodrigue est mort. Ils l'enterreraient le 5 de juin. Si tu restes jusqu'à demain, je ferai dire une messe pour lui...

Rodrigue, son frère aîné. Peut-être quelque chose d'autre était écrit que le prêtre avait oublié de lui dire ? Une explication, un message de réconfort...

« Ah ! il était grand et large, songeait Onésime, mais j'ai toujours su qu'il n'avait pas de vertu [1]. Pourtant, si jeune... »

Sous la tristesse, l'écœurement que provoque une mort à distance, il sentait palpiter en lui une petite veine d'espoir, à laquelle il n'osait pas s'arrêter, par décence.

— Faites la messe sans moi, dit-il au prêtre. Moi, faut que je remonte ; on priera...

Il croisa le canot des Meshkina en chemin ; à l'Anse, il eut peine à reconnaître Matthieu, non tant du fait de l'assurance physique qu'il avait prise en quelques mois, mais de son regard voilé, comme une bête qui ne se reconnaît pas, qui s'enfuit sous les caresses.

1. Endurance.

Une fête fut organisée, on dressa de longues tables dans la maison des Roy, et sur les nappes des grandes circonstances s'étalèrent les tourtières, les tartes, les ragoûts. Tout le monde était là, les Mattioni, les Lacasse, les Picard ; chacun avait apporté quelques richesses, qui un canard, qui un restant de gin. Les plus jeunes enfants criaient en courant autour des tables, Victoria arborait son sourire épanoui et placide de femme enceinte, prodigue en conseils pour Désirée Lacasse dont les chairs débordaient de l'attente du premier enfant. Angélique et Éva Picard ne se quittaient pas, gloussant comme des petites poules en cette complicité ambiguë de presque femmes, déjà prêtes à se battre pour la première œillade. C'était une parenthèse de rires, de plaisanteries jetées au travers de la pièce qui faisaient rougir les femmes, d'effervescence tapageuse.

— Tout est là, se disait Matthieu, c'est ma famille.

Mais en vain cherchait-il en lui la résonance de ces joies bavardes. Les vapeurs d'alcool, après quelques instants d'ivresse, pesaient lourd en lui, filtraient les sons et les couleurs qui lui parvenaient en échos comme dans un hall de gare.

— Alors, mon fils, raconte-nous un peu tes aventures, fit Onésime en se carrant avec fierté dans la chaise berçante.

Matthieu commença avec hésitation, avec la sensation intuitive que tout ne pouvait être dit, non seulement Aimée mais ce qu'il ne devait évoquer, l'ampleur de la nuit, l'air craquant du matin, les rêves du Pays d'En-Haut, le naufrage dans les rapides. Alors, il raconta la poursuite vaine du caribou, le goût de la banique et du foie de castor, l'installation des pièges, une vision fugitive d'un renard traversant la piste. Autour de la table, les conversations mouraient, les plus jeunes venaient s'asseoir sur les genoux des mères en suçant leur pouce. Antonio, à tout moment, demandait plus de détails avec un air d'écolier attentif.

— Ah oui ? s'exclamait-il, il plie ses planches à la vapeur...

Et il se tapotait les lèvres du bout de l'index, comme s'il eût appris la pratique d'un rite divinatoire. Se saisissant des couteaux, des fourchettes, Matthieu expliquait le fonctionnement des pièges sur un coin de table, le basculement fatal.

— Et la bête, elle est morte ? demanda une petite voix tremblante.

— Oui, ça la tue net ; ou en tout cas, ça l'assomme.

— Et tu en as tué beaucoup de bêtes au fusil ?

— Pas mal, répondit Matthieu avec une modestie feinte. Mais pas trop les bêtes à fourrure, à cause de la peau.

— Et tu n'as pas eu froid ? demanda Élise.

Tout devenait très beau, comme ça, à raconter ; même le relent du vieux lard glissait dans la gorge comme une douceur. Et puis les aurores boréales qui ne se déployaient vraiment qu'au-dessus d'un lac gelé et désert, la neige en poudrerie qui effaçait les traces, les bivouacs encerclés du claquement de la glace qui fendait les arbres. Les mots ne suffisaient plus, les mains venaient dessiner la courbe d'une colline, caresser une fourrure, imiter la patte levée d'un loup surpris au détour d'un sentier. D'un coup d'œil, Matthieu saisissait l'expression rêveuse d'Antonio, le menton appuyé sur sa paume, la fierté d'Onésime, le lent balancement des mères qui berçaient leur gros ventre, le dessert qu'Honoré avait délaissé. Il les aimait, oh ! comme il les aimait.

— Oui, mais moi, j'aimerais pas ça ; c'est comme si tu pouvais mourir et que personne ne le sache, dit soudain Angélique.

Il y eut des rires, des protestations timides. Le dos très droit, elle toisait Matthieu avec une sorte de colère froide, les lèvres pincées. Il se dit qu'adolescente elle n'était pas très belle, avec son œil qui fuyait vers la droite, sa peau claire parsemée de rougeurs ; et il eut de la peine, pour tout ce qui était perdu.

Il passa les quinze jours jusqu'au dernier quartier de lune dans un énervement inquiet, qui à la maison lui attira des reproches.

— Pour qui te prends-tu ? lui disait Élise quand il renâclait à aller chercher du bois ou à mettre la table.

Onésime lui parlait déjà du barrage achevé, des projets de ville, mais pouvait-on savoir avec les rumeurs ? Pour lui, ce premier hiver de trappe était une bonne expérience mais qui suffisait. Il était temps, puisque Luc avait fondé famille sur la Basse-Côte, d'assumer convenablement son rôle d'aîné. Avec une rudesse maladroite, il s'efforçait de montrer à Matthieu qu'il le considérait maintenant comme un homme.

— À ton âge, je travaillais déjà à la ferme. Oh ! ce n'était pas que ça me plaisait mais le travail exigeait. Il faut creuser son trou de bonne heure.

Il le laissait encore aller, comme un cheval qui secoue sa crinière avant d'être dressé. C'est une bonne nature, se disait-il, il va comprendre. Aussi, quand il vit Matthieu préparer le canot pour descendre à la Réserve, il haussa les épaules ; ne lui fallait-il pas aller chercher sa part de récolte ?

Matthieu montait vers la clairière, le claquement du soleil sur ses épaules, sur son visage, de plein fouet. Malgré son cœur lourd d'attente, il s'émerveillait, comme en dépit de lui-même, de l'éclat d'un rocher, des sapins dressant leurs chandelles vers le ciel, du piaillement des oiseaux qui nidifiaient déjà. Sous ses pieds nus, la terre de l'étroit sentier était chaude, un peu molle, avec, çà et là, le crépitement de la mousse sur les dalles de pierre. Une envie de courir, de haleter, de toucher la moindre feuille, un tronc, l'arête coupante d'une roche. La forêt, clairsemée par les coupes de bois de chauffage, bruissait, répétait les mêmes sons, les mêmes sursauts, les mêmes ardeurs d'un printemps éternel mais dans l'innocence d'un premier jour. Il n'y avait plus de mémoire, simplement un pouls, régulier et lent, qui aidait le matin à rejoindre le soir.

— Elle va venir, se dit Matthieu, elle ne peut pas ne pas venir.

En se retournant, il apercevait le fleuve qui surplombait les cimes, très haut vers l'horizon. Et puis, à moitié masqués par les arbres, les formes tassées, les éclats des toits de la Réserve.

Il n'y avait pas de vent. Très vite, la fumée monta droite vers le ciel ; il fallait attendre.

Maintenant qu'il sentait si proche la douceur de ses lèvres, de ses cheveux coulant dans ses mains ouvertes, le poids de son corps contre lui, il se demandait si tout cela était réel, si c'était bien elle qui allait venir vers lui, s'il ne devait pas subitement prendre la fuite. Tout à l'heure, il serait trop tard, le temps aurait passé. Déjà elle s'éloignait, il voyait sa silhouette descendre le sentier, le bras levé en guise d'adieu. Il ne l'attendrait qu'un instant, elle lui ferait don d'un sourire, d'une inclination de la tête, d'un geste de la main, de nouveau lointaine, enclose dans une existence qui lui serait à jamais étrangère.

— Je l'aime, se disait-il étonné, je l'aime.

Et ce n'était plus l'appel déchirant de l'hiver, le corps frémissant de l'étreinte, mais un état d'accueil, comme une bête qui s'étire.

Il entendit craquer des branches, des pierres rouler sur le sentier. Accroupi contre un rocher, il ferma les yeux.

— Ce n'est que moi, fit une voix sévère.

D'un bond il fut debout, tremblant et s'appuya d'une main à la roche. Devant lui, dans sa longue soutane noire se tenait le père Fillion.

— Je sais tout, dit-il. Ou je devine. Même en confession, les êtres se cachent encore, se dérobent. Comme une eau de printemps sous l'écume grise de neige et de glace. Mais son regard traqué, déjà suppliant, me disait plus que ses paroles. Je me suis toujours inquiété, pour ces âmes simples, de ces étendues hivernales infinies où le regard de Dieu se dilue, de ces faux paradis pourtant rudes où l'innocence et la faute s'entrelacent comme deux arbres jaillis du même sol. En êtes-vous moins coupables ? La Nature est une générosité de Dieu mais, en Père aimant, il a peut-être trop espéré de Ses créatures. Aimée est bouleversée, malheureuse, perdue ; c'est elle qui m'a envoyé.

— Vous mentez !

110

De qui parlait-il, cet homme que rien ne semblait pouvoir ébranler ? Aimée, son Aimée. Le geste de l'épaule, le regard net avec lequel elle rejetait dans l'inconnu ce qui ne lui convenait pas, la moue facilement moqueuse. Il y avait eu ce frémissement de terreur au sujet de son père, mais n'était-ce pas une fragilité passagère de jeune fille, une dernière hésitation avant de lui prendre la main pour braver l'inconnu ? L'image d'une Aimée désemparée, humiliée devant cet homme, était inconcevable, plus insupportable encore que son absence.

— Vous ne lui avez pas laissé le choix, ajouta-t-il dans un souffle.

— Le choix de quoi, Matthieu ?

La voix était posée, d'un calme presque parfait. Entre les mots, les silences faisaient irruption, bouillonnants d'images cachées, d'idées laissées volontairement en suspens. De loin, à les voir ainsi dressés face à face, Matthieu acculé au rocher et le prêtre dans les plis roides de sa soutane, on eût cru deux arbres secs, chicots noircis et solennels qui endeuillent les baies marécageuses.

— Le choix de quoi ? répéta-t-il. Je te connais depuis longtemps, mon fils. Tu es d'un cep vigoureux, entêté, et autrefois j'avais fondé sur toi de grands espoirs. Mais ton orgueil est une brume que ne perce pas la miséricorde divine. Parce que vous êtes appelés à garder le troupeau de vos frères, la tentation vous taraude de suivre les sentiers écartés, de défier la Loi. Par orgueil, par ivresse de cette intelligence qui ne vous vient que de Dieu. Mais tu es jeune encore, reprit-il d'une voix adoucie. Dieu n'a pas encore désespéré de toi. Je veux croire que dans votre folie, Aimée et toi, vous ne mesuriez pas le poids de votre faute. Plus coupable est Moïse de n'avoir pas été plus vigilant, plus attentif, plus prompt à empêcher ce qui n'aurait pas dû être. Et ses parents, d'avoir favorisé ce tête-à-tête pernicieux.

— Ils n'ont aucun droit sur elle, dit Matthieu avec colère. Nous ne sommes plus des enfants.

Il sentait la peau de son visage rouge et cuisante, les mots et les larmes obstruer sa gorge.

— Et toi, penses-tu avoir un droit ? As-tu seulement

pensé que c'est un miracle si elle n'attend pas un enfant ?

— Un enfant ? balbutia-t-il.

— Oui, un enfant.

Le prêtre s'était avancé d'un pas, Matthieu respirait dans son haleine. Il était maintenant de la même taille, quelques centimètres de plus lui eussent peut-être concédé l'avantage. Comme il haïssait cet homme, de toutes les fibres de son être, son autorité sous l'apparence de la douceur, sa conviction d'être l'incarnation du Vrai, du Juste. Mais c'était comme se jeter contre le métal d'une porte close, la résistance creusait en lui plus profondément le vide, appelait la rupture, les larmes, l'abandon.

— Tu penses que seuls les animaux ont des petits de cette manière ? continuait le père Fillion. Nous sommes de la même essence, divine, mais là où le don de la raison nous élève, l'obscur nous guette. Alors seule la main du Christ nous montre la route, dans son infinie et miséricordieuse connaissance de l'homme. Tu es encore si jeune, Matthieu, pour connaître le péché.

— Mais je peux l'épouser, s'écria Matthieu. Oui, ajouta-t-il dans l'élan d'une pensée qui prenait soudain corps, je veux qu'elle soit ma femme.

Le père Fillion le contempla d'un regard las, posa la main sur son épaule.

— Tu ne sais pas ce que tu dis. Je veux croire que tu es sincère, mais tu ne mesures pas la portée de tes actes, de tes paroles. Vous n'êtes pas du même monde. Et d'avoir passé un hiver avec eux ne suffit pas à faire de toi un des leurs. Vous ne pourriez qu'être malheureux.

— Vous craignez surtout qu'elle ne vous échappe ! Là-bas, à la Réserve, vous organisez leurs vies ; au nom de Dieu, vous les tenez, comme des enfants, sous votre autorité. Aimée est trop libre et cela vous fait peur.

— Trop libre ? Mais rends-toi à l'évidence, mon enfant ! Nul ne peut se couper de ses racines, de son peuple, de ses croyances. Elle existe au milieu de tous les siens, aimée, comprise, soutenue par eux. Comme toi par ta famille, dans ta communauté. De Blancs. Les Indiens sont nos frères, mais d'une nature différente.

— Mais des Indiennes sont mariées à des Blancs...

Matthieu perdait du terrain. En vain cherchait-il les mots décisifs, qui refléteraient l'évidence. Mais l'absence d'Aimée, cette absence consentie ou imposée, l'écrasait, le réduisait à une solitude absolue, jamais ressentie même au plus creux des nuits hivernales.

— Il y en a, c'est vrai. Mais combien de fois ai-je vu à la Réserve revenir de ces femmes anéanties, épuisées, avec accrochés à leur jupe des petits enfants sans peuple. L'Amour ne suffit pas, Matthieu, en supposant que, si jeunes, vous puissiez éprouver cet amour qui unit le mari à l'épouse, comme il nous lie à Dieu. Au-delà d'une passion trop souvent décrite dans de mauvais livres, le mariage est un patient et continuel partage, de valeurs, d'aspirations communes, d'estime mutuelle. Heureusement, Dieu et, dans son humanité divine, Jésus sont là pour nous soutenir ; mais la communauté aussi, baignant la famille dans une harmonie sacrée. La vie hors de la communauté est un enfer, tu es trop jeune pour le comprendre, mais je prie pour que cet isolement te soit épargné.

— Mais si elle était là, si je pouvais seulement lui parler quelques instants, ensemble nous pourrions vous convaincre.

Aux échos implorants de sa voix, il savait qu'il avait perdu. Mais la panique le prenait à la gorge, il s'agrippait aux mots comme des mains crispées à la paroi d'une falaise.

— Non, Matthieu. Aimée est plus raisonnable que toi. Contrairement à ce que tu imagines, elle est venue se confier à moi, d'elle-même. Elle ne t'en veut pas, mais elle désire, pour votre bien à tous les deux, ne plus te revoir. Elle sait que j'ai raison, que seul un homme de son peuple pourra la comprendre et prendre soin d'elle, comme elle le mérite malgré ses fautes passées. Retourne parmi les tiens ; bientôt tu auras oublié et tu trouveras une jeune fille de ton milieu, pour construire ta vie d'adulte. Tu ne dois plus revenir à la Réserve. Si tu essaies, je t'en empêcherai, par tous les moyens. C'est mon devoir.

— Mais Moïse...

— Moïse se sent très coupable. Il m'a remis ta part d'associé, pour les fourrures.

Le prêtre sortit de sa soutane une liasse de billets. Matthieu refusa d'un signe de tête, les mains enfoncées dans les poches.

— Ne sois pas stupide, Matthieu. Cet argent est à toi et, si tu n'en veux pas, pense à ta famille. Si tu refuses, je serai obligé de l'apporter directement à ton père. Je ne pense pas que de prévenir tes parents soit nécessaire. Ils seraient certainement très affligés et la leçon est assez dure, déjà, pour vous trois.

Devant le visage d'Onésime, crispé de colère, les dernières résistances de Matthieu s'affaissèrent. Maintenant il voulait que le prêtre s'en allât, que tout, enfin, fût terminé.

— Prends garde, mon fils, ton orgueil te fera beaucoup souffrir. Laisse-toi venir à Dieu avant qu'il ne soit trop tard. Il t'attend, dans sa grande miséricorde.

— Allez-vous-en, allez-vous-en, cria Matthieu, le visage tourné vers la forêt qui, plus haut, prenait les premières teintes du couchant.

Sans se retourner, il entendit le prêtre glisser les billets sous une pierre, puis les pas crisser sur le sable, décroître. Il se laissa tomber sur le sol, la tête enfouie dans les bras.

4

La terre n'était que sable et pierre, où ne s'enracinaient durablement que les espèces conquérantes, épinettes, pins, sapins baumiers, qui s'incrustaient dans la moindre anfractuosité de roche, se nourrissant des débris d'autres arbres, comme une armée invincible gavée de ses propres morts. Même les bouleaux, parvenus à une certaine croissance, s'étiolaient, pourrissaient par la base, offrant le spectacle désolant de leurs silhouettes ébréchées, de leurs troncs fendus où battaient encore quelques lambeaux d'écorce.

Depuis sa fondation et malgré toutes les ambitions, l'Anse-aux-rivières n'avait jamais été qu'une installation de fortune, un de ces hameaux-champignons qui naissaient et disparaissaient au gré des concessions forestières ; la mort de Rodrigue suffit pour que la communauté cédât à l'éphémère, à l'avidité de ce désert boisé que des années de labeur n'avaient attaqué qu'en surface. Quelques égratignures, de pauvres maisons que deux ou trois hivers écraseraient de neige, que l'été envahirait de plantes rampantes, de jets d'aulnes, retournant la clairière à l'intemporalité naturelle.

Après un mois d'attente pendant lequel Onésime ne déragea pas arriva enfin par bateau une lettre d'Azellus Roy. Rodrigue avait quitté la ferme familiale dans les derniers jours de mai ; au retour des champs, il s'était assis comme à l'accoutumée dans sa chaise berçante, à la lisière du halo de la lampe, s'était bercé en fumant sa pipe, en laissant échapper quelques paroles sur le printemps qui venait bien. Et puis son visage s'était tordu de douleur, les yeux écarquillés en une terreur enfantine, et il avait glissé sur le sol. Ni le médecin qu'on était allé chercher en toute hâte ni les prières n'avaient pu le ramener à lui ; il était mort sans confession, couché par terre comme un chien.

Alors, on manquait de bras à la ferme ; Rodrigue n'avait eu qu'un fils que l'Église avait réclamé et des filles qui s'étaient mariées, au loin, à d'autres cultivateurs. Quant à Azellus, le cadet, il avait décidé que ses enfants avaient mieux à faire que retourner la terre leur vie durant ; ils seraient instruits, dans les villes.

— Instruits ? ricana Onésime. Avec toute cette bonne terre qui leur colle aux souliers ? Il faut bien un original dans une famille...

Car sa joie d'être rappelé d'exil n'effaçait pas l'affront qui rejaillissait sur tous ceux pour qui l'horizon d'un champ était une suffisante raison de vivre. Il en était peiné, sincèrement, comme si son frère eût vendu le domaine des Roy aux enchères.

Il y eut bien des discussions à l'Anse-aux-rivières, des silences embarrassés, des interrogations sans fin. Maintenant que la place était libre, Onésime jouait les indécis ; par orgueil, il fallait bien résister un peu, feindre n'y pas tenir plus que ça. Après tout, ils s'étaient passés de lui si longtemps. C'était une grave décision à prendre ; Saint-Jean-Chrysostome où se situait la ferme avait pris avec le temps l'imprécision d'une terre étrangère. Au-delà des journées de bateau pour traverser sur la rive sud, des heures interminables en train pour ceux qui en avaient les moyens, sur de mauvaises routes défoncées par le dégel pour les autres, les distances s'enflaient de la perspective de l'hiver, du manque d'argent, de la répugnance atavique des voyages que des années d'errance n'avaient pas effacée dans ces âmes de cultivateurs pour qui il était juste de mourir où on était né. Et puis, en tant que chef de village, le départ d'Onésime était une

116

désertion qu'il ne se pardonnait qu'avec colère. En réalité, tous savaient que les dés avaient été jetés à l'instant même où Rodrigue avait glissé de sa chaise, mais il aurait été indécent de se décider sur l'heure, comme des chiens qu'on siffle, en laissant croire qu'ils avaient escompté l'héritage de longue date. Élise se gardait d'intervenir mais tout en perpétuant le quotidien comme si la nouvelle ne la concernait pas, elle préparait discrètement les bagages. Alors, les uns après les autres, tous se mirent à envisager de partir, comme si, d'un seul coup, la clairière les étouffait. Les maisons qu'ils avaient extorquées à l'aridité du Bois se révélaient brutalement inconfortables, trop isolées, temporaires.

— C'est vrai, dit Antonio, ici, plus de travail. Là-bas, à Saint-Ephrem, ils ont le moulin [1]. Du travail, du vrai. Le bateau passe plus souvent, et puis il y a une auberge. Le soir, ils jouent de la musique.

Il y avait aussi le prêtre, pas à demeure certes, mais qui venait de temps à autre au gré des bateaux et des cométiques. Mais cela, personne n'osait le dire à voix haute.

— Moi, je me demande si je n'irais pas jusqu'à Clarke-City, ajouta Eugène Lacasse. Ils ont l'électricité, eux autres, et le téléphone...

— Dans toutes les maisons ? demanda Victoria avec un air à la fois ravi et dubitatif.

— Ça, je pourrais pas dire. Mais l'hôpital, ça fait quéque temps qu'ils l'ont...

— Oui, mais c'est loin, dit Antonio après un silence rêveur.

— Ouais, remarque, c'est pas à la porte, ajouta Eugène un peu dégrisé.

Les hommes parlaient de travail, de payes, de projets à construire ; les femmes s'exclamaient, rêvaient de médecin, d'électricité, d'un peu de confort aussi pour élever leur famille. Et elles sentaient le poids de la fatigue, d'années de lessive, de tissage, de cuisine inventive pour des mêmes ingrédients, préparer des plats diffé-

1. Moulin de sciage.

117

rents. Elles imaginaient des jours sans inquiétude, les enfants bien habillés pour l'école, des soirées où l'on danserait dans le dos de monsieur le curé. Comment avaient-elles pu attendre si longtemps ? Avec la méchanceté d'un amour repoussé, ils effaçaient les heures où la clairière se nimbait d'or, les fêtes autour d'un orignal abattu, la complicité des naissances et ce petit froissement du cœur à être si loin de tous mais sain et sauf. Peu à peu, chacun oubliait que le signal du départ était venu d'Onésime et se rengorgeait d'avoir pris une bonne décision. C'était mieux ainsi ; dans un monde d'incertitudes, la nostalgie était mauvaise conseillère.

Dans cette bourrasque, Matthieu était ailleurs, l'enthousiasme le contournait sans qu'il y prît garde. Avec l'argent des fourrures, il avait acheté un nouveau canot en toile et il parcourait la côte à la recherche de menus emplois.

Il s'engagea dans l'équipe qui « réparait » la Rivière-aux-remous, la délivrant de toute la pitoune échouée au printemps dans les baies et l'eau morte des rapides. Conversations de gars qui riaient fort et s'endormaient d'un seul tenant, la bouche encore souriante d'une plaisanterie échangée dans l'obscurité ; jouissance de la lassitude extrême des corps, partagée en silence autour du souper. Et la joie, la très simple euphorie d'être en vie, puissant, agile, audacieux. Un des plus jeunes, Matthieu n'était pas le plus timide et, loin de son milieu familial, se révélait un compagnon plein d'allant, autour de qui l'on se réunissait à la veillée pour écouter, bouche bée, quelque histoire de trappe, de loups ou d'échappée en solitaire. Nombreux s'y voyaient, marchant à grandes enjambées derrière un troupeau de caribous, les bras chargés de fourrures, revenant au village avec, sur le visage, l'expression farouche des coureurs de bois.

— Oui mais toi, tu n'as pas de famille..., disaient-ils comme si Matthieu eût bénéficié d'une protection divine.

Pour se consoler, ils mettaient le sujet sur les enfants,

la beauté de leurs femmes avec leurs corps offerts qu'on empoignait à pleines mains. Matthieu laissait entendre qu'il avait lui aussi ses bonnes fortunes et des remarques fusaient, avec des rires, sur la légèreté des squaws. Ces soirs-là, il se tournait longtemps sur sa couchette, avec une tristesse qui lui montait en bouffées comme des chaleurs.

À la clarté du jour, il parvenait à ne penser à rien, dans le bourdonnement des mouches, le cri des compagnons, l'entrechoquement des troncs. Mais avant de rejoindre la tente où l'attendaient la soupe et des vêtements secs, il restait un moment en arrière pour contempler la rivière, écouter s'amplifier dans la nuit ses frémissements liquides, comme un pouls qui venait battre contre le silence de la forêt. Il la défiait, arc-bouté contre la nostalgie, avec un rictus de vainqueur ; à vrai dire, il ne la reconnaissait pas vraiment, comme si d'avoir été craché par elle dans la violence des remous les avait à jamais séparés.

En descendant, il s'arrêta au Village, avec pour prétexte l'invitation d'un camarade qui braconnait le saumon sur le Club des Anglais. Cela l'amusa un moment, le risque, les courses éperdues à travers bois pour échapper aux vociférations du gardien, les éclats argentés du saumon dans la blême clarté de la lune. D'attaquer ainsi la Loi, qui réservait la pêche à de riches étrangers venus des villes, ne lui déplaisait pas, l'animait d'une vengeance ricanante.

Mais il s'en lassa et revint flâner dans les rues agrandies, aménagées, méconnaissables ; avec l'arrivée d'une compagnie forestière, c'était un nouveau siècle qui avait conquis les battures. Mais l'affluence de nouveaux visages, l'irruption dans le langage quotidien des expressions « d'en face » dont on ne riait même plus ne parvenaient pas à effacer les ombres des absents et, pis encore, les métamorphoses des vivants. Chez sa tante Roseline, rien pourtant ne semblait avoir changé ; un nouveau poêle, une peinture fraîche pour remplacer la tapisserie de vieux journaux, des chaises neuves achetées au Magasin. Presque la même atmosphère, une grosse bonhomie de la vie que la mort de l'oncle François n'avait ternie qu'un instant et que l'autre François, le nouveau mari, avait repris à son compte. Angélique avait un fiancé, avec qui elle s'asseyait le soir sur la galerie ; quelquefois, Matthieu tirait une chaise à côté d'eux, mais leur embarras lui devenait vite insupportable et il allait marcher sur la grève, maintenant barrée du quai de chargement du bois. Un jour pourtant, alors qu'il ne s'était levé qu'après les avoir entendus partir, il la croisa dans la cuisine. Dans un brusque accès de passion, elle le serra dans ses bras et l'embrassa sur la bouche, sans dire un mot. Ce fut tout ; pendant quelques jours, il attendit, avec une excitation curieuse. Puis il retourna à l'Anse.

— Alors, fils, as-tu pris ta décision ? demanda Oné-sime.

Ainsi, il avait une décision à prendre ; il ne s'en était pas aperçu. Y avait-il une autre réalité que cet horizon stable, l'odeur persistante des épinettes, l'été qui courait vers l'automne ?

— Tu viens avec nous, n'est-ce pas ? ajouta Élise.

Matthieu la regarda ; il vit combien elle avait vieilli, ces rides autour des yeux, les cheveux gris comme des filaments de lichen dans sa chevelure noire. Toutes ces années trop lourdes pour elle, que la joie de revenir là-bas, dans l'espace qui avait toujours été le sien, ne suffi-rait plus à effacer. Le bonheur lui avait échappé, malgré les enfants accrochés à sa jupe, les confitures disposées sur l'étagère, l'orgueil d'avoir jusque-là mené à bien sa tâche. Matthieu eut peur pour elle, pour lui, de ces allu-vions que chaque heure déposait autour d'un être, paisi-blement, patiemment, jusqu'à ce qu'un épais tapis de boue transformât le moindre pas en fatigue. Et il s'étonna d'avoir passé tant d'années auprès d'elle sans avoir deviné, sous le visage soucieux de la mère, les troubles, les aspirations, les déceptions de la femme. Il l'avait aimée par principe, mais ne savait rien d'elle ; maintenant, il était trop tard, elle cachait déjà ses secrets derrière le masque de la dernière heure. Il pensa à

Antonio, dont la musique se dissimulait derrière la broussaille des sourcils mais qui vibrait encore, comme une harpe sous le frôlement imperceptible des doigts de l'existence ; et Aimée, cette grâce ombrageuse qui la préservait, même lorsqu'elle courbait la tête. Devait-il choisir un camp ? Autour de lui, les conditions de vie changeaient, il était soulevé par la puissance du courant.

— Je reste ici, dit-il enfin.

— Réfléchis bien, fit Onésime avec une douceur presque tendre. Tu es adulte maintenant et, ici, rien ne t'appartient. Mais je veux que tu sois vraiment libre de choisir. Je ne t'attends pas, fils, mais regarde plus loin que le bout de tes chaussures.

Il ne s'agissait pas d'une séparation de quelques mois, qu'atténueraient des visites, le partage du quotidien repris de temps à autre. Certes on s'écrirait, mais les nouvelles rancissaient vite à voyager si longtemps, et puis que dire quand se perdait la complicité de repas pris en commun, des soucis pour une bête malade, pour une menace d'orage, pour ces petits riens qui composent une existence mais s'empoussièrent comme des bibelots dans la maison d'un mort. Chacun établirait sa vie à l'écart, le cœur d'abord serré d'absence, mais peu à peu l'habitude se prendrait, comme avec Luc à la Baie-Saint-Martin, des bons vœux à Noël, de l'annonce d'une naissance, d'un décès.

Mais Matthieu tint bon, sans bien savoir pourquoi. Peut-être rêvait-il encore du Pays d'En-Haut, bien que, de plus en plus, le sentier en fût effacé. Il n'avait pas de nouvelles de Moïse, il n'avait pas tenté de retourner à la Réserve. Il voulait rester là, même tout seul, malgré le regard attristé d'Élise et les souvenirs qui s'éparpillaient. Sa volonté butait sur l'horizon du fleuve.

La date du départ pour Québec était déjà fixée et, dans la maison, les derniers objets disparaissaient dans les malles et les ballots. Les Mattioni et les Picard se dirigeaient vers Saint-Ephrem, les Lacasse tentaient le grand voyage vers Clarke-City.

— Tu viendras nous voir ? disait Antonio. Chez nous, c'est chez toi.

Et Éva Picard lui souriait timidement.

Une dernière fois, on vint chercher Onésime pour un blessé au village indien. C'était l'époque où les mouches devenaient moins voraces, où au sortir d'un bain dans la rivière venaient des frissons sur la peau nue.

— Tu viens avec moi, dit Onésime à Matthieu.

C'était un ordre auquel Matthieu ne pouvait se dérober sans évoquer l'interdit dont il voulait garder le secret. Arrivé à la Réserve, il resta dans l'ombre de son père, heureux qu'Onésime avançât avec tant de détermination. Dans la chambre, le blessé gémissait sur un matelas posé à même le sol, recroquevillé sur la douleur qui tirait les traits vers la bouche, aux lèvres exsangues.

— Vas-y, dit Onésime en poussant Matthieu aux épaules. Vas-y, il est à toi, ajouta-t-il dans un murmure.

Matthieu sentit ses jambes flageoler, la sueur lui plaquer une main froide sur le front. Il regarda le visage cireux de l'homme, ses plaintes qui montaient comme des bulles aux commissures des lèvres. Il perçut confusément qu'Onésime sortait de la pièce, refermait la porte derrière lui ; le blessé s'accrochait à son regard avec une expression inquiète et suppliante. Matthieu tentait de se concentrer, de rappeler à lui les moments où, sous les conseils de son père, ses doigts étaient venus palper le mal, comme le poitrail d'une martre pour trouver le cœur et l'étouffer d'une pression du pouce. Il l'avait fait sans y penser pour Onésime sur des points qu'il ne pouvait atteindre lui-même, pour Angélique un jour qu'elle s'était foulé la cheville loin sur la grève, pour des proches. Ce n'avaient été que des gestes d'apaisement, comme souffler sur la plaie d'un petit enfant. Mais cette souffrance vautrée sur le lit, la tension palpable comme un tissu sur le point de se déchirer, il n'y était pas préparé. Il s'avança, s'agenouilla au côté de l'homme qui lui dit quelque chose d'une voix hachée ; mais il n'entendait rien. Écartant la chemise, il scrutait la peau, promenait ses doigts sur le cou, l'épaule. Et d'un seul coup, comme au réveil dans une chambre inconnue on aperçoit enfin un objet familier, il sentit l'anomalie, le nœud illogique dans la fluidité des chairs. Ce fut un haut-le-cœur sans pensées, une impulsion à unifier, à rétablir l'ordre. L'homme hurla puis se mit à pleurer, maintenant mou et souple sous les doigts de Matthieu qui s'acharnait avec une exaltation proche des larmes. La main d'Onésime secouant son épaule le fit émerger de sa transe :

— Voilà, c'est assez. Tu sais, maintenant. Va-t'en.

Matthieu sortit de la chambre, de la maison, se mit à marcher au hasard des rues sans rien voir, les poings serrés. Depuis quand son père savait-il ? Depuis combien de temps observait-il son fils, attendant l'heure, le distinguant de ses autres enfants ? Matthieu en ressentait une rage effrayée, comme s'il avait toujours été atteint d'une difformité que lui seul avait ignorée jusque-là ; et en même temps, une joie irraisonnée lui donnait des ailes, il aspirait l'air à grandes goulées, il serait parti, droit devant lui, avec au cœur la certitude de sa puissance.

Il se souvenait, enfant, d'avoir questionné Élise sur ce don capricieux, jaloux, qui hantait la famille Roy depuis des générations, sautant du grand-père au fils, de l'oncle à la nièce, sans autre logique que le sang. Mais elle n'aimait pas en parler, c'était un fluide secret dont il ne fallait tirer ni gloire ni richesse. Combien de fois Matthieu avait-il vu son père se levant au milieu du repas, lâchant sa hache, appelé dans la nuit ; son visage fatigué, ses épaules affaissées, lorsqu'il revenait à la maison, sans un mot, sans une plainte. Peut-être, de temps à autre, eût-il préféré remettre à d'autres ce privilège. Mais nul ne pouvait effacer la marque quand il avait été désigné.

À quelques reprises cependant, Onésime avait évoqué son grand-père dont les talents de guérisseur attiraient des malades bien au-delà de la région. À la ferme, il y avait toujours un lit disponible, une assiette de soupe tenue au chaud pour ceux que la nuit surprendrait alors que, assis dans un coin de la cuisine, avec le visage crayeux de la souffrance, ils attendaient leur tour. Le vieil homme ne se déplaçait plus, mais si sa femme maugréait contre ce flot ininterrompu de visiteurs, s'inquiétant pour sa santé, il murmurait entre ses dents : « Tais-toi ! *Il* t'entend. » Peu de temps après son soixante-dixième anniversaire, il avait appelé Onésime, l'avait fait asseoir dans sa chambre qui sentait l'onguent et l'effluve douceâtre de la maladie.

— J'arrive au bout de ma route, petit. Je te laisse la place...

Ce jour-là, il avait commencé à mourir.

« Pourquoi si tôt ? » se demandait Matthieu avec frayeur. Il avait envie de revenir vers son père, de lui crier qu'il n'était pas prêt. Mais ses doigts savaient déjà, et il les enfouit au fond de ses poches.

Hébété, il avait atteint les limites du village, lorsqu'il buta sur Moïse.

— Il faut que je te parle, fit Moïse en bougeant à peine les lèvres. Pas ici. Demain ou après-demain, attends-moi au Cap-des-petites-rivières.

— La Robe noire me surveillait de près, lui dit-il quand ils se retrouvèrent. Comme si j'allais être mangé par le Diable.

Il rit, en contemplant Matthieu avec une attention étonnée.

— Vous m'avez bien eu ; je me demande où j'avais les yeux.

Matthieu fit mine de protester mais il l'interrompit d'un geste.

— Mais qu'est-ce que ça peut faire ? C'est une ancienne saison.

Assis côte à côte, ils regardaient le fleuve, suivaient des yeux la fumée de leur pipe. Matthieu s'allongea, les mains sous la tête ; il connaissait assez son compagnon pour attendre patiemment la raison de sa visite.

— On dit que ta famille retourne vers Québec. Tu les suis ?

— Non, fit Matthieu.

Il voyait très haut dans le ciel flotter les nuages et il se laissait entraîner loin de la plage, des battures mangées par les vagues. Le silence lavait sa honte, le sentiment d'avoir, sans trop savoir comment, manqué à sa parole.

— Elle va se marier, avec le fils aîné des Michel. Un bon gars. Leur chemin de chasse est en haut de la Rivière-des-grandes-chutes.

Très loin, à l'ouest de la Réserve.

— C'est bien pour elle, ajouta-t-il enfin en se tournant vers Matthieu. Tu peux revenir avec moi si tu veux...

— Mais la Robe noire ?

— Il n'en saura rien. Nous partirons devant, avant les parents.

Matthieu devina l'insistance maladroite du prêtre, ses efforts pour dicter à Moïse sa conduite. D'avoir trop voulu marquer son autorité, il en avait épuisé la force. Cette proposition était, au-delà du pardon, un acte de bravade où Matthieu ne jouait qu'un rôle secondaire.

— Je te remercie, répondit-il à Moïse. Je viendrai.

Et ils s'étaient serré la main, avec un sourire à peine retenu.

5

Il s'était mis à neiger, une bruine continue qui absorbait les sons et ouatait le cœur comme un édredon. Cela
n'avait débuté qu'en début d'après-midi, mais toute la
journée, depuis l'aube laiteuse, avait respiré dans la
neige et l'oppression du ciel s'allégeait dans ce rideau
qui noyait les nuages, comme un front collé à une vitre.

Le lac s'élargissait jusqu'au pied de la montagne, une
masse ronde d'épinettes tachetée de blanc, qui laissait
entrevoir, çà et là, des miroitements de granit. Une
avancée de chicots pétrifiés, avec leurs moignons noi-
râtres, donnait à l'ensemble un air vaguement lugubre ;
il semblait que l'été n'aurait pu pénétrer jusque-là, que
cet espace clos qu'aucun regard n'avait jamais révélé ne
s'accommodait que du grisé hivernal.

Accroupi au pied d'un pin, Matthieu respirait le parfum
chaud et douceâtre qui s'exhalait du col de sa veste, sa
propre odeur, rassurante, de sueur et de fatigue. À ses
pieds, gisait son sac dont il s'était débarrassé d'un mouvement d'épaule, d'un soubresaut hargneux de cheval vidant
son cavalier. Bientôt, il ferait du feu, un thé, pour ne pas
laisser les vêtements coller sur sa peau moite, la lassitude
l'envahir. Mais le silence appesantissait sa nuque, calait
son dos contre l'écorce boursouflée de sève gelée ; une
contemplation morne, dont toute vibration était éteinte,

comme s'il était absorbé par ce paysage insolite avec une absence d'inquiétude qui ressemblait à du bien-être. Par habitude, il laissait sa mémoire prendre l'empreinte de chaque détail ; un sapin à moitié déraciné dressant vers le ciel ses dernières branches, une cabane à castors dissimulée sous un fouillis d'aulnes, un brusque bouquet de bouleaux à mi-pente... Aucune trace jusqu'à l'horizon, une immobilité vierge. Il était quelque part, très loin de toute terre humaine, et des bribes de pensée flottaient, comme les flocons de neige continuels et volatils.

Ces quelques mois n'avaient été qu'adieux auxquels il n'avait pas pris garde, séparations auxquelles il avait consenti comme on tend une joue distraite à une connaissance de passage. Son chagrin avait donc été si opaque, non la perte d'Elle, la trahison polie, mais un détachement de tout ce qui avait eu un sens. En vain cherchait-il encore aujourd'hui le moindre fragment de colère, un vestige d'amour déçu ; c'eût été au moins une révolte. Non, s'il était encore tourné vers Elle, c'était sans désirs.

Comme tout semblait irréel, curieusement futile dans cette lumière voilée ! Il avait vécu en deçà, corps étranger dans sa propre vie.

Il n'osait pas bouger, ému des battements de son cœur, de la détermination animale de son corps à exister, respiration après respiration, dans cette bulle d'espace à l'écart du monde. Il était seul, et, pour la première fois depuis tant de mois, il n'en éprouvait ni amertume ni remords ; c'était doux, comme un parfum de terre mouillée au sortir d'une longue maladie.

Il repensa au départ du bateau pour Québec, la foule amassée sur le quai, les coups de trompe pour écourter les étreintes. Que sa famille lui avait paru fragile ! Autour des ballots, ils n'étaient plus que quatre, maintenant qu'après Luc, Marie s'était éloignée dans un couvent de sœurs. Onésime arpentait le quai, Élise et Honoré refoulaient leurs larmes. Ils avaient parlé de température, s'étaient chargés de messages pour les uns ou les autres, guettant l'embarquement avec une impatience étranglée.

— Tu viendras pour Noël ? demanda Élise.

— Je ne pense pas que ça sera possible ; vous savez, l'hiver..., s'entendit-il répondre.

Mais elle n'écoutait pas, c'était simplement dire que toute cette distance entre eux ne les séparerait pas.

— N'oublie pas d'apporter le cheval au barrage ; ils ne me doivent plus rien dessus.

— Mais non, père, vous savez bien...

Enfin, ils étaient partis. Matthieu avait regardé le bateau s'éloigner jusqu'à ne plus apercevoir qu'un mince panache blanc au-dessus des vagues ; sa tristesse, trop calme, fut traversée d'un frisson délicieux de délivrance, qui le ramenait plusieurs années en arrière, quand avec Angélique il suivait des yeux les canots qui emportaient Onésime et Antonio vers les camps de bûcherons. À cet instant-là, il avait retrouvé dans l'émotion coupable de la séparation la saveur de l'attente. Et puis, la préparation du départ avec Moïse avait effacé cet ultime point d'ancrage.

Moïse ne changeait pas ; dès leur arrivée au lac Atihk, ils avaient établi leurs lignes de trappe chacun de son côté, ne se rencontrant qu'à la nuit au chalet, parlant peu et seulement de pistes fraîches, de collets déjoués, de l'avancée de la lune. D'Aimée non plus, ils ne parlaient pas, même si certains soirs où ils écorchaient les bêtes autour de la lampe, ils ne pensaient qu'à elle. Une fois, alors que Matthieu était allongé, silencieux, sur sa banquette, Moïse avait dit sans lever la tête du traîneau qu'il sculptait : « C'est dommage. » Ce fut tout.

Mais le Bois que Matthieu avait cru partager, qu'il avait aimé avec tant de dévotion émerveillée, s'était évanoui ; inlassablement, il parcourait la même forêt d'épinettes, il contournait la même montagne. Il étouffait de ces milliards de troncs semblables, de ces baies de foin également mornes ; le ciel le surplombait de grisaille accablée ou d'une insensibilité bleue. Lorsqu'il soupesait le corps inerte d'une martre, lorsqu'il observait le va-et-vient des mésanges, il lui semblait que le présent où il se débattait n'était finalement qu'une répétition sans fin, n'ayant de sens que pour lui. Le Bois était le refrain d'un disque rayé.

— Il n'y a pas de Pays d'En-Haut, avait-il dit avec rage.

— Les légendes sont ce qu'elles sont, avait répondu Moïse. Mais tu ne sais lire que ce qui vient à toi...

— Alors, depuis le début, tu le savais, qu'il n'existait pas !

— Non, je n'en sais rien ; mais cela n'a pas d'importance. Je suis content de ce que j'ai. C'est peu, mais c'est assez.

Que Matthieu n'eût pas donné pour partager cet état d'enfance, perpétuellement en paix même dans ses colères et ses engourdissements. Mais lui-même butait sur ce trop-plein de vie, sans brèches.

De plus en plus souvent, il devait revenir sur ses pas pour inspecter un piège qu'absorbé dans des pensées informes il avait négligé ; alors il se blâmait de son inconstance, d'être une feuille balayée par le vent, courant de chimère en illusion, toujours occupé d'une autre présence que la sienne. Mais il ne parvenait pas à chasser cette fébrilité qui le saisissait au réveil, le poussant plus loin, toujours plus loin, comme s'il fuyait.

Un claquement de branche le rappela brutalement à l'heure présente, à l'humidité du soir qui montait dans ses reins, au blizzard qui s'était levé. Il dut s'appuyer sur l'arbre pour déplier ses jambes ankylosées, sautilla maladroitement sur place pour rétablir la circulation dans ses pieds insensibles ; le cognement de ses raquettes l'une contre l'autre résonna crûment dans les bourrasques qui grondaient dans la montagne, soulevaient des tourbillons de poudrerie avant de le frapper au visage. Déjà, la fragile luminosité des jours de neige s'était enfuie, rendant la terre à l'uniforme pesanteur du ciel.

D'un coup dégrisé, il scruta les alentours à la recherche d'un lieu abrité pour installer son bivouac ; à sa gauche et jusqu'à la tête du lac, la montagne descendait à pic dans un désordre de bois sale, de troncs enchevêtrés, de fronts rocheux. Au loin, se devinait une autre baie dissimulée à la vue par un épaulement et qui semblait assez profonde. Au milieu de la passe, une forme noire accrocha son regard, comme une haute souche échouée, qu'il n'avait pas remarquée jusque-là. Mais soudain la forme bougea, ou plutôt Matthieu prit conscience qu'elle n'avait pas cessé d'avancer derrière le rideau voltigeant des flocons. Un ours ? Mais en cette saison, c'était impossible... Il fit quelques pas sur le lac, les yeux brouillés d'excitation ; c'était bien un homme, surgi de nulle part, un mirage dans ce paysage qui évoquait des terres interdites. Courbée contre le vent, la silhouette progressait à pas réguliers vers l'entrée de la deuxième baie.

— Hé, cria Matthieu. Hé, vous, là-bas, attendez !

Il se mit à courir, aussi vite que le lui permettaient ses raquettes dans la neige profonde, en agitant les bras. Il lui semblait distinguer maintenant le carreauté [1] rouge d'une veste, un dos fléchi sous le poids d'un sac. Mais il doutait encore ; des pans de poudrerie venaient gommer l'apparition et il se croyait fou, hors de lui de surprise et d'incertitude. Le sang s'épaississait dans sa gorge serrée et il dut bientôt s'arrêter, une douleur aiguë au côté.

— Hé, attendez-moi, cria-t-il à nouveau.

Mais le vent lui arrachait les mots au ras des lèvres, les noyait dans l'assourdissement de la tempête. L'homme marchait toujours, de plus en plus vite, comme si loin de chez lui il pressentait la nuit ; puis il coupa vers la berge et disparut.

Matthieu était au bord des larmes, comme s'il eût laissé échapper un dernier recours. Sa hache, ses allumettes, sa couverture étaient restées en arrière, avec son sac posé au pied du pin ; il dut revenir sur ses pas. Mais le temps pressait, bientôt les pistes allaient s'effacer dans l'enchevêtrement du thé du Labrador écrasé de neige. La paix où il avait cru trouver refuge, loin des regards, avait volé en éclats dans l'avidité de la poursuite, comme du pus s'accumule dans les chairs pour en expulser une écharde.

Après avoir contourné la passe, il trouva la piste de raquettes que le vent rabotait déjà, il en eut un étourdissement. Là où l'homme s'était engagé dans la forêt, les

1. Tissu à carreaux, très porté dans le Bois.

130

traces montaient droit dans la pente ; çà et là, des branches cassées, des glissements sur la neige fraîche. Pas d'hésitation dans les pas, chaque obstacle était pressenti d'avance et contourné ; l'homme parcourait son territoire. En pensée, Matthieu le rejoignait déjà. Un Indien ? Mais aucun Indien de la Réserve n'avait de chemin de chasse aussi profondément au nord. La Rivière-aux-remous était loin, par quelles eaux était-il possible de rejoindre la côte ? L'idée l'effleura qu'il se trouvait aux portes du Pays d'En-Haut, il en oublia sa fatigue ; à nouveau, il était en chasse.

Imperceptiblement, la neige noircissait, la vue butait sur l'écran de troncs serrés ; les enjambées, de plus en plus espacées dans la descente, rendaient les traces difficiles à suivre. Mais, en passant le col, Matthieu avait aperçu une trouée, un relâchement dans le moutonnement des cimes. Enfin, il déboucha sur une clairière, une échappée marécageuse plantée d'arbustes chétifs que le vent balayait en rafales ; la nuit était presque tombée, un clair-obscur flottait encore à mi-hauteur. Plus loin, les pistes devenaient illisibles.

D'un coup, il prit conscience de son isolement, du sifflement du vent qui lui durcissait le visage, de sa faiblesse ; il n'avait rien mangé depuis le matin, la sueur lui plaquait la chemise aux épaules. Il était seul ; à la poursuite d'une ombre, il s'était perdu, et l'obscurité lissait le sol, tirait un voile opaque sur les dernières traces.

— Où suis-je ? dit-il à haute voix. Où suis-je ? cria-t-il, forçant ses lèvres figées à articuler les sons.

Tout autour, ce n'était que désolation, entrechoquement de branches, un ciel noir qui étreignait la terre, secouée de vent.

— Il faut trouver un abri, murmura-t-il, tu vas trouver un abri pour la nuit. Vite...

Une sensation visqueuse de panique vint battre au creux de sa gorge.

— Ce n'est pas la première fois. Il faut bouger maintenant. Bouge ! s'exhorta-t-il.

Mais ses raquettes semblaient coller au sol. Il tendit l'oreille : un cri de bête, le hurlement d'un loup, la stridulation d'un écureuil, tout plutôt que cette apparence de torpeur hantée du gémissement du vent.

Il se rappela avoir longé en descendant un escarpement rocheux. Il revint sur ses pas, ses yeux fouillant l'obscurité ; une masse plus sombre se dessina devant lui, qu'il toucha de sa main nue, palpant la surface où s'accrochaient des mousses de lichen. Trébuchant, il avançait les bras tendus en avant, quand sous ses doigts il sentit une arête vive, l'entrée d'une faille dont il ne pouvait distinguer la profondeur et qu'une accumulation de neige fermait à demi. S'en échappait une odeur âcre, un relent de musc et de poils ; une ouache [1], à n'en pas douter. Mais la présence d'un ours eût diffusé une chaleur, un parfum vivant, une humidité d'haleine. Avidement, Matthieu respirait dans la bouche de la caverne, mais il ne sentait que le froid et cette odeur de bête. Il se fraya un passage dans la congère, craqua une allumette ; dans la lumière tremblotante, vite éteinte, rallumée, il distingua les parois d'un corridor qui s'enfonçait au creux de la pierre. Sous ses pieds, il sentit la surface de la roche, puis des brindilles craquèrent. À bout de nerfs, il appela, il cria son propre nom : « Nabemashkoush ». Un écho lui répondit, assourdi, « Koush, Koush ». Sur les murs de la caverne qui s'inclinaient en hauteur comme les pans d'une tente où il devait se tenir courbé, des poils noirs étaient restés accrochés. Et toujours cette senteur de bête tapie, qui le grisait un peu dans sa peur. Au bout de quelques minutes, il s'apaisa ; les ours ne se tenaient plus là, peut-être était-ce l'antre d'un vieux solitaire mort durant l'été.

À quelques mètres de l'entrée de la grotte, il trouva une épinette sèche, couchée, dont il arracha les plus grosses branches. Avec ses mains, avec ses pieds, il haussa le remblai de neige pour se protéger du vent ; bientôt, le feu se mit à crépiter, des étincelles éclairaient la crevasse par intermittence. Il se força à boire un thé, avec beaucoup de sucre et, roulé dans sa couverture, il s'endormit, épuisé.

---

1. Gîte d'un animal sauvage, surtout utilisé pendant l'hibernation.

La tempête dura deux jours ; deux jours et trois nuits. Au-dessus du banc de neige, Matthieu n'apercevait qu'un bouleversement laiteux qui masquait l'horizon à vingt mètres. De temps à autre, il se forçait à sortir pour ramasser du bois ; à l'abri du vent, la température s'était adoucie, des bourrasques expirantes détachaient des arbres de lourds amas de neige qui tombaient autour de lui avec un bruit mou. Il ne distinguait pas l'éclaircie du lac ; les flocons s'accrochaient dans ses cils et fondaient, comme des larmes froides. Il était inutile d'espérer retrouver sa route, inutile de poser des collets ; le museau enfoui dans la chaleur du ventre, les bêtes attendaient que le jour se levât enfin.

La grotte était en réalité un boyau étroit entre deux blocs de pierre ; une très faible clarté descendait du plafond où une brèche s'était couverte d'une taie de glace. Avec la chaleur du feu, des gouttelettes ruisselaient, se figeaient en minuscules stalactites qu'il suçait pour apaiser sa faim. Sur son matelas improvisé d'herbes sèches et de lichen, il s'abandonnait à une torpeur où lui venaient des songes, serein, comme dans ces bibelots de verre qu'on agite pour y voir tomber la neige.

Il allait retrouver cet homme, dût-il pour cela explorer chaque mètre carré de cet immense territoire ; il lui parlerait comme il n'avait encore jamais parlé à personne. Mais il était prêt à attendre, avec la patience d'une martre qui s'approche d'un écureuil. De l'avoir entrevu, puisqu'il n'en doutait plus, lui accordait le droit de partir à sa recherche ; simplement le voir, constater son existence et être vu de lui. Pour le reste, il y avait au bout des premiers instants de rencontre un voile noir que Matthieu ne parvenait pas à franchir. Ce ne pouvait être qu'un ermite, ainsi enfoncé dans un si complet éloignement, un être rongé de haine qui se détournerait avec colère, un assassin que la société avait banni et qui, jour après jour, seul face au ciel, expiait sa faute. Ou bien un saint, diaphane tant jaillissait de lui la lumière intérieure ; à l'écart du tumulte, il s'était voué à la prière. Car un tel isolement était absurde sans le regard de Dieu ; cet homme avait, plus que d'autres, des comptes à rendre au Ciel. Matthieu le devinait d'une essence supérieure, dans la clarté ou dans l'ombre, et ce qui au départ n'était qu'un coup de tête, une curiosité avide, devenait au fil des heures une obsession tendue jusqu'à l'extrême. Il aménagerait la grotte, centre névralgique de ses recherches ; avec une réserve de bois sec, une palissade de rondins à trois pieds de l'entrée pour couper le vent, il se constituerait un foyer.

Il se parlait à voix basse, se rappelait des mélodies que sa mère fredonnait quand il était enfant. Parfois, dans la lueur dansante des flammes, il retrouvait le sourire d'Aimée, l'odeur de sa peau dans l'exhalaison de résine. C'était une mélancolie caressante, comme si elle était morte.

— Va, petite fée, va maintenant, murmurait-il.

Et des larmes lui coulaient sur le visage, dont il léchait le sel. Loin de tous les regards, libéré de ses propres souvenirs, il n'en avait pas honte.

Au troisième matin, un rayon de soleil venu danser sur les parois de la grotte le réveilla. Se glissant hors de son abri, il émergea dans le bleu violent du ciel, l'air neuf et glacé ; ses lèvres se mirent à sourire, sa faiblesse physique lui procurait une ivresse légère, comme un évanouissement au bord des larmes. La terre était enveloppée de neige, pas une trace, pas un souffle. Au bord du lac, un bouquet de mélèzes s'ourlait d'un blanc délicat, ciselé d'éclats argentés. Le profil de la montagne était comme un gros oreiller de dentelles.

Il se mit en route vers le lac Atihk. Chaque pas lui coûtait un effort, l'obligeant à des haltes régulières, une main appuyée sur un tronc. Ses traces étaient toutes effacées sous l'épais tapis blanc ; il divagua longtemps, mais sans inquiétude, comme s'il se frayait un passage dans une forêt médusée par un sortilège. Il riait tout bas, de son corps aérien, des éclats scintillants qui dansaient devant ses yeux.

Il parvint à prendre une perdrix, ce qui lui rendit quelques forces. Après deux jours de marche, il retrouva enfin une rivière qu'il longea, contournant les passes où le courant, camouflé, rongeait encore la glace. Lorsqu'il reconnut le paysage, l'approche du plateau, la configuration du lac de tête, il était déjà midi. Ce ne fut qu'au crépuscule qu'il aperçut le toit du chalet, avec le mince filet de fumée qui s'élevait vers le ciel.

— Ah, te voilà, dit tranquillement Moïse. Je te croyais perdu.

Et il se leva pour lui servir un thé qu'il avait tenu chaud sur le bord du poêle.

Matthieu raconta à Moïse la tempête, la tanière d'ours, le temps qui s'immobilisait à sucer sa faim, avec, dehors, le vent qui sifflait et dressait un mur opaque de neige à l'entrée de la grotte.

— Mais pourquoi n'as-tu pas fait demi-tour avant la nuit ? demanda Moïse.

— Je ne sais pas, mentit Matthieu. Je n'ai pas vu venir la tempête.

— Ah ! fit Moïse en hochant la tête.

Matthieu, gêné, se baissa pour mettre une bûche dans le poêle. Accroupi devant le feu qui lentement embrasait l'écorce, il se racla la gorge.

— Non, fit-il presque à regret. J'ai vu un homme sur le lac ; j'ai voulu le suivre...

— Un homme comment ?

Que pouvait-il dire ? Une forme tassée, poussant du front la tempête ; il était si loin.

— Un des vôtres a-t-il un chemin de chasse aussi loin dans le Nord ?

— Non, dit Moïse. Mais on dit qu'il y a un Blanc. Il ne descend jamais. Les vieux disent qu'il ne faut pas le déranger. Ils l'appellent Tshelnou [1]. Mais peut-être ce n'est pas lui.

C'était lui, ils n'en doutaient ni l'un ni l'autre.

_____

1. En montagnais : Tshishelnu, Vieil Homme.

6

Les Mattioni et les Picard reprirent leurs habitudes à Saint-Ephrem avec l'aisance instinctive des gens de peu qui, autour d'un chaudron, d'une lampe, construisent un foyer. Dans les maisons de la Compagnie forestière, toutes semblables avec leurs murs de planches peintes, ils accrochèrent leurs rideaux, rangèrent leurs conserves d'orignal, leurs confitures de bleuets et, après un claquement de langue satisfait, allèrent rendre visite à leurs nouveaux voisins. Ils n'étaient pas vraiment dépaysés ; il y avait toujours au bout de leur regard la surface chatoyante du fleuve et, flottante dans l'air, l'odeur tenace du bois, fine poussière de sciure et de résine qui s'incrustait dans leurs vêtements. S'ils étaient moins isolés, c'était pour retrouver d'autres semblables, certains qu'Antonio et Albert avaient déjà côtoyés dans les camps de bûcherons et d'autres qui leur étaient familiers avant même de savoir leur nom. Parce qu'elle était moins exposée, leur vie devenait plus facile, moins libre aussi, assujettie aux horaires du moulin, aux tintements des cloches, aux heures du souper qui vidaient les rues et allumaient le fanal au-dessus des tables comme des dizaines d'étoiles éparpillées dans la nuit.

Avec ses rues bien alignées, son école aux murs décorés de dessins, l'épicerie où traînaient sur le comptoir des bocaux d'œufs au vinaigre et de langues de porc, Saint-Ephrem eût été un village de compagnie de plus sans l'existence de l'Auberge. De dimension plus modeste que le moulin, moins indispensable à la survie immédiate de la communauté, cette simple bâtisse de bois, sans grand caractère vue de l'extérieur, en était pourtant le moyeu. Dix chambres où, dans les périodes de pleine activité, pouvaient s'entasser jusqu'à trente ou quarante personnes, une grande salle à manger qui donnait sur le fleuve et que l'on convertissait le temps de le dire en salle des fêtes. Il y régnait une atmosphère bon enfant, contrôlée de main de maître par Rachel et Sylvain, qu'on prénommait affectueusement *les Patrons*.

Sans Rachel, le village eût manqué d'âme ; petite et si maigre que les vêtements flottaient autour de son corps comme sur un épouvantail, elle avait mérité à l'aube de la cinquantaine une beauté que sa jeunesse n'eût pas laissé espérer ; des cheveux poivre et sel sagement serrés en chignon, encadrant un visage pointu de chat, des yeux bleu-gris toujours en mouvement.

— Faites ben attention en sortant, lui disait-on les jours de grand vent. Vous pourriez vous envoler...

— Pas de danger, répondait-elle de sa voix haut perchée, le Diable vous aura tous mangés que je serai encore debout...

Et tous riaient, contents de recevoir de petites tapes sur l'épaule comme des écoliers, de l'avoir fâchée par jeu. À peine pouvait-on imaginer qu'elle pût se coucher quelques instants pour dormir ; toujours alerte, courant de la cuisine à la salle à manger, de la salle à manger aux chambres, puis soudain sur le pas de la porte pour surveiller les hommes qui pelletaient la neige fraîche, un torchon sur l'épaule pour essuyer la poussière ou chasser les paresseux encore attablés en milieu d'après-midi. L'énergie en elle était une source bouillonnante, qui rejaillissait sur tous ceux qui l'entouraient comme un bonheur d'être jamais tari.

— Un sacré bout de femme, disaient les hommes. Toute une, cette Rachel...

Et il se mêlait à leur affection une admiration étonnée. Les femmes n'en étaient pas jalouses, Rachel était de ces natures matriarcales qui cimentent les pactes d'alliance. Sous divers prétextes, un travail d'aiguilles, une recette, elles venaient se confier, partager un souci, une tristesse ; usées par le contact incessant de leurs proches, de leurs voisins, elles étaient si seules. Rachel s'interrompait, s'asseyait un instant ou s'appuyait sur une clôture, serrant contre elle les pans de sa veste qui lui dessinait d'hypothétiques rondeurs. Il n'y avait plus de souper en retard, plus de vaisselle sale dans l'évier, plus de légumes à protéger du gel. Mesurait-elle l'indispensable de ces saignées émotives, compensait-elle ses propres chagrins de femme sans enfants ? Son attention allait chercher les mots ; d'un signe de tête, d'un « Mais voyons donc », elle dépouillait les vraies douleurs de leurs gangues chimériques, elle accouchait Saint-Ephrem de ses pauvres secrets. Puis elle se levait brusquement pour retirer une casserole du feu, clore d'un mot ou d'un geste une conversation qui s'était vidée de son suc. Ses avis étaient respectés et craints ; Rachel n'hésitait pas, quand elle le jugeait nécessaire, à rappeler à l'ordre un mari fautif ou un jeune récalcitrant. Les hommes étaient pour elle de grands enfants qu'il ne fallait pas quitter des yeux. On maugréait parfois sous sa tutelle, on se mordait les lèvres d'en avoir trop dit, et puis on y revenait, pour le soulagement de voir tracer la route.

Aux côtés de sa femme, Sylvain parlait peu. La barbe qui lui couvrait les joues jusqu'aux pommettes lui donnait des allures de patriarche, adoucies par le regard hésitant, comme s'il s'excusait d'occuper tant d'espace avec son grand corps, sa voix de stentor. Le dimanche lui conférait sa pleine mesure, lorsque dans la chapelle il récitait la messe en l'absence du père missionnaire. Ce jour-là lui appartenait et tous, les pieux, les indécis, les irréductibles, le contemplaient avec un respect teinté de jalousie pensive. Même Rachel s'effaçait avec humilité, brossant d'un geste tendre le revers de son costume, fluette à ses côtés. Si, dans l'énervement du repas à servir, l'échauffement d'une conversation, elle s'oubliait et s'adressait à lui avec l'habituelle autorité des jours de semaine, Sylvain levait simplement les yeux, la fixant

avec étonnement comme si elle eût proféré un blasphème. Et personne ne se moquait de la voir soudain
rougir, perdre contenance ; il y avait dans ce renverse-
ment dominical une grande dignité, auquel tous partici-
paient intuitivement.

Une fois par mois ou selon sa disponibilité, le missionnaire du Village venait dire la messe. Dès le matin,
les confessions se succédaient dans une petite chambre
de l'Auberge puis la procession se formait jusqu'à la
chapelle. Saint-Ephrem devenait une vaste cathédrale où
l'on marchait sur la pointe des pieds, où les conversations se faisaient chuchotantes. Même les chiens semblaient alors aboyer avec moins de rage.

Antonio s'était empressé de proposer ses services
comme chef de chœur ; mais les cantiques prenaient une
telle majesté dans la résonance de sa voix que, peu à
peu, les autres se turent et, passé la première surprise, il
prit l'habitude de chanter seul. De *l'Italien*, il devint *le
Ténor* et il s'ennuya moins de l'absence d'Onésime. On
disait de lui : « Il est toujours de bonne humeur », et
c'était souvent vrai, même si certains soirs, quand il ne
se rendait pas à une veillée, il se laissait un peu aller
contre le dossier de sa chaise berçante et écoutait la
maison dormir autour de Victoria et des enfants. Au
milieu de la nuit, alors qu'elle s'était réveillée en sursaut
de sentir le lit vide, Victoria le trouvait à la même place
et, rallumant la lampe, s'effrayait de ce visage vieilli qui
la regardait en clignant des yeux.

— Tu ne dors pas ? disait-elle. Si tu me disais ce qui
te tracasse...

Mais il répondait à côté, prétextant une journée difficile au moulin, une mauvaise note de Dino à l'école.
Comment aurait-il pu expliquer à la mère de ses six
enfants que c'était pour un autre qu'il s'inquiétait, maintenant que Matthieu était comme orphelin ?

Avant leur départ de l'Anse, il avait eu une longue
conversation avec Onésime, la plus longue de leur histoire d'amitié qui s'était toujours nourrie de moments et
de silences partagés, de cette certitude de l'autre que
l'élan de l'amour ne conquiert qu'avec peine.

— Il veut rester ici, avait dit Onésime, mais il ne sait pas pourquoi. Après tout, c'est souvent comme ça qu'on se décide. Et moi, j'espère qu'il ne se trompe pas. Plus tard, j'aurais voulu lui donner ma terre, c'est tout ce que j'ai. Mais il n'en voudrait pas...

— Peut-être il va changer ? Il viendra, après.

— Oh non ! Il est trop fier pour ça... Mais s'il t'en parle, tu lui diras.

— Je veux bien, tu sais. Mais si toi...

— Non. Maintenant c'est trop tôt. Et puis quand je serai là-bas, ça sera plus pareil.

— Tu parles comme s'il restait sans vous, pour toujours.

Onésime demeura un moment silencieux ; Antonio ne voyait que son profil, la mâchoire serrée, et il se retint de lui poser la main sur l'épaule.

— Sainte Misère, fit Onésime, c'est dur à dire mais c'est un peu ça que je pense. Maintenant, il va continuer tout seul, même si Élise et moi, on sera toujours là quelque part. Mon père, je l'ai vu mourir mais ça change rien. C'est ce maudit pays qui est trop grand.

— Moi, je serai là s'il a besoin !

— Je sais, Tony, je sais bien. Et ça réchauffe le cœur.

Il avait regardé Antonio, et son visage s'était crispé de voir celui de son ami baigné de larmes.

Puisque Antonio se sentait coupable de mêler Victoria à ses inquiétudes, il allait se confier à Albert Picard, à qui le liait une connivence de compatriotes.

— Ça va être beau quand les tiens auront grandi, lui disait en riant Albert. Avec tes quatre gars pour commencer, il te faudra t'y faire ; moi, je me dis que nos jeunes, ils sauront tailler leur place, comme nous on l'a fait, même si nos parents ont mal dormi des fois...

Mais Antonio trouvait quand même que le printemps mettait du temps à entraîner les glaces au large, à dénuder les premières touffes d'herbe, à chasser vers le nord les voiliers d'outardes. Et il s'apprêtait à convaincre Victoria d'installer une cloison dans la salle à manger, pour donner une vraie chambre à Matthieu.

Mais quand Matthieu arriva enfin, il voulut prendre une chambre à l'Auberge. Bien que le marché des fourrures eût considérablement baissé, sa récolte était suffisante pour lui permettre le luxe de l'indépendance.

Il retrouva la diversion des visages, l'animation de Saint-Ephrem avec soulagement. En vain avait-il cherché le restant de l'hiver le chalet de Tshelnou ; une fois repérée la grotte, il avait parcouru les alentours pendant des jours, s'écorchant à ce monde minéral et végétal où les grands froids défiaient le moindre souffle. Il avait questionné Moïse sur l'emplacement de la baie où l'homme s'était évanoui mais, invariablement, il s'entendait répondre : « Je ne sais pas, je ne suis jamais allé là-bas. » Moïse prononçait *là-bas* avec répugnance, comme si cette terre lointaine eût été marquée d'une malédiction et, sous le calme apparent, perçait une exaspération que l'histoire d'Aimée n'avait pas suffi à provoquer. Matthieu s'était cru indigne de la pureté dont la silhouette du Vieil Homme semblait lui dévoiler l'exigence, et il avait invoqué le Dieu du père Fillion. Mais le lent goutte-à-goutte des jours avait fini par user sa résistance et il avait renoncé à sa poursuite. Même le visage d'Aimée lui était devenu étranger, son parfum ne s'élevait plus d'une poignée d'aiguilles de pin ; et la perte de sa douleur vive lui était une absence plus cruelle que ses rêves envolés.

À Saint-Ephrem, il se sentit en famille, une famille élargie sans les tensions de la promiscuité, de la filiation du sang, ce miroir déformant. Même Antonio et Victoria, qui l'avaient connu enfant, lui accordaient une place entière, leur affection était un grand champ où il pouvait courir et s'ébrouer sans honte.

Il aimait se rendre utile, en soignant des malades, par de menus travaux à l'Auberge ; même si nul ne lui en faisait reproche, il s'en voulait de n'avoir pas suffisamment observé Onésime, appris à maîtriser son don sur de vraies douleurs. Lorsqu'on venait solliciter ses soins, il en était ému et effrayé ; fier aussi de l'éclat de reconnaissance dans les regards.

À l'Auberge, il était le plus jeune, Rachel et Sylvain

l'adoptèrent comme un petit-fils prodigue. Lorsqu'il n'était pas chez les Mattioni, il prenait ses repas entre eux, avec les trois pensionnaires que l'arrêt estival du moulin n'avait pas chassés. Ils composaient un clan en perpétuelle transformation dont la vie était rythmée par le rite des repas, les tristesses pour ceux qui partaient, des fêtes pour les retours.

Mais cette chaude tendresse s'évanouissait en présence du prêtre, comme la camaraderie d'une bande d'enfants figée par un regard d'adulte. Matthieu détestait ces dimanches où le confort inspiré des offices prononcés par Sylvain s'asphyxiait du clinquant des dorures, de l'air épais de solennité.

— Tu te mets toujours au fond de la chapelle quand le père est là, finit par lui dire Sylvain.

Il avait surtout remarqué que Matthieu ne communiait jamais et cela le préoccupait.

— Je ne l'aime pas, répondit Matthieu.

Sylvain soupira.

— Que lui reproches-tu ? C'est l'envoyé de Dieu...

— Peut-être. Mais je n'arrive pas à l'aimer, fit Matthieu, buté. Et puis, quand il est là, on se sent étranger.

— Étranger ?

Sylvain parlait lentement, reprenait les mots comme pour mieux en pénétrer le sens.

— Le corps du Christ est parmi nous ; alors c'est sûr, ce n'est pas pareil. Mais c'est tellement beau. C'est, ajouta-t-il en cherchant la parole juste, une Sainte Journée.

Ce que Matthieu n'avouait pas, c'était le malaise de sa première rencontre avec le père Rousseau. D'origine bretonne, celui-ci en avait le physique trapu, les manières rudes et l'accent à peine atténué par les années passées sur la Côte. On disait de lui : « C'est un toffe », sans distinguer l'endurance physique de son tempérament peu amène. L'Église avait établi des lois, il en était le gardien ; et, devant lui, chacun se sentait coupable d'avoir planté un clou de plus dans la chair suppliciée du Christ. Mais Matthieu n'avait pas prêté attention à ces réserves ; le représentant de Dieu devait connaître les secrets qui dissiperaient ses doutes, l'aideraient à trouver la porte, et il s'était présenté à la confession, le cœur à fleur de lèvres.

— Assieds-toi, mon fils, avait dit le prêtre, et il avait récité quelques formules en latin. Quels sont tes péchés ?

Agenouillé face au mur, Matthieu eut soudain la gorge sèche. Les phrases qu'il avait longuement mûries se dérobaient en l'absence d'un regard, d'un visage sur lesquels s'appuyer comme un funambule à son balancier. Mêlée à des effluves d'encens, l'odeur du prêtre pesait lourd, odeurs de pipe et de corps, trop humaines.

— Alors, mon fils, confie-toi, répéta le prêtre, agacé. Dieu t'écoute dans sa miséricorde.

— Mon père, j'ai péché par ignorance.

— Par paresse, veux-tu dire ?

— Non ; j'ai l'impression de ne pas savoir chercher Dieu. Je voudrais tellement me sentir éclairé de Sa Grâce, mais...

— Pries-tu régulièrement, vas-tu à la messe ? l'interrompit le prêtre.

— Non, enfin... Je passe l'hiver dans le Bois, et puis je pense à Dieu quelquefois. Mais...

— Oui, on m'a parlé de toi. Ce n'est pas une bonne chose de se tenir ainsi à l'écart des hommes. Tu es jeune, solide. On m'a dit aussi que tu savais guérir. Ta place est dans la communauté. Dieu ne se cherche pas, Il est là. Prie, absorbe-toi humblement dans des actes pieux quotidiens, récite les prières enseignées par l'Église.

— Mais j'aime la vie de trappeur !

— Quel âge as-tu ?

— Dix-huit ans.

— Tu es en âge de te marier, de fonder une famille. Regarde ceux autour de toi : en faisant leur devoir, ils sont les serviteurs de Dieu. As-tu commis le péché de luxure ?

Matthieu se retint de rire, un rire douloureux qui lui serrait la gorge. Il n'avait rien à dire à cet homme ; il voulait se retrouver dehors, loin de cette pièce, loin de ces mots vides qui ne parlaient ni de l'ivresse amère de la solitude, ni du ciel aspiré par une aurore boréale, ni de la vie étranglée dans un collet, dérisoire.

— As-tu commis le péché de luxure ? répéta le prêtre.

Il fallait qu'il s'éloigne de cet homme, qu'il échappe à ce regard qui fouillait son passé comme dans un amas d'immondices. Par colère, il eût voulu s'inventer des pensées troubles, des actes entachés de violence et de sang, être maudit, oui, être maudit par cette voix froide. Se lever et sortir, pourquoi ne le faisait-il pas ? Pourquoi baissait-il la tête sous le poids de péchés qu'il n'avait pas commis, d'une honte qui n'était pas la sienne ?

— J'ai épié une fille pendant qu'elle se déshabillait, dit-il enfin.

— Ah ! s'exclama le prêtre avec un ton triomphant ; et tu l'as vue... nue ?

— Non, elle... elle a changé de pièce.

— Est-ce qu'elle sait que tu l'épies ainsi ?

— Non, elle ne sait pas. Et puis, je l'ai fait juste une fois.

— Bien, mon fils. En te mariant, tu te garderas éloigné de ces mauvaises pensées. D'ici là, tu réciteras trois Ave et quatre Pater. Et reviens me voir à ma prochaine visite.

Matthieu n'avait parlé de cette conversation à personne, pas même à Antonio. Il se sentait triste de mentir à Sylvain, mais il ne pouvait démêler la colère de la honte.

Cet entretien avait terni l'éclat de sa vie à Saint-Ephrem. Il devina qu'on parlait de lui en son absence, que d'autres établissaient le bilan de ses jours.

Certains soirs, il rendait visite aux Picard. Il jouait aux cartes, racontait des légendes que Moïse lui avait confiées, des histoires de carcajous que les petits écoutaient avec des frissons de plaisir. Il avait toujours sa place à la table familiale et, lorsqu'il se levait pour partir, on le suppliait de rester encore un peu. Plus que tout, il aimait la complicité devinée entre Albert et Thérèse ; ces deux-là s'entendaient avec une joie tranquille, des petits rires quand ils se parlaient à l'oreille, des tendresses qui passaient au-dessus de sa tête à l'insu des enfants. Entre Onésime et Élise, c'était un amour de parents, établi, avec de longs silences quand Élise avait ce qu'Onésime appelait « ses mauvais jours ». Antonio et Victoria se disputaient sans cesse, avec des colères qui s'épuisaient en larmes, des embrasements qui sombraient en rancunes. On n'était jamais sûr de les trouver tendrement enlacés ou bien assis, boudeurs, aux deux extrémités de la pièce. Matthieu s'était habitué à ces orages, durant lesquels il emmenait les enfants pour une promenade sur la grève. Cela ne durait jamais longtemps, un accès de fièvre, mais la foi en était altérée, comme si le cœur un moment avait cessé de battre. Chez les Picard régnait une plénitude qui l'étonnait, le troublait comme s'il fût entré sans frapper dans la chambre à coucher.

Bien que très pratiquant, Albert affichait vis-à-vis du prêtre et de la religion en général une désinvolture qu'il exprimait sans embarras.

— Il trouve que les couches sont rangées depuis trop longtemps, dit-il en riant à Matthieu alors que le père Rousseau venait de sortir. Le saint homme ! Mais je veux que ma Thérèse reste en santé. Hein, ma Noire, on n'est pas des petits lapins...

Et Thérèse souriait, sans répondre.

— Ce que je ne comprends pas, dit-il un soir, c'est que la Sainte Mère, on l'a jamais laissée parler. Peut-être qu'elle en aurait des choses à dire, sur les enfants, la famille ! Qu'est-ce qu'il y connaît, lui, le père Rousseau, avec sa petite vie d'homme tout seul ?

— Oh ! Albert, tu exagères, fit Thérèse.

Mais elle n'avait pas l'air vraiment fâchée.

Éva, la fille aînée, resplendissait de cette quiétude, telle une plante vigoureuse ne craignant ni le vent ni le soleil. À peine plus jeune que Matthieu, elle était jolie, comme sa mère était belle. D'elle, elle avait les cheveux mousseux et souples, d'un châtain clair qu'un éclat de soleil éclairait d'or, le corps aux formes généreuses. Les yeux bleus lui venaient d'Albert, et aussi les manières brusques d'une chatte câline qui pouvait sortir ses griffes.

— Elle est belle, ma grande fille ? disait Albert en la prenant par les épaules. Comme sa mère quand je l'ai mariée. Même que ma femme, elle est toujours aussi belle. Ces femmes-là, c'est comme une bonne terre ; plus tu t'en occupes, plus elle s'enrichit.

Matthieu se sentait désigné du doigt, trahi par sa manière de regarder Éva, d'aimer sa présence sans s'interroger. Il était en terrain connu, loin de la trouble forêt d'Aimée, un sentiment douillet qui était à peine plus qu'une camaraderie. Il la chahutait un peu, sous prétexte de la faire rire, pour effleurer la taille, la fermeté d'un bras, d'un sein.

— Allez, ça suffit ! grondait Thérèse, de vrais flos [1]...

Parfois ils allaient se promener sur la grève à marée basse, pas longtemps, juste pour s'envelopper de vent et s'éloigner du village. Depuis quelque temps, on les suivait des yeux quand ils passaient dans les rues de Saint-Ephrem, on souriait d'un air entendu ; même Antonio parla un jour, comme si c'était bien naturel, de « la blonde à Matthieu ». Matthieu revint alors passer ses soirées à l'Auberge.

— Tu ne viens plus nous voir, lui reprocha Éva.

— Non. Les gens commencent à parler, je n'aime pas ça.

Il n'aimait surtout pas les questions qui, sous les regards du village, fermentaient dans sa tête comme un pain dans la chaleur du poêle. Le plaisir naturel de sa complicité avec Éva, imprégné des parfums de l'été, d'une nonchalance s'étirant au soleil, perdait de son innocence ; les premiers moments du réveil surtout en étaient entachés, il ressentait, avant même d'ouvrir les yeux, l'urgence de se rappeler quelque chose que la nuit aurait pu lui faire oublier.

— Ne t'en occupe pas, disait Éva, laisse-les parler. On est amis ; c'est ça l'important, non ?

Et puis Matthieu s'ennuyait tellement de la maison des Picard ! Il y retourna ; mais malgré lui, ses gestes avec Éva, son attitude en sa présence, d'attendris devinrent gauches et il en fut fâché contre elle. Il alla voir d'autres filles, mais il les trouvait moins jolies, un peu sottes, trop hardies. Cela le mit en colère et il brusqua Éva pour des vétilles.

1. Enfants.

L'été s'opacifiait et l'absence de pluie dont on s'émerveillait jusque-là devint un souci qui culminait dans les nuées d'orages. Le télégraphe égrenait des rumeurs d'incendie et l'on ne s'attardait plus à suivre des yeux les avions de patrouille qui montaient vers le nord.

Matthieu, lui, ne s'en lassait pas. Déjà à l'Anse, les journées d'hiver où l'on guettait l'avion postal lui étaient une fête, même si ses heures de veille n'étaient souvent récompensées que d'une brève apparition au large des côtes. Une fois cependant, l'avion était descendu si bas au-dessus du hameau qu'on avait pu distinguer dans le cockpit la tête casquée du pilote ; d'une trappe à l'arrière avait été largué un sac, puis l'avion avait viré sur l'aile, reprenant de l'altitude dans un rugissement de moteur, et il s'était évanoui dans les brumes du fleuve. Cela, plus que l'arrivée inhabituelle de courrier, avait nourri longtemps ses jeux et ses rêves.

Il aimait les jours de grand vent, lorsque les goélands, les ailes à peine arquées, se laissaient emporter par les courants ascendants, le vol frémissant du balbuzard et le passage des oiseaux migrateurs en route vers un éternel été.

Aux abords de Saint-Ephrem, il passait de temps à autre de petits avions de brousse ; on parlait d'explorations sur un ton pénétré, rassuré de deviner au loin des réserves inépuisables de bois à abattre. Matthieu avait appris à les différencier et, allongé sur le dos, il se fondait dans leur sillage, émerveillé de ces horizons qu'il ne connaissait pas, qui l'auraient révélé enfin joyeux et libre.

Un pensionnaire de l'Auberge disait avoir vu cela un jour, le moutonnement des cimes comme un tapis de grosse laine, les lacs plissés par le vent, les maisons de la taille d'une carte à jouer. C'était indescriptible, racontait-il, presque inhumain tant la certitude de tomber prenait à la gorge. Son visage exprimait une telle terreur rétrospective qu'on ne pouvait mettre son témoignage en doute. Matthieu le harcelait de questions : jusqu'où s'était-il rendu, s'il y avait beaucoup de montagnes en arrière. Oui, disait l'homme, beaucoup, beaucoup de montagnes. De la roche partout, et du bois ; il n'y avait plus de lacs, simplement des arbres et des rochers. Mais la peur semblait alors oubliée et Matthieu se méfiait de cette description complaisante d'un univers damné. La nuit, il se rêvait soulevé sans effort par le vent jusqu'à sentir la brûlure du soleil sur ses épaules ; mais, soudain, le sol l'aspirait et il se réveillait en nage.

Avec le mois d'août, les travailleurs saisonniers revinrent à l'Auberge. Même les habitants ordinaires se mirent à parler plus fort, à aller et venir avec excitation, emportés par le mouvement. Pour la forme, ils se plaignaient de n'être plus entre eux et ajoutaient, apparemment résignés : « Ça fait changement... » Matthieu se tenait en retrait de tout ce brouhaha, sans hostilité mais avec l'étonnement d'un étranger à qui auraient échappé des correspondances occultes. Il restait longtemps au bord du fleuve, dissimulé par les rochers, à contempler le crépuscule ; il perdait la notion du temps dans des rêveries qui s'harmonisaient aux battures dépouillées par le jusant, étendues austères de sable et de galets jusqu'à la ligne scintillante des eaux, au loin. Eva venait le rejoindre, s'asseyait en silence à son côté et il lui était reconnaissant d'être là, sans paroles. Quelquefois, il lui racontait le lac gelé s'offrant au ciel, la silhouette des bouleaux comme un trait dans le rideau sombre des épinettes, le silence révélé par le pépiement d'une mésange. Lui revenaient, comme le tiraillement d'une vieille blessure, l'amertume de ses aspirations, l'ennui des jours de neige ; mais l'éloignement en avait gommé les rigueurs.

— Tu y retourneras ? demandait-elle.

— Oui, sûrement. Mais cette année, je n'irai pas avec Moïse.

— Vous vous êtes fâchés ?

— Non, pas vraiment. Mais je veux établir ma propre ligne de trappe, plus au nord. Là-bas, je ne dérangerai personne et il y a sûrement beaucoup de gibier.

— Mais où habiteras-tu ? s'inquiétait-elle.

— Je ne sais pas très bien encore. Il y a une grotte où je peux m'installer.

Il parlait avec assurance, mais il connaissait trop les résistances hivernales pour ne pas trouver le projet hasardeux. L'automne approchait et il feignait de n'y pas penser, comme si le moment du départ en déterminerait les conditions.

Un jour de marée haute, alors qu'il restait fasciné par les nuances métalliques d'une nuée d'orage, un ronronnement de moteur le fit sursauter, surgissant de l'arrière-pays. L'avion, secoué par les bourrasques de vent, amerrit à quelques mètres ; le pilote sauta lestement sur une flotte et lui cria :

— Chope[1] la corde. Dépêche-toi, le vent va me sacrer sur les rochers...

À deux, ils halèrent l'hydravion sur une partie dégagée de la grève, le pilote grommelait entre ses dents tandis que les flottes frottaient sur le sable. À l'instant où l'appareil fut à l'abri, le souffle de l'orage les atteignit ; réfugiés sous l'aile, ils virent s'avancer un mur opaque de pluie qui noya le paysage dans des ténèbres glauques aveuglées d'éclairs ; le vent s'engouffrait sous l'empennage de l'avion, le secouant en tous sens comme un jouet de bois. Le bruit était terrifiant. Le pilote avait sauté sur l'autre flotte pour tenter de faire contrepoids et, dans les rafales, Matthieu l'entendait jurer et gémir. Puis l'orage s'éloigna, s'élança à l'assaut du village et le silence revint, bousculé du déferlement des vagues.

— Eh bien, il était temps que j'arrive, dit le pilote après un instant. Maudite température...

Se glissant sous l'aile, il rejoignit Matthieu.

— Heureusement que tu étais là. Mon mécanicien a dû rester en route, tout seul je n'y serais pas arrivé. Mon nom, c'est Gabriel.

— Salut. Moi, c'est Matthieu.

Ils se serrèrent la main, gravement. Gabriel était grand, dégingandé ; quand il retira son casque et ses lunettes, il perdit de son étrangeté, avec ses cheveux collés aux tempes, ses yeux bleus qui lui mangeaient le visage. D'une main, il flattait la coque de l'avion, comme le ventre d'un cheval, en répétant :

1. Attrape.

— Ouais, ouais, maudite température... Suis arrivé à temps.

Il se roula une cigarette, en proposa une à Matthieu. Il parlait avec une telle volubilité que ses paroles s'enveloppaient de fumée ; il avait un accent imperceptible, comme des sautillements entre les mots, et des expressions anglaises que Matthieu comprenait à peine.

— De quelle région viens-tu ? hasarda-t-il.

— Saint-Joseph-de-Beauce. Mon père est anglophone, ma mère parle français. Dans les avions, c'est surtout l'anglais. Tu parles anglais ?

— J'ai appris, un peu, avec un prêtre. Mais j'ai dû tout oublier.

— Oh ! on n'oublie jamais vraiment. OK, la pluie est arrêtée. Faut que je pousse l'avion au large pour la nuit. As-tu un canot ?

En avançant dans l'eau jusqu'à mi-cuisse, ils réussirent à remettre l'hydravion à flot et, malgré les vagues encore houleuses, jetèrent l'ancre assez loin pour n'avoir rien à craindre de la marée basse. Sous prétexte d'aider Gabriel à débarquer ses affaires, Matthieu glissa la tête dans le cockpit.

— Tu as jamais fait de vol ?

— Non, fit Matthieu honteux de l'évidence de sa curiosité.

— Ok, demain s'il fait beau, je te ferai ton barnstorming[1]. Mais faudra se lever tôt, car je dois retourner porter du stock dans le Nord. Pour aujourd'hui, j'ai mon voyage.

Quand ils arrivèrent à l'Auberge, le plus clair du village avait commencé à célébrer l'événement ; les enfants criaient et tiraient leurs parents par la manche pour descendre voir l'avion sur la grève, d'autres imitaient, les bras étendus, un virage sur l'aile.

La salle à manger était envahie et, autour de la table où Rachel avait dressé un couvert pour Gabriel se pressa une foule admirative. Des bouteilles d'alcool apparurent subrepticement ; ne fallait-il pas faire honneur au visi-

---

1. Baptême de l'air.

teur ? Assis à l'écart, Matthieu observait la scène, dépité d'être volé de l'exclusivité de la première rencontre. Dans la lumière des lampes, Gabriel paraissait plus jeune, vingt-cinq ans tout au plus, mais même ainsi, il était d'un autre monde, comme si tout en parlant, en mangeant, il n'avait cependant pas quitté l'avion, cherchait encore sa route dans l'azur. Impressionné, chacun retenait la question qui brûlait les lèvres : s'il ne devait pas repartir trop tôt le lendemain, pourrait-il en emmener certains faire un tour, juste s'élever un peu au-dessus du fleuve, regarder les maisons de Saint-Ephrem rapetisser, rapetisser, voir ne serait-ce qu'une fois le ciel du dedans.

Des groupes s'étaient formés dans les coins pour discuter du montant du pourboire, de qui passerait en premier. Les femmes s'étaient abstenues d'emblée, mais elles avançaient la candidature de leur homme, l'honneur d'une telle expérience ne manquant pas de rejaillir sur toute la famille. D'autres au contraire s'exclamaient contre une telle folie mais se mêlaient cependant à la conversation. D'un commun accord, le premier voyage serait pour Sylvain, même s'il exprimait quelques réticences ; on lui devait bien ça. Ce fut Antonio qui osa jouer le porte-parole.

— Dis, pilote, si demain tu peux, il y en a qui voudraient juste un petit tour. Tu dis ton prix. Enfin... si tu peux.

Gabriel le regarda bien en face avec un sourire ; Antonio, les mains dans les poches, se balançait d'un pied sur l'autre.

— Demain, s'il fait beau, j'ai promis à... C'est quoi ton nom ? demanda-t-il en se retournant vers Matthieu.

— Matthieu.

— OK. J'ai promis à Matthieu, il m'a aidé tout à l'heure. À part lui, je peux en prendre un autre. Demain, je peux pas en emmener plus, faut que j'aille larguer mon stock dans le Nord ; mais je peux revenir. Normalement c'est quatre dollars la course.

Autour de lui, se fit un silence consterné. Quatre dollars, c'était beaucoup d'argent.

— Si vous êtes plusieurs, on fera un deal. Trois dollars chaque.

Des oui fusèrent, quelques mains se levèrent. Gabriel demanda une machine à écrire et la salle se vida peu à peu ; ne restèrent que les candidats au baptême de l'air et quelques curieux qui l'observaient dévotement taper son rapport de vol. Rachel avait disposé un deuxième lit dans la chambre de Matthieu ; dès son travail achevé, Gabriel salua d'un signe de tête et monta se coucher.

La lumière éteinte, il dit à Matthieu :

— Toi demain, je te ferai pas payer. Mais ne le dis pas, je veux pas faire de jaloux.

L'obscurité et l'intimité du secret les mirent de nouveau à égalité. Ils parlèrent longtemps ; autour de la chambre, la nuit les protégeait. Gabriel expliqua son enfance dans la Beauce, la ferme familiale ; peu de terres mais qu'on exploitait sans se lasser, avec la fierté d'une famille où rien ne manquait sur la table. Il y avait les dimanches et les saisons, les bonnes années et les mauvaises récoltes, les petits frères et sœurs qui obligeaient les aînés à devenir adultes, à prendre leur place derrière la charrue. Les parents n'exigeaient rien, c'était entendu d'avance. De réunir sous un même toit un père protestant et une mère catholique était déjà un grand écart à la norme ; pour se faire pardonner, il fallait travailler plus fort que les autres, ne pas compter les naissances et abuser des messes avec l'indulgence du père qui s'abstenait néanmoins de participer.

— Moi, je suis un peu l'un un peu l'autre, disait Gabriel. Au début, c'est difficile, on est just between..., tu sais, comme on dit en français, entre deux chaises. Et puis on s'habitue. Mais ça a été beaucoup d'aide pour l'avion.

Lorsqu'il s'était lié d'amitié avec un pilote d'un village voisin, il s'était intégré très vite au petit groupe des « fous de l'air ». La terre avait perdu d'un seul coup toute importance. Il avait dix-sept ans, il ne pensait plus qu'à ça. La nuit, il rêvait qu'il pilotait et c'était comme s'il sortait de son corps.

— Mais les parents, ils prenaient ça comment ? demanda Matthieu en revoyant le visage triste d'Élise quand il avait refusé de les suivre.

— Oh ! Boy. Ça, c'était une autre affaire, fit Gabriel en rigolant. Mais je crois que rien ne pouvait changer mon idée. Je suis parti à Québec, j'ai fait plein de petits jobs pour payer mes cours. Des fois, mon chum [1], qui était instructeur là-bas, me donnait des heures pour rien.

— C'est cher, les heures de vol ?

— Huit à dix dollars l'heure. Et pour un brevet de freight [2], c'est cinquante heures minimum. Pour les passagers, c'est un autre cinquante heures. Mais là, j'ai presque fini. Avant la fin de l'année, j'aurai mon brevet complet.

Matthieu se tut ; ses rêves de la soirée s'effondraient.

— Tu aimerais ça, piloter ?

Comment Gabriel avait-il lu dans son esprit ? Ou peut-être n'envisageait-il pas, comme tous les passionnés, que quelqu'un qui lui était sympathique pût ne pas partager les mêmes élans ?

— C'est sûr ! Mais je n'ai pas d'argent...

Alors, pour ne pas être en reste, Matthieu parla du Bois, de la trappe. Gabriel l'écoutait avec attention ; de temps à autre, son visage apparaissait dans le halo incandescent de la cigarette, les yeux surtout qui semblaient plus sombres. Emporté par l'excitation de ces confidences à mi-voix, Matthieu évoqua le Vieil Homme, la recherche vaine, sa résignation enfin.

— Attends, dit Gabriel, tu dis que c'est en haut de quelle rivière ?

— Les Indiens disent la Rivière-aux-remous. Ils ont commencé à bûcher en bas, sur une dizaine de milles.

— Hé, Man ! On a fait de l'exploration dans le coin l'hiver dernier. J'ai fait des voyages pour transporter de l'équipement, même qu'il faisait tellement froid qu'un matin ça m'a pris quatre heures pour réchauffer mon moteur. Marco, mon mécano, il était sûr qu'on décollerait plus de d'là.

— Oui, mais vous êtes pas allés si haut ! Moi, je te parle de coins tellement au nord que personne n'y va jamais.

1. Copain, ami.
2. Marchandises.

— OK, mais si on a les cartes pour la région en bas, après tu peux t'orienter. Le plus difficile, c'est de se repérer, vu d'en haut.

— Je l'ai assez marchée, cette place-là, que je dois être capable de reconnaître au moins le lac où je l'ai vu. Après ça, il ne peut pas être bien loin, il faisait presque nuit quand il a coupé dans la montagne. À moins qu'il ait juste bivouaqué...

— Écoute, on peut toujours essayer. Juste pour le fun. Moi, tant que j'ai du gaz et des lacs assez grands pour me poser et repartir, je peux aller n'importe où. Faut simplement que je trouve une passe pour prendre l'avion sans Marco. OK, on va en reparler, maintenant il faut dormir. J'ai une grosse journée demain.

Il écrasa sa cigarette et se tourna vers le mur. Quelques minutes après, sa respiration se fit régulière, il dormait.

Matthieu était trop excité pour trouver le sommeil. Cette rencontre, bel et bien tombée du ciel, ravivait ses désirs ; il eût voulu partir tout de suite, s'enivrer des odeurs poignantes de l'automne, contempler au bord d'un lac la lente oxydation des mélèzes. Puis son esprit rebondissait, il s'imaginait aux commandes de l'avion, la peur au ventre mais déterminé. Il calculait, supputait les revenus d'une saison exceptionnelle, ce qu'il était possible d'exiger en échange de ses soins de guérisseur. Quelques instants après, il se moquait de lui-même, mettait en doute les paroles de Gabriel. Reviendrait-il seulement à Saint-Ephrem ? Ces hommes-là n'avaient pas le loisir de leurs engagements d'un soir, toujours par monts et par vaux. Par la fenêtre, il apercevait quelques étoiles qui déclinaient dans le ciel ; il n'osait, par peur de réveiller Gabriel, gratter une allumette pour regarder sa montre, se lever pour rouler une cigarette. Les mains croisées sous la nuque, il écoutait avancer la nuit.

— Hé, Man, wake up ! Le jour est presque levé.

Gabriel le secouait ; la chambre était à peine éclairée de la clarté blafarde des très jeunes aurores. Le ciel était dégagé.

— Faut aller réveiller monsieur Sylvain. Le temps

154

que je prépare l'avion, il fera grand jour pour décoller. Je dois pas attendre trop tard pour me lâcher vers le Nord.

Mais Sylvain était déjà debout, le café était chaud ; sans doute lui non plus n'avait pas beaucoup dormi et son visage était soucieux.

Cela prit quelque temps pour pomper les flottes, réchauffer le moteur, inspecter si tout était en ordre. Le soleil n'avait pas dépassé la cime des arbres, le fleuve se teintait de parme qui s'étendait comme une peau sur le friselis des vagues. Gabriel conduisit l'avion au large, puis donnant toute la puissance des moteurs, leva face au vent. Il sembla à Matthieu qu'ils passaient à quelques pieds seulement des toits de Saint-Ephrem, dans un arraché sonore. À peine eurent-ils pris de l'altitude que le soleil, embrasant le faîte des épinettes, les frappa de plein fouet. À l'infini, le moutonnement pelucheux et vert-de-gris, moucheté des teintes encore indécises des bouleaux et des trembles. La rivière, resserrée par la hauteur, s'assagissait et brillait, comme si on eût négligemment froissé la surface de la main. Des lacs disséminés jetaient des éclats aveuglants, tantôt sombres, tantôt si clairs qu'ils semblaient de simples flaques exposées au regard, parfois collés au pied d'une falaise, enchâssés dans une faille. Une fois dépassées les maisons de Saint-Ephrem, ils survolaient des terres vierges ; les chemins de bûchage n'étaient qu'une éraflure dans cet espace inimaginable qui se poursuivait au-delà de l'horizon, s'arquant à perte de vue. Des nuages vaporeux, qu'on eût voulu laisser couler entre ses doigts, portaient çà et là sur le sol une ombre légère. Matthieu, le nez collé à la vitre, n'entendait plus le ronronnement des moteurs, ne sentait plus le frôlement continu des courants d'air qui envahissaient le cockpit. Il volait, abandonnant son corps sur le siège derrière Gabriel, emporté par une jubilation qui lui laissait la bouche sèche et les mains moites. Il était la lumière, la transparence de l'azur, l'impalpable voile de brume ; il écarquillait les yeux pour tout saisir, avec une sensation de puissance inédite, happé par la liberté du ciel immobile et de la terre toujours fuyante. Non, jamais il n'aurait pu imaginer une si considérable extase, jamais, même dans les nuits immenses de l'hiver, il ne s'était senti ainsi noyé dans l'illimité.

Gabriel lui cria quelque chose, en tapant du doigt sur la vitre, puis décrivit une large courbe sur l'aile au-dessus d'un lac bordé de swamp. Matthieu ne vit rien que la surface frissonnante de l'eau et, en avant de la rive, une roche assez grosse entourée d'herbes aquatiques. L'avion descendit un peu. Soudain la forme bougea, l'orignal dressa la tête, secoua son panache ruisselant d'eau et avança plus profondément dans le lac. Mais emportés par la vitesse, ils étaient déjà plus loin, la silhouette de l'animal, ses larges bois aplatis en empaumures, imprimés dans la rétine. De profil, Gabriel riait et, le pouce levé, montra le poing. Ils survolèrent une crête et déjà le fleuve était devant eux ; l'ouverture vers le large semblait les rendre immobiles, comme un oiseau-mouche au-dessus d'une fleur. Mais bientôt ils longèrent la côte léchée par la marée montante, les flottes touchèrent l'eau sans heurts dans la baie de Saint-Ephrem. Quand, à l'arrêt des moteurs, le silence revint, la foule massée sur la grève lança des hourras en agitant les bras.

7

Pendant plusieurs jours, Matthieu vécut dans une excitation constante, qu'il tentait en vain d'insuffler à Éva. Il se voyait déjà les raquettes aux pieds, ou bien dans les airs entre le ciel et le lac où le Vieil Homme avait installé son refuge.

— Mais si Gabriel ne revient pas, que feras-tu cet hiver ? lui demandait Éva, d'une voix où Matthieu ne voulait déceler qu'une inquiétude raisonnable.

— Il va venir, j'en suis sûr. C'est une question de jour...

Mais le temps passait et le ciel restait désespérément vide. Au matin, le fleuve se noyait de brume qui s'estompait lentement dans la première chaleur du soleil. Le travail reprendrait bientôt au moulin et Rachel ne manquait pas une occasion de lui parler raison.

— Voyons, mon grand, tu vas pas éternellement courir après les loups, comme un Sauvage ! Prends-toi une vraie job au moulin ; ça c'est de la bonne argent. Tu n'es pas bien avec nous autres ? On te laisse aller, tu fais bien ce que tu veux. Mais si t'es tanné [1] de rester à l'Auberge, Sylvain t'aidera à trouver une maison.

Que répondre qui n'eût pas l'air d'un reproche, d'une

---

1. En avoir assez.

157

marque d'inimitié ? De sa chambre, il contemplait l'échappée vers le fleuve, le spectacle changeant des marées, l'arrivée des tout premiers migrateurs. C'était d'une beauté tranquille qui ne le décevait jamais, qu'il aimait retrouver chaque matin, dans la grisaille de la pluie, le scintillement des vagues au soleil ou l'apparente morosité des journées nuageuses. Pourquoi ne parvenait-il pas à se contenter de ce petit morceau d'horizon, de ces émotions d'hommes qui partageaient le même enclos ? Déjà, il était moins farouche et ses aspirations à la solitude cédaient le pas aux conversations avec des camarades, aux soirées de musique et de rires.

— Hé ! Mat, viens-tu ce soir chez les Rivard ? On va faire une game [1] de cartes, l'interpellait-on.

Et cela lui plaisait, il sentait au fond de lui une grosse tendresse épanouie comme une corolle. Comme il n'était l'ami d'aucun en particulier, il n'était l'ennemi de personne et on lui savait gré de ne jamais se laisser emporter par les plaisanteries railleuses qui agitent longtemps les petits bassins.

— Il est comme il est, dans le fond c'est pas un mauvais bonhomme, avait-il coutume de dire pour étouffer une médisance sur le point d'éclore.

Il plaisait aux femmes, par sa beauté robuste, son passé de trappeur qui le rendait différent. Un jour, l'une d'elles l'assagirait et c'était comme une gageure pleine de risques. De plus, il ne s'abandonnait jamais en leur présence à ces propos crus et sans finesse de la plupart de ses camarades. Non que, dans son for intérieur, il n'eût de ces élans de fièvre qui attachaient ses regards à une belle croupe, la rondeur d'un mollet entrevu sous la jupe et le lançaient, frémissant, dans le sillage d'une odeur de femme. Mais il n'en disait rien, trop honteux déjà de ses rêves qui mouillaient ses draps, de ses mains attardées au réveil sur la turgescence du sexe. D'Aimée, il ne parlait plus à personne et lorsque les plus jeunes des garçons s'énervaient à conter d'invraisemblables histoires sur l'entrejambe des femmes, leur fausse

1. Partie.

pudeur, leurs manières rouées de chattes, il se détournait, comme pressé par des affaires plus urgentes. Avec Éva, il avançait avec prudence, et des bousculades, il était passé aux baisers furtifs sur la joue, si proches de la bouche. Mais ces gamineries le faisaient rougir et l'agitaient d'un trouble nauséeux.

À l'Auberge, il se plaisait en la compagnie de François, un jeune Montréalais que la Crise avait exilé sur la Côte. François livrait peu de lui-même mais décrivait à Matthieu les rues, les lumières, les voitures, tout un monde qui semblait à peine crédible.

— Tu devrais voir ça, disait-il. Là-bas, il y a toutes sortes de mondes. Des pauvres qui quêtent un bout de pain et des riches, tellement riches qu'on peut même pas se l'imaginer. Ceux-là, ils nous regardent même pas ; un peu plus, ils changeraient de côté de rue pour ne pas nous croiser. Faut pas être jaloux, mais quand même, ça fait envie. Au moins ici, tout le monde est pareil.

François s'ennuyait cependant. À l'écouter, il n'était que de passage, le brouhaha des villes lui manquait. Matthieu, lui non plus, n'était pas né pour rester ici ; si Gabriel ne revenait pas, il lui faudrait trouver autre chose, plus tard, quand la Crise serait passée.

Un beau matin, le bateau de Matane lui apporta du courrier. Fébrile, il n'attendit pas d'être revenu à l'Auberge et ouvrit l'enveloppe sur le bord de la grève.

Salut. Je serai là dans la troisième semaine d'août si le temps le permet. Je t'envoie des cartes du coin, regarde ça comme il faut. J'aurai pas plus que quatre ou cinq jours. See you, écrivait Gabriel.

Les cartes étaient succinctes, gribouillées de chiffres et de signes. Avec un peu d'attention, Matthieu reconnut pourtant le tracé de la Rivière-aux-remous. Ce fut un choc ; il n'y avait plus ni rapides ni chutes éclaboussées de lumière, plus de baies abritées pour installer un campement, ni de chemins de portage. Des traits rouges morcelaient la rivière réduite à la banalité de son cours, des zones hachurées ceinturaient le beau bois, des pointillés dessinaient des chemins où il n'y avait encore que renversés et enchevêtrements d'aulnes. Une bête marquée au fer rouge qu'on pousse vers l'abattoir. Qu'ils étaient rendus loin, déjà, dans l'appropriation de terres libres ! Au lac Meshkina, une forme grossière de cœur était intitulée Swann Lake ; où Matthieu avait perdu son canot, un arc coupait la rivière et un mot, Bridge, accompagné de chiffres. La carte s'arrêtait juste en dessous du lac Atihk et Matthieu en fut soulagé. Il pensa à Moïse et à son frère, Jérémie, qui grandirait moins vite que l'asservissement de la forêt ; la lutte était perdue d'avance, déjà il était trop tard. Le Bois n'opposait de résistances qu'à l'homme seul, mais à l'ombre des arbres, sous les pierres, dans l'écume des rapides, ne sommeillait aucune malédiction pour freiner l'avancée des haches. Avaient été donnés à l'homme la forêt, les pierres, les poissons de la mer, les oiseaux du ciel et tous les animaux qui rampaient sur la terre ; Matthieu trouva que Dieu avait été bien imprudent.

Pendant deux jours, il griffonna furieusement, mobilisant le moindre souvenir, l'éclairage du crépuscule sur tel lac, là où les premiers rayons de l'aube l'avaient ébloui, l'emplacement d'une pointe rocheuse. Avec des traits rageurs, il revenait sur ses pas, s'apercevait d'une nouvelle erreur, tournait en rond. Ses yeux se reportaient sur les cartes déjà établies : que tout semblait petit, l'enjambée d'un pouce pour des heures de marche. Ces bottes de sept lieues le fourvoyaient, d'un bond il était perdu. Dépité, il froissait ses feuilles et allait marcher au bord du fleuve. Mais soudain, il retrouvait la clef, un détail oublié prenait une importance considérable et il rentrait en courant à l'Auberge.

Enfin, Gabriel arriva.

— On va essayer pareil, dit-il à Matthieu. Prépare de quoi prospecter pour deux ou trois jours. Et dis rien à personne, je pourrais perdre ma job.

Puisqu'il serait aux commandes de l'avion, il était content.

160

À Saint-Ephrem, ils dirent partir pour une expédition de chasse et laissèrent chez Antonio un vague croquis de leur itinéraire. Si dans une semaine ils n'étaient pas de retour, qu'on entreprît des recherches.

— J'aime pas trop ça, dit Antonio à Matthieu. Un petit tour comme on a fait, c'est bien mais, plus loin, c'est dangereux. Tu es grand, je suis pas ton père ; mais reviens vite, je vais attendre. Beaucoup de prières, les nuits seront longues. Que Dieu te protège.

Ils partirent à la première belle journée, au petit matin. En survolant Saint-Ephrem, ils virent la fumée des quelques feux de poêle, bien droite au-dessus des toits. C'était bon signe.

Ils reconnurent facilement le lac Meshkina, puis, en suivant la rivière, ils arrivèrent au lac Atihk en fin de matinée. La journée était radieuse et ils prirent le temps de profiter de leur escapade, de pêcher quelques truites qu'ils firent griller sur un feu de camp. L'automne débutait à peine, des mouches bourdonnaient encore, par conviction.

— C'est là que tu restes tout l'hiver ? demanda Gabriel. Tu ne t'ennuies pas ?

— Un peu, des fois. Mais cela ne dure jamais longtemps. Tu sais, dès que la saison commence, tu es vite occupé.

— C'est drôle. Tu vois, j'aime ça de même, quelques jours. Mais tout un hiver ! le temps doit être long.

Matthieu dissimulait mal sa fierté, qui se mêlait au plaisir d'être là, incognito, dans son territoire. Après tout, c'était aussi une science d'être capable de vivre ainsi à l'écart, qu'il connaissait mieux que son compagnon. Saint-Ephrem était si loin, tellement petit du haut de l'ivresse émanant du silence, du crépitement du feu, de la brise qui caressait le lac. Il respirait goulûment ; sans le prélude des portages, de la pénible ascension par la rivière, l'harmonie était d'une rare violence ; jeté d'un coup dans ce paysage dont il avait cru connaître les moindres détails, Matthieu recevait en plein visage une émotion sans paroles, il avait envie d'enlever ses vêtements pour mieux sentir la chaleur de la terre, tout le poids de la lumière couchée sur lui. Gabriel aussi était gagné par cette paix ; allongé sur le dos, il regardait le ciel.

— Mourir en plein ciel, dit-il. Boum, plus rien. L'esprit comme ces nuages. L'avion est encore trop lourd. Fly, just fly, une plume qui touche jamais terre. Je comprends les pilotes qui sont partis faire la guerre. C'est pas une question de courage...

— Dans une autre guerre, tu t'engagerais ?

— Sûr, man. Je la souhaite pas, mais...

Il se tut. Au-dessus d'eux, des traînées duveteuses se diluaient très lentement dans l'azur. Au loin, s'éleva le chant nostalgique d'un huart [1].

Après deux ou trois envolées, la région sembla n'avoir plus de secrets pour eux ; Matthieu en oubliait presque la source de sa quête, tout à la magie de ce territoire qui se dévoilait, à la fois offert et enfermé sur lui-même. Ils avaient retrouvé la falaise, plus riche de cette grotte dissimulée aux regards, comme un conte qu'on récite à voix haute pour la seule beauté des mots. La rivière déroulait ses méandres dans l'or vieilli du crépuscule, ils surprenaient le sillage des castors autour des cabanes, un caribou au bord d'un lac et parfois, au loin, les croisaient des voiliers d'oies sauvages. La température était étonnamment douce pour la saison et, la nuit, ils dormaient sous les étoiles au bord du feu. Ils parlaient longuement dans le rougeoiement des flammes, et d'un rien ils composaient une confidence.

— Tu sais, disait Gabriel, cela faisait si longtemps que je n'avais pas touché terre...

L'humidité du petit matin les réveillait et ils n'osaient pas bouger, pour ne pas troubler la révélation de l'aube.

Parfois, en plein vol, Matthieu prenait les commandes ; cela le ravissait et l'épuisait. De s'imaginer piloter un jour seul était comme se lancer dans le vide et, pourtant, il voyait l'assurance de Gabriel, presque de la désinvolture.

1. Nom canadien du plongeon arctique.

Après deux jours, le froid s'installa, d'une claque soudaine.

— Il va falloir redescendre, dit Gabriel, je me méfie de l'automne. Forgive me...

Matthieu baissa la tête.

Avant de retourner vers le fleuve, ils firent un survol d'adieu, sans trop d'espoir. Ils traversaient des nuages épais qui leur voilaient l'horizon pendant quelques instants. En émergeant de nouveau dans le soleil, ils aperçurent au loin un mince filet de fumée au milieu des arbres, à l'intérieur des terres.

— Oh Boy ! s'écria Gabriel. Il peut pas être installé si loin !

Le premier lac était à plus d'un mille et rien, dans le tissage dense des cimes, ne laissait deviner un point d'eau. Ils avaient scruté les baies, les détours de la rivière, les abords du moindre ruisseau mais sans cette imperceptible traînée dans le ciel, rien n'aurait pu trahir une présence humaine. Le camp, au toit camouflé de mousse, s'estompait dans le brun terreux d'une clairière, et ils pressentirent, en décrivant une courbe, l'ombre d'une silhouette sur le seuil.

— Allons-nous-en, cria Matthieu dans le fracas des moteurs.

Il se sentait mal subitement, le ventre noué dans la joie et la crainte d'effacer l'apparition, comme un réveil trop brusque fait fuir la vision fugace d'un rêve. Sur la carte grossière qu'il avait dessinée des environs, il marqua une croix qui troua le papier.

Arrivé à Saint-Ephrem, il commença sans tarder à rassembler ses affaires. Il avait décliné l'offre de Gabriel d'aller le déposer un peu plus tard au lac Meshkina, par impatience et une réticence intuitive à brusquer les étapes.

— Ce n'est pas raisonnable, mon grand, lui dit Sylvain.

— Tu vas être si loin, dit Éva.

Mais Matthieu n'entendait plus rien, il était déjà dans le silence de la rivière. Rachel lui apporta quelques cruchons de viande et des mitaines qu'elle avait tricotées.

— Puisque tu veux partir, pars, lui dit-elle. Mais reviens-nous. Nous prierons pour toi. Que Dieu protège ton corps et aide ton âme à trouver la paix.

TROISIÈME PARTIE

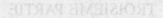

TROISIÈME PARTIE

1

Matthieu ne reprit haleine qu'arrivé à la grotte ; ayant devancé les Meshkina, il avait dissimulé son canot aux abords du lac Atihk, pour continuer à pied. L'hiver était encore jeune et, en attendant les premières neiges persistantes, les premières jetées de glace, il se prépara une réserve de bûches sèches, tua un caribou de bois dont il mit la viande à sécher au-dessus des braises. Quand tout fut installé pour soutenir le siège hivernal, il se remit en route.

Pendant plusieurs jours, il n'y eut qu'une virginité de neige fraîche, des milles et des milles de forêt que seuls les animaux troublaient de leurs pattes, de leurs cris, de leurs bruissements d'ailes. Puis dans la courbe d'une baie, une première trace, à demi effacée, puis une deuxième ; çà et là, des arbres apparemment tombés au hasard, révélaient de vieilles blessures de hache, gardaient encore enfoncés dans le bois pourri des clous rouillés qui s'arrachaient d'une simple torsion de main. Des trails de lièvres formaient des allées dans le désordre du sous-bois et, en fouillant la neige, Matthieu leva quelques collets détendus. Plus il pénétrait dans le territoire de Tshelnou, plus le Bois était parafé de présence humaine et, pour éviter un face-à-face au détour d'un sentier de raquettes, Matthieu coupait au travers des bouquets d'aulnes qui le giflaient au passage.

Enfin, la limpidité matinale lui livra le signe tant attendu, une fumée au loin dont Matthieu crut déceler le parfum poivré, comme le cri des outardes avant que ne se dessine dans le ciel le pointillé du voilier. Il s'arrêta, épuisé après toutes ses nuits de bivouac à ne dormir que d'un œil, frappé d'une dernière indécision ; un instant, il eut la tentation de faire demi-tour. Mais un pékan, trouvé à moitié mort dans un piège, le pourvut d'une offrande qui effaça ses scrupules.

Il atteignit le camp après le coucher du soleil.

— Entre, dit simplement Tshelnou lorsqu'il ouvrit la porte. Assieds-toi.

Les bras croisés, il observa Matthieu sans colère ni bienveillance, inclina brièvement la tête devant le pékan déposé sur la table. Sous la luxuriance des sourcils, des yeux noirs éclairés d'une tristesse résolue, un visage large creusé de rides, qui semblait sculpté dans la pierre.

Un grattement se fit entendre sur le seuil ; une femme se leva d'une couchette située dans un coin de la pièce pour faire entrer un jeune chien, qui se précipita tout frétillant vers le visiteur.

— Tu aimes les animaux, dit l'homme, après que Matthieu se fut soumis avec soulagement à l'examen du gros museau encore mouillé de neige. Le chien le sait. C'est assez, Butch ! Couché, maintenant.

Butch, sans quitter Matthieu des yeux, retourna s'allonger au pied de son maître avec un grondement de gorge.

— D'où viens-tu ?

— De la Côte. J'ai passé deux hivers au lac Atihk, à une soixantaine de milles d'ici.

— Avec le fils Meshkina ?

— Oui. Vous le connaissez ?

— Alors, tu es venu... Fille, dit-il en indien, donne-lui du thé, il nous arrive de loin.

C'était une Indienne d'une quarantaine d'années, peut-être moins, une bouche charnue dans un visage sans grâce. Elle portait la robe traditionnelle sur des bas de laine et une veste carreautée qui noyait sa silhouette. Elle déposa le thé sur la table et retourna s'allonger sous les couvertures, le visage toujours voilé de ses longs cheveux noirs.

Le camp était plus vaste que celui de Moïse, plus éclairé aussi par une fenêtre qui filtrait les dernières lueurs du jour. Une lanterne au naphta suspendue à la poutre transversale, des casseroles accrochées au mur, une étagère avec quelques livres ; près du poêle, deux seaux en zinc remplis d'eau. Au fond, l'entrée d'une petite pièce était masquée d'une catalogne.

— On m'a dit que tu me cherchais. Tu dormiras ici ce soir. Demain, tu t'en retourneras.

— Mais qui vous a dit ? s'exclama Matthieu. Les Indiens vous connaissent mais ils disent ne pas savoir où vous restez. L'année dernière, je vous ai aperçu, sur un lac, par une tempête de neige ; depuis...

Tshelnou fit un geste pour l'interrompre et son visage s'illumina d'une lueur espiègle.

— Ils savent, ils savent. Mais ils ne disent rien.

— Mais qui vous rend visite ici ?

— Personne. Ou presque. Tu es le premier qui m'arrive par la Rivière-aux-remous.

Matthieu devait tendre l'oreille, tant sa voix rauque semblait concéder les mots un à un. Tshelnou avait commencé à dépouiller le pékan, s'arrêtait pour se bourrer une pipe et fumait en suivant des yeux les volutes qui embrumaient la lumière de la lampe. L'Indienne s'était levée pour préparer le repas et libéra la table pour déposer les assiettes. Matthieu tentait en vain d'animer la conversation, raconta, d'un air blasé, sa dernière chasse ; mais, au détour d'une phrase, un coup d'œil incisif du Vieil Homme le fit rougir et il se tut.

Puisqu'on ne l'interrogeait pas sur les raisons de sa venue, il s'en tenait au rôle du visiteur fortuit, interrompant sa course pour se réchauffer au coin du poêle ; les heures passaient et il en regrettait chaque minute, comme autant d'occasions perdues. Face à cet homme qui gardait ses distances, sa quête retombait, comme un lasso éternellement lancé vers le vide, et pourtant il ne renonçait pas encore, attendant il ne savait quoi.

Devant le mutisme de Tshelnou, il se surprit à parler de lui, comme au hasard d'un voyage en train, on raconte sa vie, tandis que derrière la vitre défilent les paysages. Des images venaient à son esprit, les fêtes à Saint-Ephrem, la silhouette d'une goélette sur le fleuve, le goût de la morue sèche au Village. Des sons, des couleurs, des instants lui arrivaient pêle-mêle, et il sautait d'un lieu à l'autre avec une exaltation croissante qui l'entraînait de souvenir en souvenir, comme un papillon. Le Vieil Homme, les coudes appuyés sur la table, écoutait avec attention ; de temps en temps, il caressait les cheveux de la femme qui s'était assise à ses pieds, la tête posée contre son genou.

Matthieu raconta la recherche de la source à l'Anse-aux-rivières, son vœu au bord des chutes. De nouveau, il entendait le fracas du torrent, il sentait le goût de l'eau où il avait plongé son visage en sueur, et la joie flamboyante qu'il n'avait partagée avec personne. Il regrettait, avec étonnement, d'avoir gardé si longtemps ce lieu secret, d'avoir perdu l'occasion d'y entraîner son père. Onésime et ses grandes mains posées sur la table, son humanité réservée aux malades, aux camarades du chantier, à Antonio. Il lui manquait, pourtant, après tous ces mois où son absence n'avait pas eu de consistance réelle ; c'était comme, sur un mur, la tache bien visible d'un tableau disparu. Matthieu luttait contre l'émotion qui cassait sa voix, tremblant qu'un geste, qu'une parole ne fît éclater en larmes sa détresse ; mais Tshelnou et l'Indienne se taisaient toujours. Alors il se rappela les rues de la Réserve et le père Fillion.

— Il voulait que je sois prêtre, dit-il en ricanant.

— Et toi, qu'en pensais-tu ? demanda le Vieil Homme.

— Oh, moi ? Je ne voulais rien savoir, je crois. Ces histoires de Dieu qui attend, qui voit tout, je n'y crois pas trop.

Tshelnou et l'Indienne échangèrent un regard de connivence qui mit Matthieu mal à l'aise.

— La religion est-elle très importante pour vous ?

— Dieu est toujours important, surtout lorsqu'on n'y croit pas, fit l'homme. Mais continue, je t'écoute.

Et Matthieu parla longtemps ; lorsqu'il pensait arriver au bout de son discours, un élément nouveau surgissait qu'il lui fallait expliquer, ajouter à la mosaïque de son passé. Dès demain, ne resteraient que les cendres d'une rencontre que le temps éparpillerait.

— Je ne sais pas pourquoi je vous raconte tout ça, s'excusait-il ; je dois vous ennuyer...

Tshelnou souriait, de cet air doucement triste des très vieilles personnes qu'aucun effroi ne trouble plus dans la patience de leur mémoire. Quel âge pouvait-il avoir ? soixante ans, soixante-dix ans ? Ses mains étaient fortes, noueuses, ses gestes ne tremblaient pas. Son corps n'avait pas de ces fragilités, de ces frissonnements involontaires qui attendrissent les plus jeunes ; il était comme une maison ancienne que le temps a patinée, avec, au coin d'une fenêtre donnant sur le jardin, un fauteuil usé, où il eût été bon de s'asseoir.

Matthieu sentait la fatigue appuyer sur ses paupières, mais il craignait de voir retomber ses élans, que la nuit les rendît de nouveau étrangers.

— Bien, mon petit, fit Tshelnou comme s'il l'avait deviné, il est temps de dormir maintenant. Je ne peux t'offrir que le sol pour disposer tes couvertures. Au moins tu seras au chaud.

Au milieu de la nuit, Matthieu se réveilla dans la clarté indécise de la lune. Immobile, il scruta l'obscurité de la chambre, à l'affût d'une odeur, d'une forme, d'une impression qui lui fût familière. Un bruit de bête qui s'ébrouait ordonna de nouveau l'espace et il eut un soupir de soulagement de sentir autour de lui le camp qui sommeillait. La fulgurante lueur d'une allumette éclaira la silhouette de Tshelnou dans l'embrasure de la fenêtre, et le parfum du tabac se répandit dans la pièce.

Le chien le poussait du museau avec des grognements plaintifs, il faisait grand jour. Dans le réduit où Matthieu avait dormi, étaient empilés des fourrures, des outils, tout un désordre qui exhalait des odeurs pleines qui le ravissaient. On entendait le glissement des mocassins sur le plancher de bois aplani, le bruit du thé qu'on verse dans des tasses.

— Bien dormi ? dit la jeune femme en indien.

— Oui, oui. Il est déjà parti ?

— Depuis longtemps. Mais il a dit que tu attendes.

Elle s'appelait « Fille-du-Lac-Tranquille », et venait de Maliotenam. Sous le béret, ses cheveux dénoués lui masquaient en partie le visage qu'elle tenait baissé, sans jamais regarder Matthieu en face. Son dialecte différait de celui de la Réserve et s'il s'exprimait en français, elle souriait sans répondre. Ils finirent par se taire, en attendant le retour de Tshelnou.

Matthieu resta, puisqu'on ne lui demanda pas de partir. Il profitait avec une joie allègre de ce sursis qui se prolongeait et dont le terme s'effaçait peu à peu à l'usure d'un quotidien où chacun semblait avoir trouvé sa place. Le premier matin, Tshelnou avait disposé des branches de sapin sur le sol de la petite chambre, qui unirent leur senteur forte de résine aux parfums de cuir et de graisse. En s'étendant, Matthieu touchait les murs de la tête et des pieds, il en éprouvait une gaieté réconfortante comme d'un bon tour qui avait été joué là. Le chien Butch l'avait adopté, ensemble ils couraient, se roulaient dans la neige, débusquaient des lièvres tapis derrière des souches. Et lorsqu'ils revenaient au camp, les yeux brillants, avec des petits glaçons encore accrochés au coin de la bouche, Tshelnou souriait et flattait le chien qui venait poser le museau sur sa cuisse.

La vie était lente, d'un seul tenant, comme une jetée en bordure de mer que les marées caressent. Matthieu s'en accommodait, avec parfois de brusques sursauts d'énergie qu'il libérait en coupant du bois, en allant chercher l'eau à la source qui coulait encore, sous la glace, dans la montagne.

— Tu n'es pas obligé, lui dit un jour Tshelnou alors qu'il débitait une épinette sèche.

Décontenancé, Matthieu baissa sa hache.

172

— Mais tu le fais, c'est bien.

Et il lui posa la main sur l'épaule, avant de s'éloigner.

Peu à peu, Matthieu eut moins d'étonnement, moins de retenue alors que s'estompait l'apprêt de sa nouvelle existence. Finalement, c'était une chance que d'avoir rencontré cet homme paisible, qui demandait peu, accueillait chaque journée sans se troubler. Il y avait bien, dans ses yeux, des éclairs déconcertants, des signes d'agacement qui glaçaient Matthieu un instant ; mais c'était certes un étrange bonhomme pour avoir choisi cet isolement farouche, qu'il avait pourtant à peine défendu.

Un matin, Tshelnou demanda à Matthieu de l'accompagner. C'était une de ces journées claires qui, malgré le froid et la glace qui maintenant figeait les baies, ressemblaient au printemps parce qu'on avait le cœur léger, une humeur alerte et gaie. Ils marchaient l'un derrière l'autre et Butch, collé aux raquettes de son maître, se retournait de temps à autre, les oreilles droites, l'air de dire : « Tu es là, toi aussi ? Alors suis-nous. » Car, pour garder ses distances, Matthieu s'arrêtait parfois, pour regarder un oiseau, analyser une trace, arracher quelques aiguilles de pin dont il aimait la saveur âpre et légèrement sucrée. C'était comme une école buissonnière que cette promenade qui dépassa bientôt les limites habituelles. Ils allaient vers l'est, et le soleil encore pâle glaçait la neige d'un vernis scintillant. Puis, longeant la montagne, ils quittèrent une piste déjà tassée pour entrer dans la haute neige ; la pointe des raquettes s'enfonçait comme un soc, avec un froissement soyeux qui rythmait leurs respirations.

Ils abordèrent une région que Matthieu ne connaissait pas, une succession de faibles dénivellations où les arbres étaient plus vigoureux, trembles aux troncs lisses et crème, bouleaux dépouillés dont l'écorce effrangée battait au vent, énormes fûts d'épinettes dont les ramures se perdaient dans l'éblouissement du ciel. « Est-ce le Pays d'En-Haut ? Si près ? » se demanda Matthieu. Mais Tshelnou poursuivait sa route et rejoignit le lit d'une rivière parsemée d'îlots broussailleux, encaissé entre deux falaises. Le chien courait devant, s'arrêtait pour les attendre, puis reprenait son trot en évitant les passes. À certains endroits, la glace craquait sous les raquettes, et les longues perches dont ils s'étaient munis jetaient d'amusantes ombres sur la neige, comme des marionnettes chinoises. Ils ne s'arrêtèrent que le temps d'une pipe, qu'ils fumèrent, le dos adossé à un tronc. Derrière eux, le sillage de leurs pas ondulait, écume argentée comme la bave d'un escargot. Devant eux, jusqu'à l'horizon qui se délavait, un moutonnement de reliefs boisés, des milles et des milles à marcher vers d'autres hauteurs, d'autres lacs, livrés à eux-mêmes.

— Où va-t-on ? demanda Matthieu.

— Nulle part, fit Tshelnou.

Il vida sa pipe contre l'arbre, la rangea soigneusement dans sa poche.

— Allons-y, dit-il.

Déjà, le chien s'était levé et bondissait autour d'eux.

Quittant la vallée, ils commencèrent l'ascension à flanc de montagne ; pour ne pas glisser, ils devaient s'aider des mains, des genoux, se hissant le long des tiges flexibles des aulnes qui se redressaient avec des fouettements secs. La neige dissimulait des trous le long des rochers où ils s'enfonçaient jusqu'à la taille, s'infiltrait dans le col de leurs vestes en rigoles glacées qui rafraîchissaient leur dos en sueur ; des arbres renversés dressaient au ciel leurs branches épineuses qui s'accrochaient aux raquettes, brisaient leurs élans. Matthieu sentait croître sa mauvaise humeur, s'arc-boutait à la pente et dérapait, les bras plongés jusqu'aux coudes dans cette masse friable qui s'affaissait sous son poids. Enfin, ils parvinrent à une corniche dépouillée de neige, une immense dalle faiblement inclinée, veloutée d'un tapis serré de lichen et de mousse.

— Retourne-toi, dit le Vieil Homme.

Ils surplombaient toute la vallée, bordée d'un côté par la paroi rocheuse éclaboussée de soleil, chauffée à blanc et l'escalade infinie des arbres, farouche et sombre. De l'autre, une vaste plaine de troncs ébréchés, de buissons rouille et gris, survolée par deux corbeaux dont le croassement cristallisait le silence. Le ciel, sans un nuage, s'étirait de l'outremer au pastel, aspirait l'immaculé de tout ce blanc strié d'ombres. Une légère brise leur rafraîchissait le visage et, les lèvres entrouvertes, ils la buvaient du bout de la langue. Matthieu s'était assis et, du plat de la paume, effleurait le velours rêche de la pierre, tiède et crépitant comme une fourrure de chat.

Tshelnou paraissait fasciné par le spectacle du feu ; de temps à autre, il portait le gobelet de thé à ses lèvres, se raclait la gorge, comme sur le point de dire quelque chose, puis de nouveau ses yeux ne reflétaient que le rougeoiement des braises, d'où jaillissaient encore quelques flammèches bleutées. Matthieu n'osait pas bouger, mais il s'impatientait de cette attente sans but ; l'après-midi fuyait, déjà l'heure n'était plus si belle.

— Tu vois, cette Beauté, là, devant toi, à portée de main, dit enfin le Vieil Homme en levant les yeux vers la vallée. Elle t'est donnée, penses-tu. Il te suffit de t'asseoir et d'ouvrir les yeux. De taire les mots dans ton esprit et d'attendre. Attendre la lumière, la joie, tout ce qui t'est dû puisque tu es venu au monde. Sans cela, rien n'aurait de sens, n'est-ce pas ? Tu as ouvert les yeux pour être là, aujourd'hui, parce que c'est ainsi, parce que tu as été désigné.

Il eut un rire bref, une sorte de ricanement lugubre. Dans la montagne, les arbres se noyaient dans une obscurité qui ne les laissait plus s'élancer, un à un, vers le ciel, les teintes s'affadissaient.

— Tu es jeune, Matthieu, tu es si jeune encore, reprit Tshelnou. Me voilà arrivé à la limite de mon âge mais je ne voudrais pas revenir en arrière. Je t'envie et je te plains. Les Écritures nous mentent, nul ne peut commencer par le Paradis. Cette histoire de pomme et de serpent est absurde, Dieu s'est moqué des hommes ou peut-être, a-t-il deviné, au commencement des commencements, qu'il y avait des vérités trop violentes pour être exprimées. Cette Nature si simple, en apparence si pure, n'est une vérité durable que pour ce qui est accompli. Écoute cet écureuil, là, caché dans cet arbre à côté de nous. Il n'exprime pas, il est. Il ne peut être autrement parce que sa place est inscrite, pour lui, ses fils et ses filles et les enfants de ses enfants. C'est le même écureuil au travers des temps. Il crie, il meurt, il ressuscite. C'est une goutte dans l'océan, rien de plus. Une goutte éternelle qui fond ou devient un, comme le flux et le reflux d'une marée. À cause de cela, grâce à cela, il ne ressent que des sensations éphémères. La peur, la satisfaction, le plaisir comme des petites brûlures qui ne laissent pas de traces. C'était cela, le Paradis, Adam et Ève en éternelle répétition du même. Ils n'étaient pas nés encore, ils avaient la vie mais pas l'existence.

Le chien s'était couché au bord du feu, le museau posé sur les pattes. Il tressaillait dans son sommeil, mais ne se réveilla pas quand Matthieu le poussa légèrement du pied.

— Dieu ne pouvait se contenter de cela, poursuivit Tshelnou. Déjà, il y avait les pierres, les plantes, les oiseaux et les bêtes. Avait-il besoin d'une nouvelle créature dans son interminable ennui ? Peux-tu imaginer, pour l'être divin condamné à l'éternité, toutes ces étincelles de vie répétées à l'infini ? Non, il lui fallait autre chose, une présence bouleversante, pour être trahi, aimé, rejeté, retrouvé. Il lui fallait rire et pleurer à la fois. Peut-on rire d'un ours qui se gratte le museau, pleurer d'un lièvre qui meurt ?

Il regarda Matthieu avec colère.

— Pourtant, j'ai le cœur serré, parfois, d'une bête prise au piège..., hasarda Matthieu.

— Oui, mais parce que toi, tu ne feras pas que disparaître, retourner au chaos originel. Tu mourras vraiment, avec l'angoisse de l'agonie, avec la révolte et l'étonnement d'imaginer le monde sans tes yeux pour le voir. Regarde le crépuscule s'épandre doucement vers le ciel, le Bois qui courbe le dos, qui se couche avant la nuit. C'est beau, n'est-ce pas ?

— Cela me donne envie de pleurer, souvent, sans être triste.

— Voilà. Tu commences à comprendre.

Il respira profondément, et un sourire vint adoucir son regard. En bas, la vallée s'abandonnait aux lueurs ; au loin, quelques cimes s'enflammaient, dévorées de l'intérieur jusqu'au bout de chaque aiguille, de la branche la plus frêle.

— Ah ! mon petit ! comme je voudrais te protéger de ce qui vient ! Mais même Dieu ne serait pas assez puissant.

— Assez puissant pour quoi ?

— Assez puissant pour te protéger de toi-même.

Il se leva, en s'appuyant sur l'épaule de Matthieu.

— Descendons, veux-tu ? Il ne faut pas trop parler.

Tshelnou n'allait jamais au-delà d'une journée de marche, le camp était le centre d'une rosace dont il parcourait les courbes de son pas tranquille, par beau ou mauvais temps. La neige, le vent, le froid ne l'arrêtaient pas, à peine raccourcissait-il ses tournées et revenait prendre un livre, écorcher des peaux ou rester immobile des heures durant, le regard fixé sur le mur.

— Il faut que le vent aère les mots, avait-il dit. Trop parler sent vite le renfermé.

Il lisait avec application, s'arrêtant longuement sur une page jusqu'à laisser croire qu'il s'était endormi. Les livres étaient usés, tachés, souples comme de vieux vêtements qu'on a beaucoup portés. Il y avait une Bible, des textes de mystiques chrétiens, les *Essais* de Montaigne, et des pièces de Shakespeare. Parfois sur un passage, il souriait, hochait la tête, puis se replongeait dans sa lecture. Matthieu aussi prenait un livre, au hasard, mais ne parvenait pas à fixer son attention ; des pensées sans suite le troublaient, et il s'abandonnait à un ennui vague, sans objets.

Dans leurs conversations, Matthieu revenait avec insistance sur son avenir, sur son désir de consacrer sa vie au Bois.

— Tu ne dois pas rester ici, fils, lui répondait Tshelnou. Si tu ressembles aux pierres, rien de toi ne saura que tu n'es pas des leurs. Et tu seras meurtri, volé, trahi, par la réalité de tes désirs.

— Mais vous ? N'avez-vous pas décidé de rester ici, de tourner le dos aux hommes ?

Tshelnou eut un soupir.

— Moi ? Ne te fie pas sur moi. Nul ne doit mettre ses pas dans d'autres pas. Comment peux-tu imaginer achever ce qui n'est pas encore commencé ? Vois-tu sur l'eau le reflet des arbres, quand l'été il n'y a pas de vent, quand toute la forêt se mire en une image plus réelle qu'elle-même ? En plein midi, ou dans l'obscurité d'une nuit sans lune, il n'y a pas de reflet. Sans ombre, il n'y a pas de lumière. Tout est alors vide, trop brutal. En toi, les ombres n'ont pas pris leur place.

— Mais j'ai déjà...

— Je sais ce que tu vas dire. Tu crois avoir déjà fait des choix, avoir déjà renoncé à ce pour quoi vivent la majorité des hommes. Mais cela ne suffira pas. Tu ne t'es encore dépouillé de rien, tu t'es détourné simplement, comme on écarte une mouche de la main. Penses-tu l'avoir tuée pour autant ? Si tu ne la laisses pas entrer en toi, devenir une partie de toi-même, elle te poursuivra nuit et jour de son bourdonnement incessant. Tu pourras feindre de ne pas l'entendre, de vivre comme si elle n'existait pas. Alors tu ne seras toute ta vie qu'un errant, fuyant une malédiction. Jamais tu ne connaîtras de repos que celui de la bête ivre de fatigue, qui s'affaisse n'importe où pour dormir d'un sommeil sans rêves. Pense un moment à Aimée...

— Je n'y pense plus, dit Matthieu avec rage.

— Tu te trompes, ou du moins, je l'espère. Tu l'as enfouie en toi, tu en as fait une histoire que tu peux raconter à la veillée avec de grands rires et des claquements de cuisse. C'est ce que font la plupart des hommes. Ils dressent leurs chagrins comme on apprend à un chien à faire le beau. Et leur vie se couche sur le tapis de leurs rêves apprivoisés. Bien sûr, ils sont tranquilles, le vent n'ébouriffe plus leurs cheveux, ils ne sont plus réveillés la nuit par de mauvaises sueurs. Ils vieillissent, c'est tout, et puis ils meurent.

— Vous ne les aimez pas !

— Comme je les ai aimés jadis ! À les provoquer, à les haïr, à les désirer du plus profond de ma solitude. Oui, vraiment, je les ai aimés de toute la tendresse que je croyais possible. Mais aime-t-on un sapin parce qu'on le veut décoré pour Noël ? Aime-t-on une plante pour qu'elle fleurisse ? Aime-t-on Dieu parce que, vers lui, s'élèvent nos cris d'angoisse ? Peut-être ai-je manqué de foi, de ce grain de sénevé qui déplace les montagnes...

— Vous êtes déçu.

— Déçu ? Non, plus maintenant. Si j'étais déçu, je ne t'aurais pas accueilli, j'aurais tourné la tête sans même te voir. La déception est l'amertume d'un lendemain de beuverie : on était ivre, on ne l'est plus, alors on maudit l'alcool.

— Pourquoi ne m'avez-vous pas renvoyé ?

Tshelnou se mit à rire, si fort qu'il en eut les larmes aux yeux. Matthieu sentit son visage s'empourprer, il était furieux et malheureux.

— Ne te fâche pas, ce n'est pas toi dont je ris, dit finalement Tshelnou après s'être calmé. Peut-on renvoyer une hirondelle qui vient nicher sous votre toit ? Tu n'es pas de ceux qui abandonnent facilement. Tu m'as plus dérangé à me tourner autour tous ces mois derniers qu'arrivé sur le pas de ma porte.

Le fou rire le reprit et lorsqu'il croisait le regard atterré de Matthieu, il riait de plus belle.

— Ah, c'est bon de rire. Cela faisait si longtemps que je n'avais pas ri ainsi. Tu vois, tu ne m'es pas inutile...

Matthieu tourna les talons et repartit vers le sentier, le rire du Vieil Homme enfoncé comme une épée dans sa nuque.

Il lui arrivait de descendre quelques jours jusqu'à la grotte, pour se rendre utile en posant plus de pièges et ne pas imposer une présence continuelle. Quand il partait, on ne lui demandait jamais rien ; simplement Shkuaiss [1] plaçait dans son sac de la banique, de la viande séchée, un sachet d'herbes qui donnait une infusion amère qu'il fallait adoucir de beaucoup de sucre. Sur le pas de la porte, elle le regardait s'éloigner et, s'il se retournait, elle lui adressait un adieu de la main, le bras tendu, comme sur le quai d'un port. Dans ces virées solitaires, Matthieu ne s'apaisait plus ; c'étaient des

1. En montagnais : Ishkuss, fille.

parenthèses dont il revenait plus assoiffé, plus avide de la présence du Vieil Homme. Et pourtant il lui parlait davantage lorsqu'il était loin de lui, sa solitude était habitée par ce regard profond et las. Le Bois devenait un autel où il déposait ses pensées secrètes ; il en était étouffé parfois jusqu'à écrire dans sa tête des lettres interminables, qu'il laissait en suspens. Il se surprenait à adopter son pas, à manger consciencieusement comme lui, à entendre dans les bouffées de vent son raclement de gorge qui précédait les mots. Et dans ses monologues intérieurs, qu'il osait de temps à autre prononcer à voix haute, il le tutoyait, surtout la nuit quand le ciel dégagé se criblait d'étoiles.

— Tu vois, je ne les nomme pas, disait-il. Je les connais une à une, je les assemble et les disperse, chacune d'elles est unique. Comme les hommes, tu les veilles. Si seulement tu voulais me garder auprès de toi...

De loin, le rire de Tshelnou, qui le blessait souvent, était clair comme le grelottement cristallin d'une cascade. Et Matthieu souriait, attendri de s'être laissé surprendre, d'avoir bronché comme un poulain qu'un vent printanier inquiète.

— Tu ne m'en veux pas ? Je vais apprendre mais il me faut un peu de temps. Tout est si nouveau.

Et, malgré l'impatience, il se forçait à attendre une nouvelle soirée, un autre matin, pour le rejoindre, ému comme un fiancé, son premier bouquet à la main. Lorsqu'il arrivait sur le seuil, il restait un moment la main sur le loquet, le souffle court.

— Ah ! c'est toi, disait Tshelnou. Shkuaiss, sers-lui du thé.

Ils buvaient en silence ; le Vieil Homme regardait attentivement les peaux que Matthieu avait rapportées, en connaisseur, glissant ses doigts à rebrousse-poil pour mieux apprécier l'épaisseur de la bourre.

— C'est du beau travail, mon petit. On devrait t'en donner cher.

— Mais c'est pour vous, je les ai prises pour vous...

— Non, tu en auras plus besoin que moi. À mon âge, le minimum suffit.

Descendait-il sur la Côte au printemps pour vendre

ses fourrures ? Quelqu'un venait-il lui apporter de temps à autre des vivres, des vêtements, des outils ? Questions auxquelles Tshelnou ne répondait pas, soudain évasif, comme si ces conversations étaient singulièrement ennuyeuses.

Plus les semaines passaient et plus l'image que Matthieu avait de Tshelnou devenait insaisissable. D'un jeu de mots, le Vieil Homme concluait une conversation sérieuse et, au milieu d'une badinerie, il devenait grave, presque triste. Certains jours, son visage fermé interdisait les questions et Matthieu eût voulu disparaître sous terre, cherchant en vain dans sa mémoire une parole ou un geste qui eût pu le blesser. Puis, comme une éclaircie inespérée, Tshelnou lui tenait des propos affectueux, et Matthieu en était ému jusqu'aux larmes. Avec lui, rien n'était jamais acquis. Shkuaiss n'en était pas troublée, elle évoluait avec naturel au gré des humeurs passagères, toujours discrète, mais Matthieu n'eût pas été étonné de la voir partir un matin, avec son visage paisible, sans dire adieu. Parfois le soir, alors qu'il commençait tout juste à s'endormir, il les entendait chuchoter tous les deux et étouffer des rires ; il en était jaloux jusqu'à la rage. Ce qui le troublait le plus était de n'avoir pas deviné la nature des liens qui les unissaient. Elle l'appelait Père et leurs gestes, les regards, exprimaient plus de tendresse filiale que de sentiments amoureux. Mais quand il se levait la nuit, et voyait dans la pénombre leurs corps enlacés sous les couvertures, il ne comprenait plus rien.

— D'où vient-elle ? osa-t-il un jour demander.

— De Maliotenam, elle te l'a dit.

— Oui, mais...

— Que veux-tu savoir au juste ? fit Tshelnou sévèrement. Si je couche avec elle ? Si elle est à prendre, comme une pouliche à l'encan ?

Honteux, Matthieu baissa la tête.

— Te voilà avide, comme un avare qui renifle chez le voisin des odeurs de soupe. Si tu ne sais pas respecter le mystère de ceux qui t'entourent, comment peux-tu prétendre à être libre ?

Jusqu'au soir, ils ne dirent plus un mot.

Les jours de neige étaient maintenant pour Matthieu des moments heureux dont il se réjouissait la veille en contemplant le ciel lourd de nuages. Après une brève sortie, ils rentraient au chaud pour manger des galettes que Shkuaiss préparait avec les quelques ingrédients à sa disposition. Cela donnait une pâte lourde, indigeste mais, arrosée de sirop et de gin, ils s'en régalaient comme d'un plat rituel où même le léger goût de brûlé était essentiel. Ils jouaient aux cartes, les hommes se rasaient et se lavaient avec de l'eau bien chaude qui emplissait le camp d'une humidité parfumée. Avec le rideau mouvant des flocons derrière les vitres opaques de buée, ils étaient dans une nacelle sans amarres, comme des marins bénis des dieux.

Dans cette atmosphère de fête, les souvenirs de Matthieu reprenaient vie, il eût voulu tout dire, les êtres surtout qui réveillaient en lui des émotions insoupçonnées. Cela l'étonnait un peu que Tshelnou ne connût pas Antonio, Thérèse, Sylvain, tant son affection englobait dans une même chaleur tous ceux qui lui étaient chers. Il s'abreuvait de cette nostalgie tendre, avec l'égoïsme d'un enfant qui berce la poupée abandonnée la veille au pied d'un arbre. Et pourtant il lui venait des ivresses suffocantes à décrire les mèches folles d'Éva, les fausses colères de Rachel, sa camaraderie avec Gabriel. N'était-ce pas beaucoup de les aimer de loin, désamorcés et adoucis par la distance ? Tshelnou écoutait avec une attention rêveuse qui se prêtait aux confidences sans les exiger.

Il y avait pourtant une époque que Matthieu évoquait peu, c'était comme un puits au-dessus duquel il n'osait se pencher. De simplement entrevoir, au détour de sa mémoire, les rues de la Réserve, l'Église illuminée ou le petit chemin qui escaladait la colline le mettait mal à l'aise sans savoir pourquoi. Plusieurs fois, il s'en était approché mais, au dernier instant, il parlait d'autre chose, soudain volubile, et dressait entre lui et le père Fillion une foule bigarrée de visages, un rempart d'événements sans importance. Finalement, ce fut Tshelnou qui passa outre et dit d'un ton détaché :

— Ainsi, ils t'auraient voulu prêtre.

— Ma mère, je crois, l'aurait souhaité. Il manquait une vocation dans la famille.

— Et tu ne te sentais pas appelé...

— Non. Enfin, je ne sais pas. Je voyais bien que je leur faisais de la peine mais tout était tellement... obligé. Le père Fillion était gentil avec moi, il était très patient ; en même temps, j'avais l'impression qu'il ne me voyait pas, que je le décevais.

— Très cher père Fillion...

— Vous le connaissez ?

— Je l'ai connu, jadis. Ce n'était alors qu'un jeune prêtre inspiré, avec qui j'aimais discuter, même s'il se trompait. Tu vois, il y a parfois des êtres qui ont, plantée dans leur chair, une épine qui lentement les dévore. Pour certains, c'est la haine, la colère ou la passion. Pour d'autres, c'est la Grâce, mais une grâce obstinée, absolue, douloureuse. Ils avancent, le dos courbé sous le poids de la Croix et lorsqu'ils croient voir le ciel, ils n'ont saisi qu'un reflet sur la pointe de leurs chaussures. Leur existence est un exil et la foi les ronge. Sans elle, ils ne sont rien, ils traversent le monde réel dans un rêve où ils trouvent un étrange bonheur. Ce sont des arbres plantés la tête en bas et leurs racines fouillent interminablement le ciel. C'est très beau, et triste à la fois. Il faut les envier et les plaindre.

— Il disait que sans l'Esprit Saint, la vie s'effondrait sur elle-même, comme un volcan éteint.

— Oui. Il est de ces êtres qui marchent toujours sur la ligne de crêtes, inspirés, tendus vers l'immensité de ce qu'ils croient être la vérité, la seule, l'unique. Et puis, souvent, ils trébuchent et sombrent dans un néant qu'ils n'ont jamais voulu voir. Matthieu, il faut se méfier des aspirations uniques.

— Je ne comprends pas.

— Je sais. Et c'est parce que tu ne peux pas encore comprendre que tu ne dois pas rester ici. On devient fou, fils, à ne regarder que dans une seule direction. Tu dois apprendre à rire, à être ivre et à être sobre, à croire et à

183

douter de tout. Ce n'est pas moi qui peux te l'apprendre, ni personne. Si je te dis aujourd'hui, la Nature est tout, et demain, que c'est un vide dont le pouls bat interminablement, que ressentiras-tu au fond de toi ? Que je suis un vieil idiot qui divague. Et pourtant, c'est ainsi. Te souviens-tu d'avoir un jour contemplé un paysage qui t'était apparu d'une extraordinaire beauté, au point de respirer avec peine, de vouloir graver dans ta mémoire chaque détail pour l'emporter partout où tu irais, trésor qui toujours saurait te réjouir, t'apaiser, te rendre courage dans les moments difficiles ?

— Oui, dit Matthieu.

Et il revit le lac Meshkina, l'épaulement rocheux lustré et mangé d'arbustes, l'avancée des mélèzes flamboyants dans la baie, les premières traces de neige sur le thé du Labrador.

— Et maintenant, n'as-tu pas revu un jour ce même paysage, sans t'arrêter tant il te semblait morne, ennuyeux, quelconque ?

— Oui, enfin, d'une certaine façon...

— C'est ça. D'une certaine façon. Et pourtant, c'était apparemment le même paysage, sous d'autres couleurs, et tu étais probablement le même homme. Et d'une certaine façon, tout était différent. Mais si tu n'avais vu que la Beauté palpable, tu ne saurais rien d'autre que cette émotion, et tu l'attendrais partout, jusqu'à devenir fou. Et si tu n'avais vu que l'ennui, tu ne connaîtrais que l'ennui, et tu cracherais par terre en maudissant le jour qui t'a vu naître. Dans les deux cas, il y aurait une absurdité qui t'empêcherait de vivre. Nos pieds sont collés au sol et notre esprit peut embrasser l'infini. C'est entre les deux qu'il faut chercher.

— Mais justement, le Bois n'ouvre-t-il pas toutes les portes ? Il y a la source qui jaillit de terre et les aurores boréales qui dansent entre les étoiles...

— Ne sois pas naïf. Est-ce parce que tu as vu des cadavres de bêtes que tu connais la mort ? Il y a ce que tu vois tout autour. Et il y a ça...

Il appuya sa paume sur le ventre de Matthieu.

— Ça, tu n'en sais rien encore. Tu es comme un fœtus dans le ventre de sa mère. Tu n'es pas encore né.

— Mais que dois-je faire ?

— Fils, je ne te guiderai pas. Toutes les larmes et toutes les joies qui m'ont conduit ici, je ne peux les partager avec toi. Ou alors l'homme d'aujourd'hui serait un surhomme, de toutes les expériences accumulées depuis des siècles. Plus d'enfance, plus d'adolescence, simplement une naissance déjà projetée dans l'agonie. Ce serait une grande délivrance, je te l'accorde. Nous serions de nouveau fondus dans le chaos originel.

— Alors, il n'y a pas d'évolution ? dit Matthieu.

Tshelnou ne répondit pas.

Certaines de ces conversations plongeaient Matthieu dans un grand abattement. Le matin, il se levait de mauvaise grâce, avec un vague sentiment de nausée. Pourquoi était-il venu jusqu'ici pour écouter cet homme broyer ses rêves ? Tshelnou n'était qu'un vieillard édenté qui avait renoncé à tout par manque d'intérêt et qui dédaignait maintenant ce qu'il ne parvenait plus à atteindre. Matthieu se sentait comme un ver de terre au milieu d'une dalle de ciment, qu'un talon allait écraser par mégarde. Où fuir ? Sans Moïse, sans Tshelnou, sa retraite était coupée, il n'avait pas assez de forces pour créer son propre territoire. Et s'il trouvait d'autres compagnons, une autre terre ? Si, avec l'aide de Gabriel, il allait plus au nord, rejoindre les caribous, s'installer où personne n'allait encore, où disait-on, les arbres étaient bas et chétifs ? Mais Tshelnou n'était pas seul, Moïse serait bientôt marié ou trouverait un autre compagnon à la Réserve. À Saint-Ephrem, qui voudrait suivre Matthieu dans une voie que tous considéraient avec méfiance ? Il pensa à Éva, il revit la maison, les enfants qui grimpaient sur ses genoux en le suppliant de raconter une histoire. C'était simple, sa place était inscrite, il saurait se rendre utile.

Un de ces jours moroses où les pensées s'entrechoquaient, il avait accompagné Tshelnou dans sa tournée. Ils s'étaient arrêtés au bord d'un lac et buvaient leur thé auprès du feu, sans dire un mot. Tout en réfléchissant, Matthieu arrachait machinalement des surgeons de sapin qui perçaient timidement la neige et qui résistaient, leurs frêles radicelles entrelacées aux puissantes racines de l'arbre qui les surplombaient.

— Te voilà boudeur, petit, fit Tshelnou.

Matthieu haussa les épaules, sans le regarder.

— Regarde ce que tu es en train d'arracher. Lève la tête et vois maintenant toutes les fourches, les grosses et petites branches qui composent ce sapin. Est-ce très différent ? Oui et non. Ce n'est pas semblable, peut-on simplement dire. Et cette petite pousse que tu as arrachée ne deviendra jamais arbre ; et dans l'arbre, il y a des branches à droite, à gauche. Certaines sont vivaces, d'autres desséchées. Chacune a sa place, chacune a son destin.

— Alors à quoi ça sert de ne pas être comme un castor, une loutre, un écureuil ?

Tshelnou éclata de rire.

— Mais ça ne sert à rien, Matthieu. Ça ne SERT à rien ! Mais est-ce que la petite branche qui croît, sert à quelque chose ? Sans elle, l'arbre serait différent et peut-être qu'en grossissant, elle le tirera dans un sens ou dans un autre. Tu es d'une espèce insatisfaite, qui réfléchit sans même s'en rendre compte. C'est comme ça, tu n'y peux rien et moi non plus. Mais, au moins, efforce-toi de pousser fort et droit et peut-être que, finalement, l'arbre penchera de ton côté.

— Mais quelle différence ça peut faire que je reste dans le Bois ou pas, que je sois trappeur ou n'importe quoi d'autre ? fit Matthieu d'un ton mauvais.

— Te voilà fâché ! Matthieu, pourquoi es-tu venu me voir ? Pourquoi n'es-tu pas simplement resté avec Moïse ?

Matthieu ne sut que répondre. Il ne comprenait pas lui-même ce qui l'avait frappé dans cette silhouette entrevue dans la tempête.

— Tu ne sais pas ce que tu cherches. Alors tu es mécontent de toi, de moi. Tu es comme ces croyants qui veulent convertir tout le monde. Est-ce par amour de la vérité ou simplement de vouloir avec hargne modeler un monde à leur image ? Il n'y a pas de vérité et le monde nous échappe. Tu as déjà beaucoup de chance de pouvoir te poser quelques questions. Ce qui te semble important aujourd'hui sera demain dérisoire, que demain soit la journée d'après, le mois d'après ou l'instant juste avant de mourir. Si tu ne sais pas en rire, non t'en moquer mais en rire vraiment comme les enfants rient d'inventer des histoires qui leur font peur, alors tu seras ou malheureux ou imbécile.

Les grands froids de février étaient déjà passés, ce n'avait été que morsures légères dans l'abondance de neige. La forêt était tout en courbes, en monticules blancs, les arbres ployaient jusqu'à la rupture. Une simple trace de lièvre était la piste d'un géant et l'on devinait les caribous inquiets des loups, qui les guettaient dans la haute neige.

— N'oublie pas qu'avril sera bientôt là, disait Tshelnou.

Il était vrai que, déjà, l'air portait des tiédeurs printanières, un simple rayon de soleil réjouissait le cœur comme une fête impromptue. Mais Matthieu n'allait pas plus loin que ces tressaillements intuitifs ; l'allongement des jours, l'avancée des lunes ne le reliaient à rien au-delà de ce présent préservé comme un ravage[1], où chaque journée lui rendait le Vieil Homme plus indispensable. Tshelnou secouait à tout moment cette allégeance qui ne se rebellait même plus sous les propos ironiques ou cinglants.

— Tu es comme un loup qui, avant même le combat, rampe l'échine basse devant le chef de meute, déclarat-il avec colère. Je ne veux pas de fidèles. J'ai un chien pour ça, qui me lèche la main que je le nourrisse ou que je le frappe. Qu'il y donc peu de fierté dans un homme ! Est-ce la quiétude que tu cherches ou l'extase ? Veux-tu la paix d'une bête repue ou l'ivresse d'une nuit étoilée ? Si tu te couches trop tôt, tu ne te relèveras plus. Cela, c'est le sommeil, ce n'est pas la joie.

1. Aire où un troupeau de cervidés passe l'hiver.

— Mais je ne sais pas ce qu'est la joie...

— Si, tu le sais, mais tu ne veux pas te donner la peine de chercher. Nous sommes comme une maison où vit un couple qui se déchire. Même si le soleil entre par les fenêtres, les murs respirent la peur et les larmes. À quoi sert de glisser une lettre sous la porte ? Tu es venu à moi pour trouver une paix que tu n'es pas encore prêt à accueillir. Que pourrais-je te donner d'autre qu'une torpeur assagie qui, bien vite, te dégoûtera de toi-même ? J'ai trop connu l'heure des révoltes pour me leurrer. Si tu bois sans avoir soif, toute eau te semblera fade et tiède.

— Alors vous ne voulez pas m'aider ?

— Regarde comme tu sautes d'une fureur à l'autre ! C'est justement parce que je devine en toi des richesses à éclore, que je ne te veux pas amoindri dans mon ombre. Peut-être ai-je tort de préfacer les leçons que la vie t'imposera. À la terre que tu vas semer, je mêle mes vérités mais qui sait si pour toi elles seront engrais ou poison.

— Le chemin de tout homme n'est-il pas le même ?

— Partons-nous tous du même point ? Il y a ceux qui marchent d'un pas précipité et ceux qui flânent en chemin. Les premiers voient beaucoup, mais ils sont si tendus vers le but, si préoccupés de suer et de n'éviter aucune pierre, aucune côte, aucun obstacle, qu'ils peuvent facilement tomber en route, tellement fatigués qu'ils ont perdu le désir. Les autres dansent dans les allées de soleil, s'émerveillent d'une fleur, d'un papillon et, lorsque le ciel est trop couvert, ils dorment. Ceux-là se couchent parfois au pied d'un arbre et ils restent là, prennent racine avec les racines. Certains partent avec tant de rêves dans la tête qu'ils vivent dans un autre monde et lorsqu'ils ouvrent enfin les yeux, c'est sur un champ de boue. D'autres crachent au visage de tout ce qu'ils croisent et, un jour, ils ont la bouche si sèche qu'ils ne peuvent même plus parler. Il y a ceux qui sont riches et leurs mouvements sont gênés comme s'ils étaient engoncés dans une armure de cuivre. Il y a ceux qui sont pauvres et qui n'osent jamais. Quelques-uns désespèrent en naissant, d'autres ont tellement peur d'abandonner leurs illusions qu'ils s'épuisent à les couver et haïssent le premier passant qui pourrait leur dérober. Après tout, a-t-on vu deux martres semblables, deux hirondelles chassent-elles exactement de la même façon ?

— Mais les outardes volent toutes vers le même sud...

— Oui, ou du moins presque. Nous aussi, nous allons de la naissance à la mort. Qu'entre-temps nous ayons grandi ou pourri, connu les matins de parfait bonheur ou dormi notre vie durant.

— Alors à quoi sert de faire des efforts ?

— Te voilà revenu avec ton « à quoi ça sert ? », fit Tshelnou en riant. Tant que tu auras cette question en tête, tu seras un marchand au bord de la faillite. Ou alors convaincs-toi que Dieu existe. En Lui, tu peux avoir l'illusion de placer tes économies.

— Vous n'êtes pas croyant ?

— Oh ! Matthieu. Comme tes questions sont naïves encore ! Nés sur cette terre, avons-nous la chance d'être un jour libérés totalement de Dieu ? Fils de Caïn, nous aussi portons la marque de la malédiction, contraints à errer, à bâtir notre œuvre d'homme pour nier son existence, à hisser nos ferveurs et nos désespoirs jusqu'à éprouver son insignifiance. Nous sommes piégés, toujours au pied de la Croix, en Judas ou en Pierre. Le Martyre ou la Trahison. L'aimer avec dévotion ou Le haïr avec dévotion. Mais j'exagère, fils, peut-être arrive-t-on un jour à n'y plus penser.

Tshelnou s'absenta dans le paysage ; les yeux fixés sur la rivière qu'un méandre dérobait à la vue, il respirait lentement, les coudes appuyés sur les genoux. Assis à sa droite, Matthieu voyait son profil sans même le regarder, comme l'œil retient la précision d'une chambre brutalement éclairée puis rendue à l'obscurité. L'ombre des arbres s'allongeant sur le lit glacé de la rivière, le velouté de la neige sur le talus, le bleu du ciel comme un dais au-dessus de la terre épousaient l'ondoiement des pensées, le silence du cœur. La lumière entretenait des clairs-obscurs délicats et, parce que l'instant allait finir, il n'en était qu'infiniment parfait.

Matthieu en avait-il pour autant oublié Saint-Ephrem ? Cette pensée le frappait parfois avec une virulence qui lui coupait le souffle. De l'oubli plus que du manque, il était préoccupé et, dans son esprit, il évoquait les visages, les sons, les couleurs comme on appuie sur une contusion pour en retrouver l'origine. Cela l'attendait quelque part, et il en était rassuré puisque le temps n'était pas encore venu. Le présent l'enveloppait avec une telle force qu'au-delà il se voyait plus disponible, plus libre qu'il n'avait jamais été. Déjà, en pensée, rien ne lui résistait, il s'étonnait de ses hésitations passées, de ses craintes et il pensait au Matthieu de l'automne avec une tendresse condescendante. Il prendrait des cours pour apprendre à piloter, Gabriel l'aiderait. Avec Éva, il aurait de belles heures, insouciantes ; rien ne les contraignait à des décisions d'avenir si précoces et elle saurait le comprendre. Il était aimé, certes, il suffisait d'élever un peu le ton pour se faire entendre. Cette impression d'avoir tourné une page était si pénétrante qu'il était convaincu d'être maintenant un autre et se parlait de lui-même au passé, comme d'un camarade qu'il eût bien connu.

Mais il lui arrivait certains jours de se heurter à ses vieilles habitudes, d'être écrasé par le moule que son jeune passé avait déjà imprimé dans le sable de sa vie. Son esprit, son corps dérivaient vers l'arrière, pour exhumer des réflexes intacts, des humeurs grisâtres à force d'être battues. Dans ces moments de lassitude, il suivait Tshelnou pas à pas et frémissait à l'idée de la séparation prochaine.

Tshelnou avait voyagé ; comment, sous quels prétextes, il ne le disait pas, mais il évoquait l'ailleurs avec une tranquillité qui le plaçait tout près, à la porte du chalet.

— Le monde est grand, disait-il, mais ce n'est jamais si loin qu'on le pense. Il suffit parfois d'un pas, d'une respiration et de ne pas écouter ceux qui ne sont jamais partis. Tu voulais découvrir le pays d'Antonio, m'as-tu dit. Qui t'en empêche ? Tu ne le trouveras peut-être pas, mais tu en trouveras un autre qui te plaira et d'autres encore où tu ne feras que passer.

Pour Matthieu, tout cela était un rêve confus. Les noms de pays, de villes étrangères l'engourdissaient de désirs incertains auxquels il s'abandonnait, avec essoufflement. Il s'imaginait marcher dans les rues de Tolède, de Paris, d'Amsterdam, lui qui n'avait jamais connu que les chemins de boue qui menaient d'une maison à une autre. S'y glissaient toujours des brises tièdes, des effluves étranges et beaux, et des inconnus qui le croisaient sans le voir. C'était le soir, quand l'après-midi déclinante livre à l'obscurité les velléités du jour et que les villes s'apaisent, un instant, avant l'ardeur de la nuit. Ou bien le matin, dans ces heures lavées et fraîches, quand, affamé, il irait d'un bon pas manger quelque part.

— Mais comment dit-on crêpes dans ces pays-là ? Ou thé ?

Tshelnou se mit à rire, avec une gaieté que Matthieu partageait sans comprendre.

— Cela dépend où ! Et puis souvent, il n'y en a pas, nulle part.

Pour Matthieu, c'était extraordinaire qu'il existât, très loin certainement, des lieux où il n'y eût pas de crêpes. Non qu'il fût si indispensable de manger cela précisément en Italie ou en Espagne, mais c'était plus étonnant encore que de croiser des gens à la peau noire comme le Vieil Homme l'avait raconté. Pour imaginer des mondes où tout lui était étranger, il devait procéder par tâtonnements, par suggestions furtives, et il oscillait sans cesse entre une curiosité ivre et l'angoisse de sa propre ignorance. C'était déjà si difficile à croire que cet homme âgé, avec sa vieille chemise de flanelle grise, sa démarche lente, chacun de ses gestes si étroitement adaptés au Bois qui les entourait, eût parcouru autrefois les routes d'Europe. Un jour où Tshelnou lui racontait les vendanges dans le sud de la France, le parfum de terre et de sucre, la griserie du soleil et du vin piquant qui étanchait la soif, Matthieu eut une moue sceptique qui n'échappa pas au Vieil Homme.

— Je sais ce que tu penses. Oh ! ne proteste pas ! Tu es jeune, ignorant, alors tout te semble définitif, établi. Il te faudra vaincre cette vieillesse de l'âme qui nie l'infini champ du possible. Nous sommes des nuages instables que la vie effiloche, transforme, souffle toujours plus loin. Ce que je fus, dans une lointaine journée de septembre, t'embarrasse parce que cela ne correspond pas à ce que tes yeux voient. J'espère que, pour toi, tu auras de semblables surprises et que tu sauras en rire, comme j'en ris aujourd'hui.

— Mais je n'aurai pas cette force, dit Matthieu, honteux de s'être trahi.

— Ne te flagelle pas inutilement. Lorsque l'enfant regarde ses parents, il voit des demi-dieux à qui l'univers obéit. Puis, un jour, il les protège, quand il comprend enfin sa propre impuissance. Il n'y a pas de miracles, il y a des occasions ; sans l'avancée des saisons, sans lumière et sans ombre, aucune plante ne croît.

Mais au-delà de l'horizon apprivoisé, comment vivre, sous quel toit dormir, à qui demander un peu d'eau fraîche ? s'inquiétait Matthieu.

— L'exigence est ton meilleur atout, lui dit Tshelnou. Pour toi-même, non pas pour ceux qui t'entourent. Tu es jeune, tu es en pleine santé. Et n'oublie pas le don que tu as reçu de ton père. Tu es libre d'en faire une plaie qui suppure ou une tentation d'exister.

Matthieu ne l'oubliait pas. Quelquefois, à la dérobée, il observait ses mains et en éprouvait une culpabilité confuse. Il eût souhaité demander à Onésime pourquoi lui, plutôt que Luc ou Marie, était le dépositaire de ce pouvoir. Mais son père eût haussé les épaules et, de toute façon, il était trop tard. C'était une inquiétude qui le frappait la nuit, dans des rêves où, soudainement, il remarquait ses bras coupés aux poignets.

Dans le Bois, il lisait le reflet d'une quiétude, où rien ne se dérobait puisque c'était du cœur même de la nature qu'émanaient les nécessités ; rien de déraisonnable mais nulle autre exigence que celle du temps qui s'écoulait d'une minute à l'autre. Et ce legs paternel était une difformité et une bénédiction, sur lequel il butait, sans parvenir à l'inclure dans un avenir qu'il espérait libre.

— Seul l'être humain est hanté par la question de l'utilité, fit remarquer Tshelnou. Et pourtant ce n'est rien, tout juste un vent qui te distrait de toi-même mais qui n'offre aucun appui. Une dam de castors est-elle utile ? Détruis-la à coups de hache le jour, et la nuit elle sera reconstruite. Parce que, dans l'instinct de l'animal, il y a là un barrage à construire. Aucun instinct ne nous guide vraiment, même pas celui de survivre puisque je peux décider, demain, de me donner la mort.

— Mais en a-t-on le droit ?

— C'est sans doute notre seul droit indiscutable. Aucune loi divine et encore moins sociale ne peut détruire cette liberté-là. Nous sommes d'une très grande fragilité parce que rien ne résiste au doute si tu cherches à accomplir ton destin d'homme. Mais cela nous permet de regarder Dieu ou ce qui en tient lieu, qui souvent est notre simple extase, face à face.

— Mais si l'utilité n'existe pas, sur quoi se guider ?

— C'est une question à laquelle je ne répondrai pas, parce que mes réponses seraient pour toi incompréhensibles ou fatales.

Il se tut un moment, avec ce geste familier de poser les doigts sur ses lèvres. Puis, se levant brusquement, il alla chercher sous le lit un vieux sac de cuir, dont il sortit un petit cylindre de bois, légèrement conique.

— Tiens, dit-il en le tendant à Matthieu. En gage d'amitié. C'est un kaléidoscope. Il vient de très loin, mais peu importe.

En regardant au travers, on découvrait un spectacle étonnant, une juxtaposition toujours changeante d'images aux couleurs irisées, chacune d'elles précise mais déformée par la contiguïté des autres.

— Et puis ceci, ajouta-t-il en posant sur la table sa blague à tabac. Car fumer est aussi bien le plaisir d'une solitude que celui du partage.

En peau mégissée de huart, craquelée par l'usage, elle était souple et tiède dans la paume de Matthieu.

— Du huart, dit le jeune homme. Son chant, dans le crépuscule d'été, lorsqu'on ne distingue plus à la surface de l'eau que la courbe du cou tendu vers le ciel... On voudrait que ça n'arrête jamais.

Ils se turent, et le chien les regardait un à un, étonné de ce silence.

Matthieu s'attardait, mais il sentait bien, quoique rien n'eût été dit, qu'entre eux s'épaississait déjà l'émotion du départ. Au-dehors réapparaissaient les couleurs indécises ; sur le tronc des bouleaux, les beiges et les vieux roses, les aulnes gainés de verglas accrochaient les rayons de soleil en éclairs vifs, bleus, rouges et jaunes. Aux ruptures de glace, l'eau cristalline réveillait la beauté nette et ocre des galets et du sable, brodée de dentelles. Parfois, l'après-midi, on entendait le toit s'égoutter et de longs stalactites brisaient au vent avec un bruit de verre. Tout craquait, la neige croûtée sous les pas, la maison entre le jour et la nuit, et le poêle qui ne brûlait plus que les bûches une à une ; les perdrix disparues s'ébrouaient à nouveau dans les talles, pour quelques bourgeons précoces. Et cet hiver, dont hier encore on maudissait les rigueurs, s'imprégnait d'une nostalgie humide qu'on eût souhaitée éternelle.

Sous l'éphémère glace des dernières gelées, la neige mollissait, et Matthieu devait se hâter pour rejoindre Moïse avec qui il comptait descendre vers la côte. « Demain », se disait-il. Le jour passait, puis une nuit froide et quelques flocons rebelles ralentissaient ses gestes. Mais la clarté infiltrait de plus en plus les heures sombres et c'étaient maintenant les premières lueurs de l'aube qui les éveillaient le matin. Ces grandes journées ouvertes les saoulaient un peu et ils erraient autour du camp.

Un matin, Shkuaiss les mit dehors de bonne heure, avec des airs entendus.

— Tu vas voir, dit Tshelnou à Matthieu, elle va accomplir des miracles, comme chaque année.

Dans sa bonne humeur se confondaient le printemps à venir, une admiration tendre et l'approche de ce moment fêté où la nuit et le jour se tiendraient face à face.

Dans un quotidien où ne changeait que la couleur du temps, la moindre variation créait des remous bienheureux. Des plats que Shkuaiss avait préparés pour le crépuscule de l'équinoxe émanait un émoi sacré, de toutes ces heures patientes et de l'ingéniosité qu'un hiver tout entier avait modelée. Rien de somptueux mais quelques truites pêchées sous la glace, un gros lièvre mis de côté pour l'occasion et une banique sucrée comme un gâteau de pauvres. À l'observer s'affairer dans la pénombre que la lueur crue des lampes ne tranchait pas encore, Matthieu s'étonnait de l'avoir si parfaitement ignorée ; de par sa laideur, sa présence toujours discrète, elle n'avait été que le double insignifiant de Tshelnou en qui toute l'intensité de la rencontre s'était concentrée. Et, soudain, il comprit que son effacement, qu'il avait pris pour de la transparence, n'était, sans doute, qu'une généreuse délicatesse. Comme sa patience avait dû être mise à l'épreuve dans cette promiscuité qu'il lui avait imposée, sans en mesurer le poids ! Elle l'intimidait, tout à coup, dans un désir étranglé de reconnaissance ; il détacha de sa ceinture son gobelet creusé dans une loupe de tremble et le lui tendit en bafouillant quelques mots. Pour la première fois, elle plongea son regard dans le sien et il y lut une affection espiègle qu'il n'avait jamais remarquée.

Ils mangèrent, ils burent ; la vie était bonne, leurs éclats de rire jaillissaient pour des riens et se mêlaient aux aboiements de Butch qui sautait de l'un à l'autre.

— Si tu avais vu la tête que tu faisais en arrivant ici ! dit Tshelnou. Un rescapé qui échoue sur une île et qui se demande s'il rêve.

— Je sais, vous avez dû bien vous moquer de moi.

Et il riait avec eux de sa propre honte, de sa jeunesse, de son trop grand sérieux qui parfois le rendait triste.

La lune était presque à son plein et, après le souper, ils sortirent dans la lumière laiteuse qui émoussait l'éclat des étoiles. Emportés d'une même euphorie, ils se mirent à courir sur la neige durcie, dévalant les pentes à plat dos, essoufflés, pris de fous rires quand l'un d'eux jurait, de s'être enfoncé jusqu'à la taille. Ils se relevaient aussitôt, s'ébrouaient, repartaient à l'assaut du talus, infatigables, en s'interpellant dans la nuit. Tshelnou était le premier à s'élancer, à prendre Matthieu à bras-le-corps pour le rouler dans la neige. Il avait perdu son bonnet et ses cheveux ébouriffés dessinaient autour de sa tête une auréole argentée de lune. À bout de souffle, il vint s'asseoir au pied d'un arbre et Matthieu l'entendit murmurer : « Ah ! mon Dieu, que la nuit est belle ! »

Matthieu partit le lendemain, pour s'éloigner avec au cœur un peu de cette insouciance nocturne. Il ne voulait pas être triste et, malgré sa gorge serrée, il parlait de sa descente sur la côte comme d'une randonnée dont il serait vite revenu. L'avenir s'arrêtait là, au bout du lac, quand leurs yeux ne parviendraient plus à distinguer sa silhouette parmi les arbres. C'était bien assez de jeter un dernier coup d'œil sur la petite pièce où il avait dormi et qu'il avait balayée avec soin. Au moment du départ, Shkuaiss lui glissa dans la main un paquet de vivres pour la route, Tshelnou lui donna l'accolade, dans une bouffée familière de tabac et de chaleur.

— Fais attention à toi, petit. La vie est là, devant. Tu n'as qu'à lever les yeux.

Et, d'une bourrade, il le mit en route. Butch accompagna Matthieu un moment, puis après une dernière caresse, retourna vers ses maîtres.

2

Saint-Ephrem était en pleine effervescence ; cette fois, c'était sûr, « Ils » allaient la bâtir, cette Ville nouvelle, plus bas sur la côte, un vrai projet, sur lequel on allait s'appuyer pour souffler un peu, pour penser à autre chose qu'à survivre.

Depuis plusieurs années, les rumeurs s'étaient répandues, gonflées de propos les plus extravagants, comme au bord d'un champ de courses, la crue houleuse des voix à l'approche des chevaux. Et puis, tout retombait, on n'entendait plus parler de rien ; le prix du papier avait chuté, le projet s'était déplacé ailleurs, « Ils » avaient changé d'idées. La déception gagnait même les plus fervents, et d'avoir tant espéré gâtait les plaisirs dont ils s'étaient contentés jusque-là ; ils s'en voulaient d'avoir été si naïfs. Les sceptiques, les perpétuels oiseaux de mauvais augure ricanaient, il fallait bien croire aux miracles pour penser que cette terre à la pointe de la sauvagerie pût intéresser de vrais hommes d'affaires. Des cailloux et du sable, voilà ce qui était leur lot, et ils pouvaient bien remercier le Ciel d'avoir encore de quoi gagner leur vie, chichement et dans l'incertitude du lendemain. On disait que dans les villes, à Montréal, à Québec, les prêtres n'arrivaient plus à endiguer la famine, le désespoir, et cette colère qui crispait les poings, amenait aux lèvres les pires blasphèmes. Malgré tout, des espoirs couvaient encore, dans le secret des chambres à coucher, après deux ou trois verres de bonne bière, à la naissance d'une nouvelle bouche à nourrir. Et si ? Si tout ce bois de pauvres espèces, pins, épinettes, sapins baumiers, était une manne injustement ignorée, si les rivières qui avaient englouti tant de corps pouvaient être assagies, mises à la main de l'homme ? N'y avait-il pas un barrage déjà, puis un quai ? Tout cela n'avait pas été conquis, de rage et de sueurs, pour être, une nouvelle fois, anéanti. Mais l'ivresse des rêves n'aveuglait pas longtemps ceux pour qui les défaites, quotidiennes, étaient les acomptes du Paradis ; il en serait de ces chimères comme du reste, quelques mois d'un salaire vite dépensé, un village champignon qu'une autre saison effacerait.

Mais voilà qu'un bateau avait jeté l'ancre dans cette baie-sans-nom évitée des marins, une de ces innombrables anses, de roches et de marais. Parmi les passagers, de ces Anglais qui, d'un doigt, tracent des routes, redessinent la courbe des collines, détournent les fleuves. Et dans le fouillis des arbres, autour de quelques bâtisses délabrées, ils avaient vu une ville, une vraie ville avec ses rues, ses maisons coquettes, ses magasins et même, mais peut-être frisait-on là l'invention pure, un cinéma. Et surtout, l'usine, non pas un modeste moulin comme à Saint-Ephrem mais une immense construction avec des machines, des milliers d'employés affairés, pour que, quelque part aux États-Unis, des gens ordinaires pussent lire le journal, comme d'autres feuilletaient la Bible, avant le déjeuner.

Des hommes de Saint-Ephrem partirent, pour aller voir et peut-être trouver du travail puisqu'il faudrait bien des bras pour repousser la forêt et donner des formes réelles à ces visions inspirées. D'autres attendaient encore, par méfiance ou lassitude d'avoir tant de fois fermé leur maison pour aller vers un ailleurs qu'ils escomptaient plus facile mais qu'ils redoutaient pire.

Mais, peu à peu, des nouvelles plus précises se propagèrent, le long du fil du télégraphe, de bouche à oreille tressées en une longue chaîne d'espoirs. Les doutes n'étaient plus possibles, les travaux avaient commencé et les prévisions les plus optimistes s'avéraient timides devant la réalité. Les postes étaient encore comptés mais cela affluait déjà de partout, de la rive sud, de Québec, toute une foule de gens prêts à travailler pour une bouchée de pain et l'abri de tentes inconfortables. Il fallait bien y croire, puisque ceux qui revenaient de là-bas décrivaient le port encombré de bateaux, qui déversaient matériaux de construction, nourriture, tout un bric-à-brac de ballots et de caisses que des chevaux traînaient jusqu'au site de déboisement.

Comme un champ de foire après le départ des dernières roulottes, Saint-Ephrem prit un air dévasté ; le moulin ne tournait plus qu'au ralenti, il n'était pas de taille à lutter contre un projet qui allait bouleverser la région en profondeur.

— Pour moi, ça sera rien de bon, déclara Moïse quand il atteignit la côte avec Matthieu. Le pays ne se reconnaîtra plus.

Au lac Atihk, il avait accueilli son ancien associé sans surprise, simplement content de le voir et de lui présenter sa jeune femme qu'une grossesse alourdissait déjà.

— Ainsi, tu l'as vu, avait-il dit. Mon père dit qu'il y a ainsi des peines qui ont trouvé leur place. Et que c'est bien.

Autour de Tshelnou s'étaient bâties bien des légendes, qu'il avait été prêtre, qu'il avait tué un homme, mais, en réalité, on acceptait de ne pas savoir.

— Ce qu'il t'a dit n'appartient qu'à toi, avait prévenu Moïse.

Alangui d'une tristesse violente et inaccomplie, Matthieu sentait la forêt se refermer sur ses pas.

À Saint-Ephrem, son retour s'inscrivit dans l'ordre du temps, à peine eut-il l'impression d'en être vraiment parti.

— Tu vas bien ? lui demandait-on en lui donnant l'accolade.

199

C'était tout, l'attention était ailleurs. Seule Éva avait mesuré l'étendue de son absence et il la trouva émue, plus jolie encore avec ses yeux humides qui étaient une caresse et un reproche.

— C'était si long, dit-elle. J'étais tellement inquiète pour toi.

Alors qu'il avait peu pensé à elle, il était subjugué par cet amour qu'elle avait bercé tout l'hiver, et l'idée d'être amoureux depuis longtemps l'enchanta. Enfantine avec innocence, elle lui raconta son ennui, le village dans ses heures de gloire hivernale mais vide de complicité.

— Si ! il y avait François, que j'allais voir à l'Auberge le dimanche. Il est bien gentil, et puis, il me parlait de toi. Il t'aime beaucoup, tu sais.

Matthieu protestait sans conviction : et Rachel, et les Mattioni, et puis ses parents, ses frères et sœurs ?

— Oh ! c'est sûr, ils ont tous été gentils avec moi. Mais...

Et ce « mais » était pour Matthieu une promesse troublante. Il reprit ses visites chez les Picard, en hôte privilégié de la maison ; mais l'atmosphère n'avait plus la même saveur depuis qu'Albert était parti pour le chantier.

— Celui-là, disait Thérèse avec une tendresse agacée, dès qu'il y a du nouveau, faut qu'il aille voir. Mais moi, je ne bouge pas d'ici. D'ailleurs, ils prennent pas les femmes là-bas.

Les plus jeunes avaient grandi et, en une saison, s'étaient trouvé d'autres jeux ; les histoires de Bois ne les intéressaient plus. D'ailleurs, Matthieu comprit vite que son auréole d'aventurier avait pâli, les défis s'inscrivaient dorénavant dans la baie lointaine où le progrès allait vaincre l'isolement et la rudesse de cette terre inculte. Même Éva opposait à ses récits une réticence silencieuse puis de jour en jour plus explicite.

— Tu vois bien que la fourrure ne rapporte plus grand-chose. Laisse donc ça aux Sauvages, eux n'ont jamais connu rien d'autre. Et puis, je ne veux plus que tu partes si loin, si longtemps.

Elle le prenait par le cou, collait sa joue à la sienne.

— Si tu restais un peu plus, je serais si heureuse.

Il était vrai que la récolte de l'hiver, de belles peaux pourtant, s'était juste vendue pour la peine, de quoi payer les dettes et une petite avance pour les semaines à venir.

— Moi, à ta place, je sais ce que je ferais, lui dit Rachel. Avec quelques années de moins...

Le choc de la cinquantaine l'avait fléchie et, sous l'apparence des mêmes gestes, l'élan s'émoussait en une fatigue insidieuse qui ressemblait à l'ennui. Parce que ses remarques étaient moins percutantes, son œil moins vif à stigmatiser les égarements, on la disait plus douce. C'était qu'en elle s'estompaient les désirs, à la manière des tapisseries anciennes dont les teintes, au soleil, s'affadissent.

Privé d'allant, Saint-Ephrem s'égarait et cherchait dans un énervement factice à contrer une érosion inéluctable. Dans ce voisinage que Matthieu avait cru retrouver au premier coup d'œil, il découvrait des lignes de faille, des affaissements faussement anodins. Était-ce l'effet de ce grand vent annonciateur de la modernité ou simplement étrennait-il un nouveau regard, impitoyable ? Lui venaient des accès d'humeur qui le décevaient de lui-même.

— Va-t'en donc ! finit par dire Antonio. Ou marie-toi. C'est pas bon pour la jeunesse, ces têtes de Carême.

C'était sans méchanceté ; Antonio tolérait mal que s'assombrît une jeunesse qui lui avait été volée. Matthieu crut bon de se sentir blessé, peut-être n'attendait-il que cela. Il tenta de persuader François de partir avec lui, mais celui-ci avança mille prétextes, qu'on avait besoin de lui à l'Auberge, que les premiers postes seraient réservés aux Anglais.

— Vas-y, toi, disait-il. Au pire, tu reviendras, tu as de l'argent d'avance.

Il avait raison. Car le temps passait ; déjà les mouches jaillissaient des marais en brouillards avides, les jours avaient les teintes tranchées qui, même sans soleil, faisaient rechercher l'ombre.

Matthieu quitta Saint-Ephrem, muni des cadeaux de Tshelnou et des recommandations d'Éva à qui il promit des nouvelles par le premier bateau.

Avec la fatigue et l'air blême d'une fin d'après-midi pluvieuse, la découverte du chantier eût brisé les élans les plus audacieux. Sur un plateau qui butait sur le fleuve, on avait arraché les arbres, raclé le sol où les pierres venaient affleurer avec la boue, telle une écume fangeuse sur un étang d'eau morte. Quelques tentes de toile beige d'où dépassaient des tuyaux de poêle, quatre ou cinq cabanes de bois qu'on eût crues prêtes à s'effondrer. Au-delà, les derniers bouleaux persistaient à dresser vers le ciel leurs maigres toupets, frissonnants dans la lumière brutale d'une forêt dévastée. Une odeur de soupe et de résine flottait sur le carnage, dans le bourdonnement des mouches. Pas une silhouette d'homme, des véhicules abandonnés, une immobilité funèbre.

Avec la gaucherie d'un paysan venu frapper au château, Matthieu écarta une porte de tente d'où s'échappait un brouhaha de voix et de vaisselle entrechoquée.

— La porte ! Ferme ça, maudit, les mouches ! lui cria-t-on alors qu'il restait planté sur le seuil.

Il y avait là plus d'une centaine d'hommes attablés le long de grandes tables en bois, dans la clarté sifflante de lampes au naphta.

— Prends-toi une assiette et trouve-toi une place, lui dit le showboy[1] en le bousculant. Reste pas dans les jambes.

Avec son assiette en fer-blanc où une louche pressée lui avait servi un ragoût brunâtre, Matthieu parvint à se glisser entre deux colosses qui lui jetèrent à peine un coup d'œil. On entendait le raclement des fourchettes, des fragments de conversations, le tapage assourdi d'hommes affamés qui avalaient d'un trait leur portion, le nez collé à leur assiette.

— Je viens d'arriver, dit-il enfin à l'un de ses voisins qui venait de roter avec satisfaction. À qui je dois m'adresser pour trouver une place où m'installer ?

— Speak english ? répondit l'homme d'un air méfiant.

— T'arrives pas de bonne heure, l'apostropha un

1. Marmiton.

grand brun de l'autre côté de la table. Les contremaîtres sont partis, ils restent sur des bateaux plus loin. Tu viens d'où ?

— De Saint-Ephrem. Je viens me trouver de l'ouvrage.

— Ouais, on est tous là pour ça. Ils embauchent plus grand monde à c't'heure. En tout cas, on va essayer de te trouver un lit pour la nuit, toujours.

Michel venait d'en face, de la côte sud ; il affichait une quarantaine volontaire et des mains noires de mécanicien.

— C'est pas pire, ici, dit-il à Matthieu. C'est pas des salaires de fou mais c'est de l'argent clair, vu que t'es logé et nourri pour pas cher. Faut travailler fort, par exemple, et pas trop t'ennuyer de ta blonde.

Avec l'orgueil d'un propriétaire, il pilota Matthieu au travers du campement, lui expliquant l'avancement des travaux, le classement des ouvriers entre le défrichage, la construction, l'entretien. Les dortoirs et la cafétéria étaient presque achevés, il serait bientôt possible de quitter les tentes, peu confortables et toujours envahies de mouches. On travaillait à la route pour se rendre du quai de débarquement au site de l'usine, on parlait d'une voie ferrée. Quant à la machinerie, « Ils » ne se refusaient rien, tout ce qu'il y avait de plus moderne, et ce n'était qu'un début. Michel la voyait déjà, la ville ; sans même fermer les yeux, il devinait au-delà de la pénombre les belles maisons de bois peint, les rues larges et claires, les gens bien habillés qui se dirigeaient vers l'Église. Des enfants couraient, on entendait les cloches, le cri des goélands au-dessus du fleuve et parfois la trompe d'un bateau qui entrait au port chargé de marchandises, de lettres, de visiteurs. L'usine serait des plus modernes, une cathédrale d'acier, prévue pour que le moindre geste fût utile, multiplié, au service d'une production dont on ne pouvait encore mesurer l'ampleur.

Matthieu était étourdi par toutes ces images, les explications d'initiés où revenaient des mots de code qu'il ne comprenait pas ; dans l'obscurité, il butait sur des restes de souches, des fondrières. Épuisé, il n'aspirait qu'à s'allonger sur la première couchette venue, le découragement lui martelait la tête comme une migraine. Dans sa poche, il serrait la blague à tabac de Tshelnou et se rêvait ailleurs, assis à l'Auberge ou marchant sur la grève avec Éva.

— Il fait quoi, ton chum ? lui demanda Michel.

— Je sais pas. Il a déjà travaillé comme bûcheron, et puis au moulin à Saint-Ephrem.

— Comment tu m'as dit qu'il s'appelait ?

— Albert. Albert Picard.

— Connais pas. Faut dire qu'on est une maudite gang, icitte. Demain, t'iras voir sur la zone deux, sont en train de déblayer pour l'entrepôt.

Matthieu dormit finalement sur une table du réfectoire, enroulé dans des couvertures que lui avait prêtées un des cuisiniers. À l'aube, le ciel était d'un bleu tendre, à peine traversé de quelques nuages diaphanes et la fraîcheur douce au visage annonçait une journée chaude sous le soleil. Après le déjeuner, il partit à la recherche de M. Euwell, chargé de l'embauche des bûcherons, et, avec la lumière du jour, le chantier lui parut d'une certaine beauté, tout le plateau dénudé s'effaçant sous le ciel qui se déployait, sans entraves, jusqu'à l'horizon du fleuve.

— Qu'est-ce que tu sais faire ? lui demanda l'homme grand et maigre, d'un ton rogue.

— J'ai travaillé dans le Bois, je suis né sur la Côte.

— La belle affaire. Ici, fit-il en désignant d'un revers de main l'étendue du chantier, tout le monde a travaillé dans le Bois. As-tu travaillé en mécanique, es-tu cuisinier ? Parles-tu anglais ?

— Non. Mais j'apprends vite...

— J'ai rien pour toi, laissa tomber l'autre. J'ai tous mes gars. Peut-être plus tard mais je promets rien.

Découragé, Matthieu revint au réfectoire.

— T'en fais pas, lui dit le cuisinier. Il est toujours comme ça. Pour une secousse, je peux te garder ici si tu nous aides un peu. Je vais m'occuper de toi en attendant que ta situation se normalise.

À force de traîner à la cantine, Matthieu finit par tomber nez à nez avec Albert. Celui-ci avait maigri, vieilli avec, aux joues, une barbe de trois jours, mais son œil retrouva sa gaieté tendre en apercevant Matthieu.

— Ah ben ça, par exemple ! Ma belle fille t'a laissé partir, s'exclama-t-il en lui donnant des claques dans le dos.

Matthieu lui relata ses démarches, son arrangement temporaire avec le chef cuisinier, son découragement qui à s'exprimer devenait intolérable.

— On va t'arranger ça, mon garçon. Euwell, c'est pas un mauvais gars mais faut savoir le prendre.

En fin de journée, ils se présentèrent de nouveau au contremaître qui toisa Matthieu des pieds à la tête, avec un reniflement agacé.

— Monsieur Euwell, dit poliment Albert, je vous présente Matthieu Roy, mon gendre. C'est un petit gars dur à l'ouvrage, et puis il est ramancheux [1], un maudit bon à part de ça. Des fois, sur un chantier, c'est bien utile.

Matthieu eut un sursaut d'étonnement, mais Albert gardait les yeux fixés sur M. Euwell, qui réfléchissait, le visage tourné vers la surface plombée du fleuve. On entendait la rumeur du chantier traversée de l'éclatement sourd de la dynamite et, de loin, on eût cru des promeneurs attardés, absorbés par le chatoiement liquide de l'horizon.

— OK, tu commences demain. Toi, ajouta-t-il en désignant Albert d'un geste du menton, tu lui expliqueras les conditions et tu le mèneras au chef d'équipe. Bonne chance.

C'était un travail âpre, une marée déferlante d'hommes, qui sapait la forêt à la base, arrachant les souches, pulvérisant les roches. Pour ces bûcherons habitués à récolter, pour ces fils de pêcheurs et de cultivateurs qu'un mauvais vent, qu'une saison trop sèche désespérait, cette progression inéluctable prenait les

1. Rebouteux.

apparences d'une croisade. Le dimanche, après la messe célébrée dans le nouvel entrepôt, ils allaient voir l'évolution des travaux, comme des enfants qui se mesurent sans cesse au ruban gradué épinglé sur le mur. Là, le plateau nu avait encore gagné sur la forêt, ici le ruisseau qui serpentait dans le marais n'existait plus ; chaque semaine, de nouveaux bâtiments avaient jailli de terre, des rues prenaient corps. Sur la grève, des matériaux s'amoncelaient, apportés par des bateaux presque quotidiens, gonflés comme des outres. Et quand, la nuit, le silence retombait sur la ville à venir, on s'étonnait d'entendre au loin le clapotement des vagues et le hululement timide d'un dernier hibou.

Les instigateurs de cette avancée défiant les lois du commun ne manquaient pas une occasion de chauffer à blanc l'enthousiasme de leurs troupes. Les inaugurations, les fêtes religieuses, les soirées sociales étaient les prétextes de discours prophétiques à grand renfort de cartes marquées de traits rouges. Seuls les premiers rangs en bénéficiaient mais, de banc en banc, l'écho se propageait en quelques images saisissantes qui agitaient la foule d'un ondoiement de murmures et de hochements de tête.

— Vous êtes les bâtisseurs du Québec de demain, clamait l'orateur.

— Ouais, pour les Anglais, criait une voix vite étouffée.

— Plus qu'une ville, vous créez une ère nouvelle et riche, pour vos fils et vos filles. Leur reconnaissance sera à l'image de vos efforts.

Et ces hommes, au visage bruni de fatigue et de poussière, y allaient de leur larme furtive, le cœur serré de nostalgie. Quand l'entrepôt se vidait en longs dégorgements houleux, les commentaires s'enflammaient jusqu'aux seuils des dortoirs. Quelques esprits forts évoquaient les retenues sur les feuilles de paye, les accidents qu'aucun dédommagement ne couvrait pour les nouveaux engagés, la fréquence de la soupe aux pois dans les menus.

— C'est pas toi qui te plaignais de crever de faim à Montréal, il y a pas si longtemps ? rétorquaient d'autres,

206

indignés. Rentre donc chez toi, elle pourrait bien être à l'eau claire, ta soupe !

Ces altercations allaient rarement au-delà d'affrontements nez à nez, de mouvements brusques d'épaules. Ces hommes-là avaient en commun trop de vieilles sueurs et de chagrins cachés pour en venir aux mains. Et puis le sommeil les terrassait d'un coup, comme les bœufs sous le mandrin.

Ma chère Éva,

Nous sommes dimanche et je trouve un peu de tranquillité pour t'écrire. J'ai retrouvé ton père au chantier, nous travaillons dans la même équipe et nous nous sommes arrangés pour être dans le même dortoir. Tu penses bien que nous parlons souvent de toi ! Ici, c'est dur, mais le travail va bien et le chantier progresse de jour en jour. Nous avons quitté les tentes pour les camps en dur, c'est plus agréable. Ils annoncent jour de relâche pour la Saint-Jean. Si nous pouvons avoir deux ou trois jours libres, nous descendrons à Saint-Ephrem. Je l'espère bien, tu l'imagines, mais en canot, c'est quand même assez loin.

Je t'embrasse,
Matthieu.
PS : Ton père fait dire à ta mère qu'il s'ennuie de la maison.

Albert en disait bien plus ; allongé sur la couchette au-dessus de celle de Matthieu, il parlait par saccades, indifférent aux allées et venues, au brouhaha constant de raclements de bottes, de rires et de jurons.

— Tu lui diras que mon lit est bien vide la nuit, que tous ces gars, ça remplace pas une odeur de femme, une caresse de femme. Monsieur le curé a beau dire que c'est péché mais tiens, c'est bête à dire, j'ai toujours dans le ventre un gros vide.

De temps à autre, il se penchait vers Matthieu.

— T'écris, hein ! Il me semble que ta page est pas bien remplie...

Matthieu protestait, mais il n'avait pas le cœur de transcrire ; de savoir les messages à Thérèse lus par Éva

207

le gênait, comme si ses propres pensées inavouables s'inscrivaient en lettres rouges sous les propos d'un autre. Il avait bien proposé à Albert d'adresser directement une lettre à sa femme, mais elle ne savait pas plus lire ni écrire. Il espérait que, dans l'effervescence des retrouvailles, personne ne prendrait garde à sa petite trahison. Était-on sûr, d'ailleurs, que ces lettres transmises de main en main, confiées aux aléas des bateaux, parvenaient bien à leurs destinataires ? C'était une bouteille jetée à la mer. La distance vidait les mots, qui sonnaient faux dès qu'on les imaginait lus plus tard, dans un village coquet, alors que l'air sentait la mer et la feuille de tomate.

Non que Matthieu eût le goût de se plaindre ; avec l'enchaînement des jours, il avait pris des habitudes qui le distrayaient de ses mélancolies. Mais, parfois, la saveur d'une pipe, le cri d'un frédéric [1], une odeur de graisse et de cendres levaient en lui des tempêtes, aussi imprécises qu'un désir ; ramené au monde par le fracas d'un arbre qui s'abattait ou l'exclamation d'un camarade, il restait effleuré d'une tristesse dont il ne savait rien et qu'il noyait en se mêlant aux autres avec plus de vigueur.

Au gré des dortoirs et d'affinités occasionnelles se créaient des confréries avec leurs coutumes, leurs lieux de réunion, leur langage. Le chantier, qui, de loin, avait l'unité d'une masse d'hommes au travail, était en réalité composé d'enclaves, d'une juxtaposition de cellules plus ou moins fermées. Derrière la ligne majeure séparant les « boss » du tout-venant, se dissimulait celle, concomitante et tout aussi étanche, entre anglophones et francophones. Puis il y avait « ceux du Sud », « ceux de la ville », « ceux d'ici », les mécanos, les bûcheux [2], les « gars de construction ». Tous ne mangeaient ni aux mêmes heures ni aux mêmes tables, s'asseyaient en groupes distincts aux soirées de l'entrepôt et se rendaient en flots séparés aux confessions du curé. Pas d'hostilité

1. Pinson à gorge blanche (appelé ainsi pour son cri).
2. Bûcherons.

mais une réserve polie qui se limitait entre étrangers à se passer le sel et à se saluer d'un signe de tête quand, par hasard, on se croisait.

Matthieu avait bien sûr son clan, mais ses talents de guérisseur l'entraînaient souvent à transgresser ces frontières tacites. Avec les cuisiniers, les pourvoyeurs clandestins d'alcool, ceux qui arrêtaient le sang ou calmaient les brûlures, il composait un mouvement sous-jacent, qui, tels des fils d'araignées, tissait des liens fragiles au sein d'une communauté éclatée.

— Il paraît que c'est à la fête de la Confédération[1] qu'on aura des congés, disait-il en revenant d'un autre dortoir.

— Ah bon ? Ça fera pareil. Si seulement ils nous donnaient trois jours..., répondait-on d'un air faussement indifférent.

Toutes les informations glanées çà et là s'agglutinaient au flot de rumeurs qui, mieux qu'un journal, répandait les nouvelles à une vitesse fulgurante. Matthieu se plaisait à ce rôle de messager et jouissait avec complaisance d'une importance qu'un titre officiel ne lui eût pas conférée. Il se libérait ainsi d'un confinement auquel il n'était pas habitué et s'amusait à déceler dans des détails de langage, d'attitude, le changement de paysage social. C'était comme hisser sa tête au-dessus du muret séparant de la maison voisine et de constater que si, là aussi, il y avait des joies, des chagrins, des colères et des silences, ce n'était pas tout à fait les mêmes. Pour Matthieu qui n'avait connu que deux mondes, celui des gens de peu et l'autre, irréductible, des Indiens où il avait pénétré par effraction sans vraiment s'y intégrer, c'était une fascination au seuil du rêve. Mais lorsque, revenant légèrement grisé d'une soirée chez les « autres », il tentait d'expliquer ses impressions à Albert, celui-ci haussait les épaules.

— Ne crois pas qu'ils t'accueillent parce qu'ils t'offrent un verre. On n'a pas cuit au même four, et ça, tu n'y changeras jamais rien.

1. 1er juillet.

209

Matthieu se réjouissait quand même lorsqu'il était appelé au Manoir, où résidaient les membres de la direction, et la récompense de ses soins était plus dans le plaisir de ces échappées en terre étrangère que les quelques billets qu'on glissait dans sa poche. Peu à peu, il apprenait les bases d'un savoir-faire que n'enseignait aucune école.

— Ici, lui expliqua-t-on, il y a ceux qui sont tout en haut ; ceux-là, on n'en parle pas. Il y a ceux qui sont en bas et qui resteront en bas. Et puis, il y a les autres qui savent où et quand mettre leurs efforts pour grimper sur la marche du dessus.

Du travail, ça en prenait, et du vrai, sans compter ses heures ni attendre que le chef d'équipe ordonne, comme un chien de berger donnant de la gueule pour faire avancer le troupeau. De la patience aussi, un vouloir trop évident dérange. Mais, jusque-là, on en restait aux rengaines des curés et des bonnes gens.

— Tu as trois défauts, mon gars, lui dit un soir un contremaître de la construction. Tu es jeune et fort, tu es le digne représentant des colons de la Côte et tu m'as l'air d'avoir une maudite tête de cochon. Réfléchis à ça et regarde autour de toi. Tu m'en reparleras.

Mais, pour le moment, Matthieu avait surtout en tête leur expédition prochaine à Saint-Ephrem ; de loin, ces trois jours avaient un goût d'éternité. Tous les matins, Albert, qui était au chantier depuis le printemps, demandait :

— Aujourd'hui, il reste combien ?

Il le savait bien mais c'était pour le plaisir de se l'entendre dire, de déguster ce temps qui fuyait comme d'une vitre arrière, les silhouettes des arbres le long de la route. Ils partiraient à l'aube, ne prendraient qu'un seul canot pour aller plus vite. Peu de bagages et la certitude que, ce jour-là, le vent serait faible et ne les ralentirait pas. Au camp, ils faisaient des envieux ; la plupart, n'étant pas de la région, se contenteraient de relire leurs lettres, toutes tachées et molles d'avoir été tant de fois dépliées. Albert avait bien proposé à certains de se joindre à eux ; à Saint-Ephrem, il y aurait toujours de la place pour les loger et les chaudrons étaient assez vastes. Mais la joie est amère lorsqu'on ne peut la toucher que du bout des doigts. Mieux valait rester là, le temps passerait plus vite à ne rien changer à l'écoulement des jours.

Enfin, ce fut l'aube. Lorsqu'ils purent distinguer la crête des vagues des courbes trompeuses des rochers, ils prirent le fleuve de toute la puissance de leurs bras. Albert, à la pointe avant du canot, mettait tant d'ardeur dans ses coups de pagaie qu'ils avançaient de côté, prêtant le flanc à la marée montante. Puis la première fatigue, le glissement de l'eau sous la coque lissèrent leurs efforts en un mouvement ample, harmonieux. Devant eux, le fleuve se donnait à la mer, lascif dans les teintes de l'aurore qui tremblaient, rose et bleu, sur la surface des eaux à contre-courant.

— C'est beau, dit Albert en se tournant à demi.

Leurs pensées s'arrêtaient là, dans la cadence des gestes, les battements du cœur et cet émoi qui ne s'exprimait pas.

Sur les crans [1] de Saint-Ephrem, Éva les attendait, petite silhouette noire qu'ils aperçurent de loin, dressée telle une sentinelle aux portes du village. Depuis combien de temps était-elle là, fidèle à un rendez-vous qu'ils n'avaient pas donné, à fouiller des yeux l'éclat aveuglant du fleuve ? Matthieu eut un sourire et se revit enfant, à l'Anse-aux-rivières, guettant le retour de son père.

De grands feux furent dressés sur les battures, on y grilla des saumons sur la braise, et les vêtements s'imprégnaient du parfum de fumée chaude, du poisson qu'on dévorait à pleines mains et de l'huile citronnée pour éloigner les mouches. Dans la pénombre, Matthieu serrait Éva contre lui, cherchait ses lèvres avec un

1. Falaise.

emportement auquel elle se dérobait avec des rires gênés. Après tout, n'étaient-ils pas un peu fiancés, maintenant qu'il était accueilli comme un fils chez les Picard ? Les frôlements adolescents ne lui suffisaient plus, ses mains réclamaient la rondeur d'une poitrine, le creux prometteur des reins et, dans son ventre, il sentait une exigence qu'il étouffait en vain contre le corps d'Éva.

— Te voilà bien pressé, lui dit-elle.

Sa respiration haletante, ses joues enflammées gommaient le reproche qui perçait dans sa voix. Il eût voulu, tout de suite, écraser son grand corps sur cette proie tremblante, enfouir son nez dans le parfum moite qui se dégageait d'elle, retrouver cette jouissance dont il ne connaissait plus que la honte des plaisirs solitaires. Mais elle se débattait, et il la laissait rejoindre le cercle éclairé du village, avec étonnement et ce qui ressemblait à de la haine. Par caprice ou revanche de femme blessée dans sa tendresse, elle allait s'asseoir près de François qui s'esquivait à l'approche de Matthieu.

Antonio avait reçu des nouvelles de Québec, de la belle écriture ronde d'Élise. La ferme allait bien, la terre était bonne, mais entre les mots, s'inscrivaient des tristesses de mère esseulée. Deux ans déjà, mais elle n'ignorait pas que ses espoirs étaient vains, que ce pays était trop grand, l'existence trop absorbée dans l'exigence du quotidien pour favoriser des retrouvailles prochaines.

As-tu vu Luc ? écrivait-elle à Matthieu. *Il y a long-temps qu'il n'a pas écrit, depuis la naissance de sa deuxième fille que je ne connais pas encore. Marie a l'air contente. Elle est venue quelques jours avant de s'embarquer pour une mission en Afrique. Puisque c'est cela qu'elle veut... Nous prions pour toi. Ton père aime-rait bien que tu viennes vivre à la ferme, il y a assez de travail pour ça. Mais je devine ta réponse. Essaie d'écrire un peu, la présence d'Honoré qui devient un beau garçon fort et aimant ne me fait pas oublier votre absence. Angélique nous a envoyé l'annonce de son*

mariage avec un certain Eugène Coté, pour le 30 de
juillet. Nous ne pourrons bien sûr pas y aller. Peut-être
pourrais-tu nous y représenter ?

Nous t'embrassons tous.

Ta maman qui t'aime.

Angélique à la veille de devenir *Mme* Coté ? Matthieu
en éprouva un malaise diffus. Il repensa à la petite fille
aux nattes d'un blond si clair, à sa peau un peu rêche
quand il l'embrassait au bord du feu à l'Anse-aux-
rivières. Se rappelait-elle leurs courses folles, les baignades nus dans la rivière, et cette joie enfantine du partage qui les unissait plus que frère et sœur ? Il se sentait
trahi qu'elle n'eût pas pris la peine de lui écrire un mot ;
mais savait-elle seulement où l'adresser ? La dernière
fois qu'il était passé au Village avec Moïse, ils ne
s'étaient pas arrêtés.

À l'Auberge, il y avait également pour lui un message
de Gabriel. Fidèle à lui-même, le pilote n'acceptait pour
domicile fixe que la carlingue de ses avions. Il avait
obtenu son brevet commercial et s'engageait çà et là, au
gré des occasions. Peut-être travaillerait-il bientôt pour
la Ville, mais rien n'était sûr encore. Matthieu n'avait
pas oublié ses rêves de voler, il les avait mis de côté,
soigneusement, à la manière de ces collectionneurs de
ferraille pour qui tout est susceptible de servir un jour.
Il cultivait les possibles et, dans l'enseignement de
Tshelnou, il puisait une confiance en des demains mul-
tiples, en un temps qui, pour lui, se ferait patient.

Antonio le mettait en garde.

— Crois pas trop. Tu marches, tu marches et tiens, la
vie est dans le dos. Tu vois, moi, j'ai jamais chanté...

— Mais il y a eu la guerre ! Tu n'as pas toujours pu
faire ce que tu as voulu.

— Oui, la guerre ! Mais des fois, on a des guerres
qu'on sait pas. C'est pas que je fais des plaintes, j'ai une
bonne famille, du bon manger sur la table, et jamais
malade. Mais des jours, je pense...

Déjà, il était l'heure de partir. L'éternité s'en allait,
engloutie dans les derniers instants, les dernières

minutes. Quand Albert serra Thérèse dans ses bras, il pleurait. Matthieu se détourna, gêné ; un homme qui pleure, ça a la profondeur d'un puits. Éva était triste et câline, on se fit des promesses.

Ils replongèrent dans l'activité du chantier, avec l'indifférence des blasés. La Ville, de jour en jour, se précisait ; entre les murs que leurs mains avaient dressés pour l'avenir, ils étaient moins à la merci de Dieu. Ils s'habituaient sans s'en rendre compte à ne plus craindre les orages, à ne plus guetter les marées ; ils étaient tranquilles et, finalement, c'était ce qu'ils avaient toujours espéré.

Matthieu était retourné voir Philip, le contremaître qu'il avait soigné avant de partir.

— Je crois que je suis prêt à passer à la leçon suivante, lui dit-il. Je voudrais apprendre l'anglais.

L'autre éclata d'un rire qui, après qu'il eut traduit, gagna toute la chambrée. Ils ne se moquaient pas, c'était leur manière de souhaiter la bienvenue.

Le temps changea de rythme. Les moments s'enchaînèrent les uns aux autres avec une constance hypnotique, telle une hélice lancée à pleine vitesse dont n'apparaît plus qu'un disque étale. Se succédaient les journées de défrichage, les soirées studieuses, les repas vite avalés, les nuits à pic, les dimanches à l'atelier de mécanique, mais tout se mélangeait en jours passés, en semaines évanouies. D'ailleurs le temps, puisqu'il ne se mesurait plus à la couleur du ciel, au vol des hirondelles, aux récoltes venues à point, n'existait que par à-coups, et l'on disait « Déjà » en regardant au loin noircir les premières feuilles. Matthieu se grisait de cet essoufflement, son âge était encore dans l'illusion de la jeunesse un capital qui fructifiait. Il était envahi d'un bourdonnement de mots appris, de détails techniques à comprendre, où les réminiscences n'avaient pas de place. Tout était si nouveau ; au travers des revues américaines que Philip lui prêtait pour perfectionner son anglais, il découvrait le progrès dans ses conquêtes scientifiques, le développement de l'automobile, de l'aviation, toutes ces inventions qui arracheraient l'homme à son destin de ver rampant, à la merci des hasards. Plus encore, l'univers ne commençait qu'à peine à se laisser déchiffrer ; on y puiserait à pleines mains, canalisant les énergies pour irriguer des champs nouveaux, le soumettant aux désirs de l'humain en des projets visionnaires. Au chantier, ils auraient bientôt la radio, porte ouverte sur l'ailleurs, le téléphone, les scies mécaniques... Tout cela avait débuté depuis des années mais la Côte nord avait été une île confinée jusqu'à ce que, par la décision d'une poignée d'hommes, elle fût enfin reliée au siècle. Utiliser pour Matthieu n'était pas assez, il n'avait pas de patience ; il lui fallait toucher, aider à pleins bras cet accouchement titanesque. Il sentait bien qu'il changeait de monde, que parmi les siens il devenait un étranger, mais avec un égoïsme désinvolte, il haussait les épaules.

— Pour un trappeur, t'as bien changé, lui dit Albert un soir.

— Bah ! je veux pas rester lumber jack [1] toute ma vie.

Il venait de leur assener une gifle, il s'en rendit compte trop tard. Il se reprocha cette maladresse qu'il avait souvent observée chez son père, puis il n'y pensa plus.

Il écrivait encore à Éva, des lettres hâtives comme un feu de sarments secs, où il lui racontait, pêle-mêle, ses rencontres avec Philip, les petites histoires du camp, ses apprentissages en mécanique. « Je t'aime », disait-il, et cela l'étonnait un peu de le voir inscrit noir sur blanc. Elle lui répondait qu'ils avaient fait une belle procession pour la fête de la Vierge, que Sylvain avait été malade et avait dû descendre à Québec, que Victoria était de nouveau enceinte et que, à son âge, ce n'était pas raisonnable. « Quand reviens-tu ? écrivait-elle. Je m'ennuie. »

Un dimanche où Matthieu assistait le mécanicien dans

1. Bûcheron (terme injurieux).

une réparation difficile, quelqu'un lui frappa sur l'épaule.

— Hé, man ! Qu'est-ce que tu fais ici ?

C'était Gabriel. Intimidés, ils ne savaient que dire, se secouant les mains longuement en se regardant dans les yeux.

— C'est le jour du Seigneur, dis-moi, c'est pas correct de travailler aujourd'hui.

Ils éclatèrent de rire. Gabriel était venu chercher des outils qui manquaient à la base d'avions ; il travaillait là depuis quelques jours, mais c'était la première fois qu'il avait l'occasion de descendre au chantier.

— Viens avec moi, dit-il. Faut que je remonte, le mécano attend après moi.

Leurs pas s'accordaient et leurs bavardages étaient comme un prélude aux retrouvailles, de ces propos anodins qui laissaient aux cœurs le temps de s'habituer.

— Tu sais que j'ai été dans le trouble, la dernière fois ! Ils voulaient envoyer les recherches..., dit finalement Gabriel.

Il rit.

— Oh ! boy ! Juste pour une petite virée... Mais j'ai une bonne place maintenant, je suis content. Et toi, tu l'as trouvé ton homme, pour finir ?

Matthieu lui raconta brièvement son hiver, la rencontre avec Tshelnou et, au printemps, sa descente au fleuve avec Moïse. Il hésitait sur chaque mot, dans la peur d'éventer des mystères et le désir gauche de partager avec cet homme au physique d'adolescent grandi trop vite ses élans les plus sincères.

— Et maintenant, tu travailles en mécanique ? demanda Gabriel.

— Non, je bûche toujours. Mais j'essaie d'apprendre autre chose, je ne sais pas, c'est si petit ici...

Ils marchaient à longues enjambées ; l'après-midi était claire et paisible. Au-dessus de la terre labourée, des baraques grises du chantier, flottait le clair-obscur de l'été finissant. Ils prirent un chemin de terre que quelques arbres ombrageaient encore et, après une demi-heure de marche, ils arrivèrent au lac où s'était établie la base. Un vaste hangar de tôle, un quai de bois où deux hydravions étaient solidement arrimés.

— Il est beau, hein ! dit Gabriel avec un sourire attendri.

Le lac était de forme régulière, en amande étirée entre sud et nord, fermé à l'horizon par un plateau de faible altitude, couleur de terre. Mais ce n'était pas cette surface d'eau exposée aux regards dans toute sa nudité qui enchantait Gabriel, mais son avion, au nez puissant, aux ailes hautes, à qui de faibles vagues imprimaient un balancement imperceptible. Il en était fier comme s'il l'eût construit de ses mains et parlait de la panne comme d'une maladie dont on viendrait à bout avec beaucoup de soins. Au bruit de leurs voix, un garçon hirsute, balafré de cambouis, surgit de derrière l'hélice.

— Je l'ai eue, la maudite, cria-t-il en anglais à Gabriel. À avoir eu le bon outil, j'aurais déjà fini !

— Matthieu, je te présente Marco, un superman en mécanique.

Marco eut une moue comique et tendit à Matthieu le poignet, un peu moins noir de graisse.

— Marco comprend le français, précisa Gabriel, mais il ne le parle qu'après deux ou trois bières...

— Mais je parle anglais maintenant, s'exclama Matthieu. Enfin, un peu.

— Great ! Alors on va faire une bonne équipe.

Dès lors, Matthieu profita du moindre moment de libre pour gagner la base ou, parfois, les deux autres le retrouvaient au camp après souper. Marco était de quelques années plus âgé que Gabriel ; petit et frêle, il semblait pourtant le cadet des trois et s'amusait à dire qu'en mécanique, seule comptait l'agilité des doigts. Ils formaient un étrange trio : Gabriel avec sa grande carcasse de diable toujours en mouvement, Matthieu robuste et réservé, Marco timide mais que l'alcool rendait d'une ironie mordante. Ils se jouaient des tours, se lançaient des défis et ne retrouvaient leur sérieux que pour parler d'aviation. Matthieu, d'abord spectateur silencieux de leurs débats techniques, s'initia peu à peu dans des livres, des revues prêtés par Gabriel et grâce aux explications dont Marco n'était pas avare. À la moindre éclaircie, si l'avion était disponible, ils s'élançaient, comme des chiens de traîneaux à qui l'on crie l'ordre du départ. Ils allaient n'importe où, puisque c'était le ciel qui les attirait, avec une fascination qui, au réveil, leur donnait de la joie avant même d'ouvrir les yeux. Le chef pilote bougonnait pour la forme mais, pour n'en revenir qu'à peine, il connaissait bien cette fièvre téméraire ; et puis, ils payaient l'essence.

— On est malade ! disait parfois Gabriel au retour d'une équipée particulièrement mouvementée.

Mais cette hardiesse, qui agaçait sans cesse l'effroi de la chute, était ce qui les unissait le plus étroitement. S'ils y avaient pensé, ne serait-ce qu'un instant, s'ils avaient calculé méthodiquement leurs chances, le vertige les eût figés comme des statues de sel.

— Toi, disait Gabriel à Matthieu, t'es né pour être pilote. Sure, man ! Pas pour rester sur terre à regarder les arbres tomber. Hein, Marco, what you think ?

Marco hochait la tête en silence, avec un léger sourire.

Quand Matthieu était avec eux, il n'en doutait pas ; il partageait leur passion, avait en vol l'intuition de la bonne manœuvre, de la décision à prendre pour aborder un lac, contourner un orage. Mais lorsque, au bord du sommeil, il regardait en face l'ampleur de ses ambitions, il était saisi d'une angoisse qui le tenait éveillé durant des heures. Mécanicien, c'était envisageable avec le temps, mais pilote ! Depuis quelques années, les règlements étaient devenus plus sévères, il fallait des brevets, des tampons, des heures de vol officiellement enregistrées. L'avenir lui paraissait plein d'embûches, ses désirs se heurtaient en images disparates, Éva et Saint-Ephrem, Tshelnou et le Bois, Gabriel et la ville, comme une embâcle inextricable, qu'il entendait craquer et gémir au cœur de la nuit.

Les canards étaient passés, puis les outardes. Certains soirs, ils devaient allumer les feux dans les camps et, au lever du jour, les hommes maugréaient, en se frottant les mains engourdies par le froid. À la base, on pensait déjà à sortir les avions avant que la glace ne prît et, la nuit, on eût cru, au bord du quai, des fantômes sous les bâches qui les protégeaient du givre. Seuls quelques bûcherons poursuivraient le défrichage durant l'hiver et la plupart des hommes s'apprêtaient à retourner chez eux. Albert avait décliné l'offre de rester au chantier, il s'ennuyait trop et le printemps serait là bien assez vite. Quant à Matthieu, M. Euwell, avec qui il avait eu quelques mots vifs, ne fit pas mine de le retenir.

— Que vas-tu faire ? lui demanda Gabriel. Moi, je descends à Québec le temps qu'ils mettent les skis, la glace n'est bonne qu'autour des fêtes. Viens avec moi !

Québec. Matthieu n'y était jamais allé mais, dans l'éclat de son imagination, il voyait la ville se serrer autour du vieux château, le pont luire faiblement dans l'ocre du crépuscule. La ferme, revoir les parents et Honoré, peut-être grâce à Gabriel prendre ses premières heures de vol... Mais il ne pouvait tourner le dos à Éva, il lui fallait revoir ce visage rieur qu'elle avait parfois, mettre son nez dans l'échancrure de sa chemise, où c'était doux et du tiède parfum des lits lorsqu'on s'étire. Il la voyait comme ce jour, sur les battures, où il s'était senti sans forces et ivre. Elle l'attendait, c'était bien assez.

— Comme tu veux, fit Gabriel goguenard. Mais si tu ne sais pas quoi faire, moi je suis là pour Noël.

3

27 janvier

Une semaine que je suis ici, à attendre, huit jours exactement que je recompte avec étonnement. Depuis ce matin, le temps a été magnifique, mais la nuit s'assombrit et je ne verrai pas la pleine lune. Je n'ai pas été prudent, tellement sûr de trouver Tshelnou à sa place habituelle. J'aurais dû demander à Gabriel de monter faire un vol de reconnaissance jusqu'au chalet, pour être certain qu'il y avait quelqu'un. C'est vrai que la température était devenue tellement mauvaise, il neigeait à plein ciel et ça a dû tout prendre pour qu'il arrive en bas. N'importe, j'ai été insouciant et, maintenant, c'est trop tard. Je n'y comprends rien : tout est là, le bois pour l'hiver, ses livres et des peaux de castors de l'automne. Pas de carabine, ce qui me laisse penser qu'il va revenir. Peut-être a-t-il décidé de se lancer dans une grande tournée ? Ce n'est pas son genre, mais je connais si peu de lui, de sa vie. J'ai cru égoïstement que les semaines de l'hiver dernier résumaient tout. S'il avait des amis plus loin, dans un autre camp ? J'essaie de me rassurer, la neige des derniers jours a dû effacer ses traces, mais bientôt il sera là. Il me grondera un peu mais au fond il sera content. J'attends. J'ai du bois, du fil à collets, ses pièges encore tendus aux alentours. Si jamais j'ai besoin d'aide, je peux toujours descendre au lac Atihk où Moïse doit être avec sa femme. Non, tout va bien. Et pourtant, je suis inquiet.

Mais qu'est-ce qui m'a pris ? D'un seul coup, c'était comme si j'étouffais, comme si les gens, les habitudes du village, l'horizon du fleuve me pesaient sur la poitrine, je n'étais plus capable. Dans le Bois, ce n'est pas raisonnable d'agir ainsi sur un coup de tête, de me faire larguer en plein hiver, sur un lac quelconque, en supposant que plus loin, il va y avoir quelqu'un ! Éva ne me le pardonnera jamais...

Parmi les affaires que Tshelnou n'a pas emportées, j'ai trouvé cette plume et de l'encre. Pas de papier, mais j'ai pris son Shakespeare et j'écris entre les lignes. C'est bon d'écrire un journal. Les jours restent à leur place et cela m'occupe.

30 janvier

Toujours rien. Ça fera deux semaines qu'il serait parti. Je commence à perdre espoir.

Il a fait très froid ces derniers jours. Je n'ai pas de thermomètre, mais je vois bien aux craquements de la neige, au nez qui pince, au poêle qu'il ne faut pas lâcher d'une seconde. Le bois baisse vite, j'ai peur d'en manquer. J'ai repéré de l'épinette sèche plus loin, mais c'est bon à rien dans les grands froids. Je ne prends pas un seul lièvre et les perdrix se cachent. Je mange du lard et de la banique ; du « blasphème », ils appelaient ça, les vieux, je commence à comprendre pourquoi. Dans ce départ de dernière minute, je n'ai pas préparé de nourriture très variée. Mais qu'est-ce qui m'a pris ? Comme si une mauvaise force me poussait dans le dos, je ne réfléchissais plus. Gabriel aurait dû me raisonner, mais il ne connaît pas les dangers, ce n'est pas son monde. C'était à moi de bien calculer mon affaire, je ne peux porter le blâme sur personne. Me voilà en pénitence pour un moment !

3 février

Plusieurs jours que je n'ai pas écrit. Un ennui, une fatigue que je ne m'explique pas. Il neige, il neige et il neige encore. C'est triste à la fin. Ce n'est pourtant pas la première fois que je suis seul et je suis mieux ici que dans la grotte ou sous tente. Mais cette certitude croissante que Tshelnou ne reviendra pas me met mal à l'aise. Si seulement je savais ! Est-il ailleurs, a-t-il été malade, est-il mort ? Je ne pense qu'à ça du matin au soir et, même la nuit, je rêve qu'il est là et que tout va bien ; ou au contraire, qu'en allant chercher de l'eau, je trouve son corps gelé, pris dans la glace, les yeux ouverts. C'est atroce. Je tire des cartes au hasard : si c'est du cœur, il est vivant et s'en vient, si c'est du pique, il est mort. C'est idiot, mais, par moments, j'y trouve un certain réconfort. Qu'on devient bête quand on est seul et qu'on a peur. Peur n'est pas le mot, plutôt abandon. C'est sans doute ce que ma mère ressentait quand on était petit et que les hommes s'en allaient pour des mois. Je n'y avais jamais vraiment pensé. On est trop jeune pour comprendre ces choses-là.

J'essaie de prier, mais je ne sens qu'une absence glacée, un vide. Dieu n'est pas là, il n'y a personne. Je lis des passages de la Bible mais dès que j'ai tourné une page, j'ai oublié ce que je viens de lire.

Il faut que je me reprenne.

4 février

Je suis content de moi. J'ai secoué cet abattement, cela va beaucoup mieux. Je me suis lavé, j'ai changé les sapinages [1] de mon lit, j'ai fait du bois. La température m'a aidé, le soleil est réapparu mais heureusement sans trop de froid. Hier soir, j'ai vu une aurore boréale, très forte, un immense rideau de lumière verte qui flottait et se déformait sans cesse. J'aimerais bien savoir ce qui fait ça. De l'autre côté, il y avait tellement d'étoiles que la nuit était presque blanche par endroits. J'ai pensé que

1. Pousses, branches de sapin baumier.

222

Tshelnou était l'une d'elles, cela m'a consolé un peu. Maintenant, je sais qu'il est mort, que je ne dois plus l'attendre. Parce que, de nouveau, je sens sa présence, c'est comme s'il me parlait, bien que je ne comprenne pas tous les mots. C'est étrange, rien n'a changé et il est mort. Le camp est là, ses livres noircis d'avoir été lus et relus, une de ses pipes, une veste toute déchirée où je retrouve son odeur. Mais maintenant la vie se passe de lui, il ne la regarde plus et elle continue comme avant. Il a vécu là, avec lui j'ai parlé, ri, et puis plus rien, il n'y a plus de traces. Son esprit est quelque part (puisque je crois l'entendre) mais on ne me fera pas croire que c'est pareil. Comme une porte entre deux pièces. Non. Pour moi, le Bois sera un peu plus vide puisque je n'entendrais plus son rire, parce qu'il n'y avait que lui qui m'appelait « petit » avec ce sourire que j'aimais tant. Parce que, demain, ce sera mon tour. Quand Jésus est mort, on dit que l'obscurité se fit dans tout le pays, et que le rideau du Temple se déchira en deux. C'est ce que disent les Écritures parce qu'on sait que c'était le Fils de Dieu. Mais, d'après moi, il ne s'est rien passé du tout. S'il devait vraiment connaître une existence d'homme, une mort d'homme, son souffle s'est arrêté et personne ne s'en est aperçu. Seulement après, parce qu'il ne répondait plus.

Me voilà de nouveau triste. Mais je me sens plus fort quand même. J'ai pris un lièvre et j'avais si faim que je l'ai mangé avant qu'il soit tout à fait cuit.

C'est drôle, sans ce journal, je ne saurais plus du tout quel jour on est. Comme les animaux, c'est toujours le jour d'après celui qui vient de passer. Une lumière différente, quelque chose à faire, mais ce n'est qu'un moment de plus. Et pourtant, parfois je suis abattu, parfois je ne sais plus pourquoi et cela va mieux.

5 février

Neige. Dormi toute la journée.

223

Aujourd'hui, j'ai taillé une croix pour Tshelnou.
Comme je ne sais pas où il est mort, je l'ai clouée à un
arbre, à côté de la source, à la hauteur des yeux. C'est
un peu bizarre, une croix comme ça, suspendue en l'air.
Mais ça m'aide à penser qu'il est mort, à fixer mon chagrin. J'aurais bien voulu enterrer sa pipe au pied de
l'arbre, mais la terre est gelée sous l'épaisseur de neige.
Quelqu'un qui m'observerait penserait que je suis fou.
C'est simplement qu'il faut qu'il reste quelque chose, un
signe, une trace ou sinon, c'est insupportable.

Sans doute à cause de cette absence (non, plutôt vide),
je ne m'habitue pas à ma solitude. Je tourne en rond, je
passe des heures allongé sur le lit, à repenser aux mêmes
histoires qui m'épuisent. À la grotte, je n'ai jamais senti
ça, cette pesanteur, comme si mon esprit était une pierre
que mon corps n'arrivait pas à porter. Mais même si
j'étais seul, il y avait toujours quelqu'un à retrouver
quelque part, Tshelnou ou Moïse ; alors je prenais mon
temps et cela ne me dérangeait pas. Maintenant, personne ne m'attend. Éva et Gabriel pensent que je suis
avec Tshelnou, Moïse ne se pose pas de questions. Je
peux mourir là, on ne retrouvera qu'un cadavre et ce
journal, s'ils lancent des recherches au printemps. C'est
de moi qu'il s'agit mais il n'y a que moi qui le sais.

Ce n'est pas bon de penser ainsi à la mort quand on est
seul. Je devrais descendre au lac Atihk. De toute façon, il
n'y a pas de lièvre et je n'ai pris que deux martres depuis
que je suis arrivé. Pas de trace de castors, sans doute les a-
t-il pris à l'automne. Il me reste du lard, de la farine et des
pois. Mais quelque chose me retient, la honte, la crainte
de fâcher Moïse, le fait d'attendre encore ce qui n'arrivera
plus. Les jours passent et je reste.

7 février

Je n'arrive pas à me faire à l'idée de rester seul ici
jusqu'au printemps. J'ai de grands moments d'angoisse
à penser à tout ce temps qui me reste, toutes ces journées
pareilles. Je devrais descendre rejoindre Moïse, voir quel-

qu'un. Je n'ai plus beaucoup de nourriture, à part la farine, mais ce n'est pas ça qui me rend si faible. Comme si, en dedans, je n'arrivais pas à me décider. Comme si le lac Atihk était déjà très loin, dans un autre monde. Et puis j'ai peur de la réaction de Moïse. Je m'imagine arriver en bas et je vois bien que tout cela est ridicule, que cette inquiétude va bientôt passer, qu'avec les jours je vais m'habituer.

10 février

Désir d'Éva. L'ai-je déjà perdue ? Peut-être. Cet été, quand je tenais son corps. Le plus vrai que j'ai eu d'elle, non, juste avant. Pourquoi faut-il des chants et des processions pour permettre ce que la Nature a de plus exigeant ? Je pense à Luc. Pour moi aussi, la mort rôde et c'est cela que je retrouve. Des corps qui se cherchent. Dans tout ce silence qui m'entoure, il y a cet halètement que je ne peux pas fuir. Comme une bête, oui. Ces chiens qui traînent, la langue pendante, avec ces yeux fous qui évitent le regard de l'homme. Ces perdrix au printemps, grotesques, avec leurs plumes hérissées autour du cou, sur lesquelles le fusil se lève, impuissant, par jalousie ou par pitié. Le visage d'Aimée, son corps si lisse dans l'odeur des sapinages, me revient, après tant d'années. Mais c'était différent. Trop tôt. Que j'étais sot et, pourtant, ce sera au dernier instant mon plus beau souvenir. Éva n'est pas un souvenir, j'ai l'impression que si je tends la main, mes doigts toucheront sa peau, ma bouche sera contre la sienne. Est-ce que je deviens fou ? Oui, si je n'écris pas ces mots qui, demain, me feront horreur, je mourrai de ce besoin que j'ai d'elle. Je n'ose pas, ma plume s'arrête. Pas plus écrire que faire cracher ce sexe qui n'en peut plus. Que dirait Tshelnou ? Nous n'en avons jamais parlé. On n'en parle jamais d'ailleurs ou entre gars, quand on est chaud[1]. C'est vite fait chez nous, on baise, on en rit ou on se tait. Les curés ont fait leur travail, la question n'existe pas. « Il faut prier, mon

_____
1. Ivre.

fils ! » Avec la voix du père Fillion. Je le vois avec ses longues mains transparentes. Mais le corps ne veut pas prier, il bout, il s'agite, il veut. Oh ! comme il veut... Tout ! Étreindre, posséder, se perdre au creux d'un autre corps, sur un ventre, entre des jambes. Prier ? Qu'est-ce qu'il s'en moque, il étouffe. Tout est vide, vide. Éva, ma tendre et douce, mon ivresse, ma brûlure. Te souviens-tu de moi ? Tournes-tu dans ton lit sans trouver le sommeil, avec le regret d'avoir dit non, avec cette chaleur en toi comme la mienne ? Non, sans doute tu es bien sage, ma toute belle, tu rêves des rêves raisonnables dont demain tu n'auras pas honte. Tu n'entends pas, dans la chambre voisine, le lit qui grince, les murmures, les gémissements. Je les ai entendus, moi, et j'ai mis l'oreiller sur ma tête. Il faut être ici, sous ce ciel immobile, pour écouter le grand cri du corps, pour n'entendre que ça. C'est insupportable, c'est être avant et après le plaisir, volé, oublié.

Il faudrait sortir, marcher, se vaincre de fatigue. Mais je suis trop lâche.

11 février

Ma crise d'hier est passée. Peut-être devrais-je déchirer ces pages ?

12 février

J'ai pris une grande marche jusqu'à la rivière. Il faisait beau et j'avançais assez bien, même si la piste n'était pas ouverte. Mais je n'ai rien retrouvé, ni la joie, ni seulement l'apaisement de la fatigue. Rien ne me disait. Les arbres, la montagne, la vallée, c'est tout. Cela ne me concernait pas, j'aurais pu être ailleurs. Dans ma tête, je n'arrête pas de penser au chantier, savoir si Euwell me reprendra au printemps, s'ils ont fini de défricher la place pour l'usine. Des idées idiotes, des bouts de conversation avec l'un ou l'autre, sans queue ni tête, que j'essaie de chasser mais qui n'arrêtent pas. Comme un long serpent qui m'hypnotise pour mieux m'étouffer. Mon père appelait ça les « lamentations ». Quand on lui demandait quelque chose plusieurs

fois, il disait : « Arrêtez, avec vos sept lamentations. »
Pourquoi sept, je n'ai jamais osé lui demander. Parce
qu'une fois qu'il avait dit ça, le sujet était clos, on n'aurait
pas osé en reparler. Mais j'ai beau interdire à mes lamentations de se répéter, ça continue.

Sur la tournée, je n'ai rien trouvé d'intéressant, une
belette, une pie que j'ai fait cuire mais qu'il a été bien difficile d'avaler. Lorsque je suis arrivé au camp, j'ai dû
m'allonger tellement j'étais fatigué. Une mauvaise
fatigue, le cœur qui se serre jusqu'à espérer qu'on va
pleurer. Je n'ai jamais ressenti ça. Alors j'ai dormi un peu
et c'était mieux.

14 février

Toujours cette pesanteur. Si je n'avais pas ce journal,
je pense qu'en moi quelque chose se casserait. J'essaie
de retrouver la foi mais c'est comme si je ne l'avais
jamais eue. Dieu me regarde avec des yeux morts, par
moments il ricane et ça me fait peur. Je voudrais être
avec des gens, à Saint-Ephrem, au chantier, là où je ne
me sentirais plus écrasé par ce regard fixe. Pas d'amour,
pas de colère, une sorte de curiosité, comme lorsqu'on
enfonce un bâton dans une fourmilière et qu'on regarde
les fourmis courir dans tous les sens pour sauver ce
qu'elles peuvent. Jusqu'au Nouveau Testament qui me
tombe des mains. Qu'est-ce que Jésus a pu connaître de
la tristesse puisqu'il se croyait le fils de Dieu ? Il allait
quelque part, il voyait au bout de ses pas une lumière,
un espoir. Cela n'a pas beaucoup d'importance de trébucher si on se sait attendu, même si ce n'est pas vrai. Et
s'il n'avait été le fils de personne, s'il n'avait été qu'un
pauvre homme que la souffrance et la joie ont rendu
fou ? Je ne devrais pas écrire ces choses. On m'a dit
qu'en approchant de la mort, les gens sentaient venir la
douceur de Dieu. Moi, je ne sens rien. Mais je suis
encore bien vivant, malgré cette grande fatigue que je
ne m'explique pas.

J'ai repensé à la parabole des talents. L'histoire n'est
pas complète, il faudrait un quatrième serviteur qui
aurait essayé et qui aurait tout perdu. Le maître l'aurait-

il remercié pour ses efforts ou condamné d'être revenu les mains vides ? Et pourtant la vie ressemble plutôt à ce quatrième serviteur.

15 février

Il fait gris. Pas de neige mais gris. Le ciel, les arbres, la neige. J'ai manqué une perdrix tout à l'heure, je l'ai tirée au vol mais je n'ai pas dû la toucher. Un vrai repas perdu par maladresse.

Tshelnou disait qu'on peut devenir fou d'être habité par une passion trop forte. Mais je crois qu'on peut être fou de n'être habité par rien.

16 février

Ce qui ne va pas, c'est que je n'ai pas choisi. Pas choisi la mort de Tshelnou, pas choisi l'absence, pas choisi la solitude. En quittant Saint-Ephrem, je ne sais pas vraiment ce que je voulais. Si, revenir en arrière, être de nouveau dans l'hiver d'avant, avant le chantier, avant l'avion, avant qu'Albert ne m'appelle son gendre. Quand tout était encore possible. Ou, du moins, c'est ce que je croyais. On ne doit pas se retourner. Comme sur un lac quand il y a du vent. Entre les traces effacées et celles qui n'existent pas encore, il n'y a rien, et là, on est vraiment perdu. Je ne devrais pas penser à des choses comme ça. Mais sans personne à qui parler, les pensées se retournent en dedans et si je n'écris pas, c'est encore pire.

Il n'y a plus beaucoup de bois et toujours rien qui bouge. Même les loups sont partis, sans doute chercher de la nourriture plus au sud. Février est souvent un mois mort mais, dans deux semaines, c'est mars. Je ne suis pas inquiet, mais tout cela n'est pas très bon. D'ici une quinzaine, il faudra que je prenne une décision.

17 février

Belle journée aujourd'hui. J'ai fait un peu de bois et suis allé marcher. Mais je ne vais pas très loin, je me fatigue tout de suite. J'ai maigri mais je n'ai pas vraiment faim, en tout cas ni de banique ni de lard. Je me force à manger. Quand je me lève le matin, j'ai une grande peur qui me serre le ventre, pour toute cette journée dont je ne sais pas quoi faire. Dans l'après-midi, cela va mieux. Comme j'aimerais avoir Butch avec moi ! C'est bizarre, les gens s'éloignent mais je m'ennuie d'un chien. Si je pense à Éva, à Tony, à ceux de Saint-Ephrem, c'est comme si je les voyais rire de moi, me dire que c'est bien fait, que tout est ma faute. Gabriel ne dirait pas ça, lui, mais est-ce qu'il comprendrait ce qui m'arrive ?

Mais il a fait beau aujourd'hui, je n'ai pas à me plaindre.

18 février

Quand je vais descendre au printemps, je me demande ce que je vais faire. Je me pose la question mais je n'arrive pas à penser jusque-là. Comme si c'était une autre personne. Rejoindre les parents à Québec ? Est-ce qu'Éva me suivrait ? Ici ou ailleurs ! Même l'avion, ça ne me dit plus rien.

Je relis ce que j'ai écrit depuis plusieurs jours et ce n'est pas tout à fait ça. Il n'y a pas que l'ennui, il y a des moments où je pleure comme un enfant, d'autres où je voudrais mettre le feu au camp, n'importe quoi pour changer le mal de place. Tshelnou aurait dû me prévenir mais peut-être que pour chacun, c'est différent. J'essaie d'imaginer ce qu'il ferait à ma place mais je n'y arrive pas. D'ailleurs, je ne l'entends plus, je me souviens à peine de son visage.

Ce qui est dur, c'est de n'avoir rien pour se battre, contre quoi se battre. On s'enfonce comme dans la neige mouillée de printemps, quand rien ne porte et que, à chaque pas, c'est plus lourd. Comme si je n'avais plus nulle part où aller qu'ici.

20 février

C'est idiot mais je regrette ces jours où la perte de Tshelnou était si cruelle. Parce que je n'y croyais pas encore tout à fait. Je vais à la croix tous les jours, mais il n'est plus là, il n'est plus avec moi pour me faire sentir son absence. Quand je marche, j'essaie de revoir les endroits où nous avons été ensemble, ressentir ce trouble de joie, de colère, de tristesse quand il me parlait. Mais ce ne sont pas les mêmes lieux. J'ai beau me dire : « Au pied de cet arbre, nous avons fait du thé », ce n'est plus qu'un arbre comme les autres. Et je ne peux y appuyer que ma solitude. Jamais je n'aurais pensé qu'on peut aussi être volé de ses souvenirs.

Si j'arrivais devant Dieu aujourd'hui et qu'il me demandait : « Et puis quoi ? », je répondrais : « Et puis rien ! » C'est ce qui exprime le mieux ce que je ressens. Mais Dieu ne me poserait pas de questions, il est trop occupé ailleurs à vérifier qu'on ne tue pas, qu'on ne regarde pas la femme de son voisin, qu'on ne mange pas gras les mauvais jours. Ça me fait rire, tout à coup, ces histoires compliquées de ce qui est permis et de ce qui ne l'est pas. Ça donne quelque chose à penser et on croit ainsi gagner son bonheur comme du sel acheté au magasin pour mettre dans la soupe. Il suffit d'un rien, d'un simple pas de côté, d'un hasard qu'on n'a pas cherché et c'est l'obscurité. On a froid, on a si froid et on ne sait plus où aller. On attend encore cette lumière qu'on a cru voir et qui n'existe plus.

22 février

Dévoré depuis ce matin par un malaise concernant Éva. En ce moment, que fait-elle ? Rit-elle avec quelqu'un d'autre, donne-t-elle à un autre les caresses qu'elle m'a refusées ? Cette idée me torture parce que je n'y peux rien, parce que sa trahison pourrait déjà être devenue coutumière. Se réveille en moi une rage de propriétaire qui s'élance en vain contre les parois d'une cage. Aucune pensée, aucun raisonnement ne me calme. J'ai beau me dire que ce ne sont que de folles imaginations ou que, au contraire, une telle réalité me délivrerait enfin de ce mariage qui ne me convainc pas. Mais restent cette angoisse sourde, ces images obsédantes. François ? Ou le fils Couture qu'elle m'a dit avoir trouvé gentil ? Ou un autre dont elle a su cacher l'existence ? Mon immobilité forcée m'étouffe. Moi qui hier trouvait le monde si indifférent, si pauvre, me voilà relié de la pire façon. Non, ce n'est pas possible, elle n'aurait pas si peu de cœur, elle n'aurait pas suivi si loin sa colère. Et pourtant, me voilà de nouveau ruminant une idée fixe, incapable de m'en détacher. J'ai peur de m'endormir pour me réveiller demain avec cette douleur.

23 février

J'ai été bien stupide hier, je ne reconnais pas ce Matthieu-là. C'est étonnant comme la solitude fait naître en nous des personnages. Certainement ont-ils toujours été là, dans l'ombre, attendant un peu de silence pour sortir. Si c'est ça, il n'y a pas de quoi être fier. Je ne me savais pas jaloux, d'ailleurs c'est passé, je n'y pense plus. Après tout, en quoi cela me concerne ? J'essaie d'imaginer Éva dans les bras d'un autre, pour voir, mais ça ne me fait plus rien. Je serais content pour elle, je ne suis pas le mari qu'il lui faut. Je pense à trop de choses, ce n'est pas bon dans un ménage. D'ailleurs Albert et Thérèse sont un bon exemple : travailler, éviter d'avoir trop de jeunes, faire une « bonne vie » comme ils disent. Moi, j'ai comme des folies qui me secouent. Je me demande pourquoi Albert ne m'a pas refusé dès le début. Parce qu'il est faible avec sa fille ou qu'il ne voit pas qu'avec Thérèse ce n'est pas parce qu'ils s'aiment qu'ils sont bien ensemble. C'est parce qu'ils sont pareils, qu'ils pensent pareil, qu'ils rêvent pareil. Moi je ne pourrais pas. Et pourtant ça doit être bien, ça doit installer une vie. Je pense à Albert et je me dis que si sa fille a un nouveau chum, il lui ouvrira sa porte, il lui fera une place à table, tout comme pour moi. Je suis sûr. Je ne lui en veux pas, c'est normal. Parce qu'on voit au travers de nos yeux, on croit qu'on est au centre du monde. Il suffit juste de se déplacer un peu et on comprend que le monde n'est pas plus autour de nous qu'autour du mulot que j'entends gratter contre le mur. De comprendre ça, ça vide la vie d'un coup et il vaudrait mieux ne jamais le savoir. Continuer à penser qu'on est tout et que pour ça, si on est raisonnable, ici-bas ou plus tard, la joie viendra. Mais il n'y a pas plus de raisons que pour l'arbre en face d'être éclairé aujourd'hui par le soleil. Il y en a qui font juste l'imaginer. Et ce qui m'étonne, c'est qu'ils poussent aussi, comme les autres.

24 février

Il neige encore, à croire que ça n'arrêtera jamais. Je sens de plus en plus chaque jour que rien n'est important. Tout ce que j'ai vécu jusqu'à aujourd'hui est comme un jouet cassé. Je peux continuer, je peux essayer de me raconter combien j'étais heureux à tel moment, combien j'ai attendu ou espéré des choses différentes. Mais c'est cassé, je vois trop bien maintenant que l'important était pour moi d'être impatient du lendemain, pas vraiment de voir réalisé tel ou tel rêve. C'est comme d'avoir aimé une femme et de s'approcher assez près pour se rendre compte que ce n'est qu'une poupée de chiffons. On peut toujours la serrer dans ses bras, mais, à plein nez, on respire l'odeur de vieilles guenilles. Sans doute est-ce cela que Tshelnou essayait de me dire. C'est vrai que je n'aurais pas compris et qu'à deviner je n'aurais pas voulu comprendre. J'ai peur de ne pas savoir vivre avec ça.

25 février

Il fait beau mais ça ne me dit pas plus. Je ne sais pas pourquoi j'écris, je n'ai rien à dire. Le ciel est bleu, le soleil brille mais c'est comme si ça me faisait encore plus mal. Parce que, en moi, je n'ai plus de joie. Des oiseaux chantent mais j'aimerais encore mieux le silence, pour ne penser à rien.

26 février

J'ai saigné du nez ce matin. Il y a quelque chose dans mon corps qui ne va pas, chaque geste me coûte. Pour simplement ajouter une bûche dans le poêle, je suis obligé d'y penser et, des fois, je ne me décide que lorsque je commence à avoir vraiment froid. C'est drôle comme j'ai aimé ça, autrefois, le bruit du bois qui craque, l'odeur. Je pensais que ce plaisir serait toujours là, qu'il était dans le feu, comme la chaleur. Mais c'est parce que j'étais content, finalement ce n'est que du bois qui brûle. On vit, on se raconte des histoires qui nous rendent gai ou triste, mais si on meurt demain, rien n'est vraiment important. Quand on sent à quel point on pourrait n'avoir jamais existé, c'est un peu ridicule de vouloir se battre. À la fin, c'est pareil.

27 février

Il a venté toute la journée. Je n'ai pas pu le supporter et je me suis mis des couvertures sur la tête pour ne pas entendre. J'ai dû dormir parce que c'est déjà la nuit. Cela fait deux jours que je ne suis pas sorti. Je sais que ce n'est pas bien mais à l'idée de m'habiller, de mettre mes raquettes, j'ai peur, comme si, dehors, il allait m'arriver quelque chose. J'ai des crises de larmes, tellement violentes que je pense à en finir. Et puis ça passe. De toute façon, je n'ai pas assez de courage. Ici au moins, je suis en sécurité. Je me dis qu'il faudra bien que je descende au lac Atihk, mais je ne peux pas pour l'instant. Quand il y aura la croûte[1], quand il fera moins froid.

28 février

Je suis sorti aujourd'hui et j'ai vu un lynx. On s'est regardés longtemps, enfin je ne sais pas, j'ai cru que c'était longtemps mais ça n'a peut-être duré qu'une minute. Je n'ai pensé à tirer que quand il s'est mis à bouger. C'était trop tard. Je crois que je n'ai pas compris tout de suite que c'était vivant, et quand je me suis réveillé, c'était trop tard.

1. Neige durcie de printemps.

1ᵉʳ mars

Je ne supporte plus d'être ici et pourtant c'est comme si, autour, il n'y avait que du noir. Juste à l'idée de Saint-Ephrem, du chantier, j'ai peur. Maintenant que j'ai vu que tout était tellement vide, comment est-ce que je pourrais faire semblant, parler avec des gens, continuer ma vie alors qu'ils ne savent pas ? Au moins, ici, personne ne me regarde. Ce qui fait le plus mal, c'est de se souvenir des moments où on a cru vraiment être heureux, être impatient, avoir quelque chose à faire, vouloir, et de savoir qu'on s'est trompé et que toutes ces impressions ne reviendront plus. Se dire qu'il n'y a que des jours qui se suivent, que des gens qu'on croise, et que ce n'est rien d'autre quand on n'arrive plus à se mentir.

3 mars

Chaque jour, je me dis que, demain, je vais me réveiller et que ce sera comme avant. Mais c'est pire. De plus en plus, je sais que c'est maintenant que j'ai raison.

4 mars

Je viens de me blesser au genou. Une plaie profonde, vilaine. J'ai voulu poser un piège pour le lynx, je ne sais pas ce que j'ai fait, j'ai manqué de forces et la hache a glissé. La lame est rentrée directement dans ma jambe. Quand j'ai vu le pantalon ouvert avec le sang qui giclait, j'ai perdu connaissance. Sur le moment, je n'ai rien senti mais, maintenant, j'ai très mal et je n'ai rien pour me soigner. Un fond de gin et une vieille chemise dont j'ai fait des bandages. J'ai mal et j'ai une énorme colère, contre ma maladresse, l'abandon de Tshelnou, cette forêt aveugle qui s'en moque et qui boit le sang comme un vampire. Si la plaie ne guérit pas, qu'est-ce que je vais devenir ? Non, vraiment, je n'ai pas mérité ça ! Je ne comprends même pas pourquoi je suis resté ici si longtemps. Dès que je serai capable de marcher, je vais descendre au lac Atihk. Et si Moïse n'est pas content, qu'il crève !

Comme maintenant je voudrais être à Saint-Ephrem ! Je n'arrête pas de maudire le ciel, à cause de la douleur, de la solitude. C'est à cause d'Éva que je suis parti. Elle attendait trop, elle voulait trop. Que les femmes sont bêtes et méchantes avec leurs désirs de chiennes bien élevées, qui veulent un mari pour se faire engrosser. Moi ou un autre, qu'importe ! La bague au doigt et la bénédiction de monsieur le curé. Et moi, je vais crever là et j'en ai presque envie, tellement j'ai mal, tellement je souffre, dans mon corps et à l'intérieur.

J'essaie de ne pas penser à ce qui va arriver si ma jambe ne guérit pas. On a beau être fort, c'est vite fini un homme qui n'est plus capable de se défendre. Mon Dieu, aidez-moi ! Et même si je descends au lac Atihk, si le mauvais se met dans la blessure, le temps que le printemps arrive, jusqu'au fleuve, ils ne pourront pas sauver ma jambe. Non, ça, je n'accepterai pas d'être infirme. Mais je vais m'en sortir, il faut que je m'en sorte. Je dois avoir de la volonté. Tenir, tenir chaque minute jusqu'à la suivante, et puis la douleur diminuera. Ce n'est pas la première fois que je me blesse, ni que je suis en danger. Mais toutes les mauvaises pensées de ces derniers jours ne m'aident pas, comme si ça m'avait rendu faible en dedans. Je n'ai plus d'orgueil et le curé a beau dire que c'est un péché, c'est ce qui aide le plus quand on est mal pris. L'orgueil et le vouloir de se sauver, pour soi, pour les autres. Mais moi, pour qui je voudrais me sauver ? Ma mère ? Elle aura de la peine et puis elle vivra quand même. Ce n'est pas le premier enfant qu'elle perd.

Non, penser à Moïse qui va m'aider. Les Sauvages, ils ont toujours des médecines qu'ils ne nous disent pas mais qui guérissent. Penser au lac Atihk, voir le chalet, me rendre jusque-là, advienne que pourra ! Que la vie est instable, notre petite vie à nous, toute propre, toute simple. Je croyais avoir déjà tout perdu mais, en un instant, tout bascule, c'est l'Enfer. Un instant après, un instant trop tard. Mais on ne le sait que quand c'est en nous que le fil casse. Les autres, on s'en moque. On aime, on hait, en fait on s'en moque toujours. Mais soi ! Même si je survis, je ne serai jamais guéri. Cette angoisse ! Chaque mouvement que je fais l'inscrit plus profondément en moi. Je revois ce moment où la hache est entrée dans ma jambe et j'ai envie de vomir. Il faut que ça arrête, sinon je deviens fou.

5 mars

Plus calme aujourd'hui. Hier, j'ai dû avoir de la fièvre. J'ai lavé la plaie avec beaucoup d'eau bouillie, j'ai refait un bandage serré. Dans mon malheur, j'ai de la chance, je peux encore marcher, en boitant. Avec deux bouts de bois, je me suis fabriqué une attelle pour ne pas plier le genou. Maintenant il faut attendre. Je parle à ma jambe comme à un morceau séparé de moi, je l'encourage, je lui dis de guérir vite et que tout ira bien. Je n'en suis pas si sûr, j'ai encore des bouffées d'angoisse mais je serre les dents. Après, c'est un grand silence, comme si plus rien ne respirait. Pas la paix, non, j'ai tellement de colère et de rage, mais des instants blancs dont la vie s'est retirée.

Ce matin, j'ai brûlé la Bible de Tshelnou, feuille après feuille. Cela a duré très longtemps. Peut-être que je n'aurais pas dû, peut-être que c'est terrible de défier Dieu quand on n'a personne d'autre. Mais je ne veux pas me reposer en Lui, j'ai l'impression qu'Il n'attend que ça. S'Il existe, je ne Lui donnerai pas ce plaisir. Et s'Il n'existe pas, ça n'a pas d'importance, et je me suis senti mieux.

Si je ne bouge pas, je n'ai pas mal. Alors je reste allongé sur le lit et me reviennent des souvenirs très lointains, des choses que je croyais avoir complètement oubliées. Par exemple, je me suis vu avec Dino quand on était encore à l'Anse. J'ai été si méchant avec lui ; même quand il était tout petit, je le trouvais bête et laid. Tony ne me l'a jamais reproché, pourtant il devait bien s'en rendre compte.

Quand j'ai fait brûler les feuilles de la Bible, à un moment m'est venue une impression très forte. C'était dans l'odeur du papier, je crois. Ça n'a duré qu'une seconde, comme si j'allais me souvenir de quelque chose d'important et puis tout s'est évanoui. Pendant un instant, je me suis senti très heureux, tellement heureux que le cœur m'a fait mal. Et je ne sais pas pourquoi.

Il neige à nouveau. J'entends les flocons qui glissent sur la fenêtre mais ça m'est égal. Je pleure aussi par moments mais dans une extrême fatigue. J'ai perdu beaucoup de sang.

6 mars

Rien. Je ne pose toujours pas le pied par terre.

7 mars

Bientôt deux mois que je suis ici. Il me semble que c'était dans une autre vie. Je perds mes cheveux par poignées.

10 mars

Il faut que je descende au lac Atihk. Ma plaie ne s'est pas encore refermée mais je suis capable de marcher en allant très doucement. Je ne peux plus attendre, je préfère mourir sur la route que de laisser la mort me roder autour. J'ai écrit un mot pour laisser sur la table.

> *Je suis parti le 11 mars pour le lac Atihk.*
> *Matthieu Roy.*

Je n'ai rien pu écrire de plus.

Mars ?

C'est un cauchemar. Je vais me réveiller dans ma chambre à l'Auberge, dehors il fera beau. Rachel m'appelle pour le déjeuner. Du café, des œufs, du jambon. Oui, du jambon, il y a déjà l'odeur dans la lumière du matin. Je mange, je suis là, je touche la table, je vis encore. Moïse n'est pas là, il n'y a personne, personne. Quel jour sommes-nous ? J'ai perdu les dates. Je vois écrit sur la page : 11 mars. C'est ça, je suis parti le 11, non le jour d'après, je ne sais plus. J'ai marché, j'ai glissé. Je vois des moments, des endroits où j'ai dû passer mais c'est flou.

Des journées et une nuit. Je ne sais pas comment j'ai pu faire du feu, si j'ai mangé. Oui, j'avais fait cuire de la banique avant de partir. Combien de jours ? Il faut que je sache. Une seule idée, rejoindre le camp de Moïse, arriver jusqu'à la porte. De loin déjà, j'ai compris qu'il n'y avait personne. Et ma jambe qui ne me portait plus, à chaque pas comme un arrachement. La plaie s'est ouverte, c'est laid. C'est laid, la mort. Il n'y a personne. C'est impossible, ils devraient être là. Arriver jusqu'au camp. Je n'ai pas de canot et je n'ai plus les forces pour descendre jusqu'au Meshkina. J'ai mal. Il faut que j'écrive, n'importe quoi. C'est la seule chose d'humain qui me reste. Devant moi, le visage d'Aimée. Non, d'Éva. Je n'ai plus de forces. Je ne veux pas mourir. NON. Quelqu'un va venir, Moïse, Tshelnou. Non, Tshelnou est mort. C'est le camp de Moïse, je suis dans le camp de Moïse.

+ 2

Écrire, raconter n'importe quoi. Déjà la journée a des trous, je ne sais plus ce que j'ai fait entre ce matin et maintenant. Ne pas céder, Il serait trop content. Je respire encore. Quelqu'un va venir. Il faut que je pense à ça. Il faut que je tienne jusque-là.

+ 3

Des fois je me parle et j'entends ma voix. Le cri d'un corbeau. J'entends d'autres voix, aussi. Mon père, Antonio. Mais ils ne s'adressent pas à moi, des phrases qu'ils ont dites il y a longtemps et dont je ne me souvenais plus. Celle de Tshelnou aussi. À un moment, il a dit : « Matthieu, tu n'es pas complet. » Ça a fait comme un écho, complet, complet. Quand j'ai entendu ça, je me suis redressé sur mon lit, j'ai vraiment cru qu'il était là. Mais ce n'était rien. La douleur maintenant est partout. Pas un mouvement qui ne fait pas mal.

+ 4

Maman m'a raconté, ou c'est le père Fillion, le supplice de la roue. Moi, c'est un peu ça mais ça dure très longtemps. Je ne pourrais pas tenir. Je ne sais pas comment j'arrive encore à écrire. Me raconter quelque chose, ne pas devenir fou. La mort est là, déjà, je ne la vois pas, elle est en moi. On dit qu'elle vient par-derrière. Non, c'est dedans, depuis le début.

+ 5

Je voudrais être calme, faire la paix. Peut-être la douleur. C'est que j'ai trop de colère. Penser à ce que j'ai fait de mal. Tout le mal en moi qui sent mauvais, une odeur horrible qui sort de moi. L'infection. Je n'ose pas enlever mes bandes. J'ai un goût de sang dans la bouche, j'essaie de mâcher des aiguilles de sapin mais elles sont trop sèches.

+ 6

Penser à des moments joyeux. À l'Anse, Maman préparait toujours les tourtières de Pâques les jours maigres. Ça sentait si bon mais on n'avait pas le droit d'y toucher. Elle disait que c'était pas exprès, que ça tombait comme ça. Je devrais écrire des lettres pour si je meurs et qu'on retrouve ce journal. Mais qu'est-ce que je peux dire ? Personne ne sait combien je souffre. Je sais que je n'ai plus beaucoup de chances, que je pourrais prendre la carabine et arrêter tout ça. Mais le dernier espoir qui me reste me fait tenir encore.

+ 7

Je ne peux plus écrire le soir. Quand la nuit arrive, je ne vois plus rien. Même avec la lampe, tout est noir. J'ai peur. Je pense à Tshelnou et à l'ombre qui n'a pas de lumière. La nuit, on dirait que ça ne finira jamais.

+ 8

J'entends des frôlements. Quelqu'un vient. Non, c'est le vent. Pousser la table contre la porte. Empêcher les loups. Les mouches quand on tue une bête.

Brûler ce cahier. Personne ne saura. Croire que je suis mort dans la joie.

Un oiseau chante. Peut-être que c'est le printemps. Je vole. Mais j'ai trop mal.

Ayez pitié. Sainte Mère, Mère de Dieu. Comme je souffre.

Aimée, Aimée, aide-moi. Non, Aimée est morte. Je ne sais plus.

C'est la fin.

4

La salle était trouble de la fumée des cigarettes qui atténuait l'éclairage cru des ampoules électriques. Une rumeur s'épaississait comme une menace d'orage, un grondement de voix indistinctes traversé du choc sourd des boules contre les quilles, des exclamations des joueurs et, çà et là, d'un rire aigu de femme. Flottaient des odeurs de sueur, de bière renversée et de friture, effluve moite et rassurant d'une communauté s'ébattant sans arrière-pensées. Une table était cependant plus animée que les autres ; collée à la piste, elle s'était agrandie tout au long de la soirée de rallonges désordonnées, de chaises abandonnées puis reprises, et déjà les convives d'une extrémité à l'autre ne pouvaient plus s'entendre. On s'interpellait pourtant à grands gestes, qui ébranlaient les bouteilles et menaçaient de les renverser. C'était un mouvement incessant pour accueillir un nouveau venu, et, par jeu ou manque de place, des femmes s'étaient assises de biais sur les genoux des hommes. Les conversations, gênées par le brouhaha et le va-et-vient des joueurs, ressemblaient à un vitrail où les fragments juxtaposés constituaient une image homogène de liesse. Sur le fond d'un français rocailleux et modulé se détachaient des exclamations, des jurons en anglais et des rires qui venaient frapper les tables voisines, plus silencieuses.

— Hé, l'Boss ! Je t'offre une bière ?

L'homme ainsi interpellé était assis au centre du groupe, les jambes étalées devant lui ; la tête légèrement penchée vers son voisin, il écoutait d'un air distrait, en clignant des yeux dans la fumée de la cigarette qui lui pendait aux lèvres. Il sursauta et leva la main en un geste amical de salutation.

— Non, Jimmy, je me sauve. Ce sera pour une autre fois.

— Tu vas pas partir si tôt ! Il est juste dix heures...

— Oui, mais je pense que j'ai assez bu pour ce soir, il est temps d'aller dormir. Si tu tiens absolument à me payer une bière, donne-la donc de ma part à la petite waitrice [1]. Elle s'appelle Sylvie...

La réponse de Jimmy se perdit dans les rires et l'homme se leva pesamment, en s'appuyant sur la table.

Dehors, la nuit était belle dans le scintillement dur des étoiles ; il releva le col de son blouson et frissonna de la fraîcheur d'une des dernières soirées d'été. En se passant la main dans les cheveux, il murmura : « Ah ! le monde, le monde... » Les rues étaient vides, les maisons pour la plupart obscures ; tout le sang du grand corps urbain, d'ordinaire palpitant et bruissant d'activités, semblait s'être concentré dans la salle des fêtes. À mesure qu'il s'éloignait, l'atteignaient encore des bulles sonores à chaque entrebâillement de porte, qui venaient crever à la surface du silence. Les mains dans les poches, il marchait d'un pas rapide qu'une légère claudication rendait sautillant. Le bruit d'une course claqua derrière lui mais il ne se retourna pas.

— Mat ! Mat ! attends-moi.

Seul Gabriel l'appelait encore ainsi, maintenant qu'à la ville, on ne le désignait plus que par le surnom familier et affectueux de « Boss ». Matthieu s'arrêta pour attendre son ami qui arriva à sa hauteur en haletant.

— Hé ! man, t'es sourd ou quoi ? Tu vas me faire mourir.

— Excuse-moi, je ne t'avais pas entendu, je pensais à autre chose.

1. Serveuse.

242

Ils se faisaient face, souriants, tandis que Gabriel reprenait son souffle.

— Quand es-tu revenu ? Je te croyais encore dans le Sud, dit Matthieu. Content de te voir...

— Je suis arrivé hier. Ça a été rough. Tu as entendu l'orage hier ? Eh bien, je l'ai eu dans le nez toute la traversée du fleuve. Je te conterai ça plus tard, mais viens-tu avec nous demain ? Avec Marco, on veut aller se chercher un caribou, dans le coin de Goose Lake. On partirait vers sept heures.

— Qu'est-ce qu'ils disent à la météo ?

— Beau, mais avec eux, ça peut changer d'ici demain ! Pas grave, on se lâche et on verra bien.

— OK, je suis partant.

— Seven o'clock ?

— Je serai là.

Ils se serrèrent la main, paume contre paume, les pouces entrelacés, puis repartirent chacun de son côté. Matthieu sentait les vapeurs d'alcool se dissiper, il avait l'esprit clair, joyeux, et n'eût été la peur de ne pas se réveiller le lendemain, il serait retourné au bowling pour prendre un dernier verre.

Il n'avait gardé qu'un souvenir confus de ce qui s'était passé trois ans auparavant au lac Atihk, alors qu'il se mourait de solitude et d'avitaminose. Des bruits, des éclats de lumière sur le mur qu'il prenait pour des étoiles, et surtout le martèlement de la douleur qui brisait sa raison et sa volonté. Il n'aimait d'ailleurs pas penser à ces instants où il avait cru sombrer, où était morte en lui l'insouciance de la jeunesse qui ne connaît du bonheur que les temps à venir. Ce fut Moïse qui, plus tard, lui raconta les circonstances de ce miracle de la dernière heure, après qu'à force de soins et d'attention il l'avait hissé jusqu'à l'apaisement de la conscience. Ce qui lui avait permis de sauver Matthieu était dérisoire ; Moïse et sa femme Rose étaient descendus pour les fêtes au lac Meshkina et, comme le père était souffrant, ils avaient décidé de rester là jusqu'au dégel. Mais Moïse avait oublié au lac Atihk un objet qui lui tenait à cœur, son couteau croche, avec lequel il aimait sculpter ses petites figurines. Sa famille tenta de le convaincre d'en fabriquer un autre mais c'était celui-là qu'il voulait, celui-là qui travaillait le mieux ; et il s'obstina, comme un enfant que ne console pas une nouvelle poupée presque semblable mais pour lui insupportablement différente de celle qu'il a perdue. Laissant leur jeune fils aux grands-parents, ils remontèrent au lac Atihk, profitant de la neige durcie de printemps sur laquelle les pas portaient sans raquettes.

Ils durent arriver au camp deux jours après que Matthieu eut écrit le mot Fin dans son journal. C'était bien tard déjà et une constitution plus faible y eût succombé. Moïse put tuer un jeune caribou dont ils lui firent avaler, bouchée après bouchée, le contenu de la panse, âcre mais riche en vitamine ; Rose connaissait des plantes.

— Tu l'appelais Aimée, tout le temps, remarqua Moïse avec un sourire.

— Je ne savais plus ce que je disais. Je n'étais plus là, déjà.

— Je ne t'en veux pas. Je suis content. C'est gentil pour ma femme, qui est moins belle que ma sœur, et puis, je n'aimerais pas que tu aies oublié. Oublier, c'est mentir, après.

Le plus difficile fut de combattre l'infection qui s'était développée dans la plaie ; Matthieu en garda une vilaine cicatrice et une raideur du genou qui ne disparut plus. Mais c'était dans son âme que la hache avait pénétré le plus profondément.

— Tu m'as sauvé la vie, deux fois, dit-il à Moïse.

— Ce n'est rien. La première fois, c'était un accident, la deuxième fois, une tentation. Mais la troisième ?

Il fit un geste vague de la main.

— La troisième, il n'y a que toi qui le sais. Mais je ne serai peut-être pas là.

Moïse construisit un plus gros traîneau sur lequel il attacha Matthieu pour descendre au lac Meshkina. Ils ne devaient plus attendre ; déjà, il leur fallait voyager au petit matin, ou à la clarté de la lune, pour profiter des dernières gelées. Quand ils traversaient des régions trop touffues où le traîneau ne passait pas, Moïse prenait Matthieu sur son dos.

— Jamais je n'aurais pensé qu'un jour je porterais si loin un morceau de viande pour ne pas le manger, disait-il en riant.

Cette plaisanterie, qu'il répétait chaque fois qu'à bout de souffle il devait déposer son fardeau, aidait Matthieu à supporter la honte d'être une telle charge morte. Et cette délicatesse amusée était une générosité plus noble encore que tous les soins qu'ils lui avaient prodigués jusque-là.

Au cœur du jour, quand le soleil tombait d'aplomb sur la forêt immobile, ils dressaient la tente et faisaient un feu sur lequel Rose préparait d'infectes tisanes.

— Petit garçon ! disait-elle. Vous Blancs, mettez beaucoup de sucre, des choses pour que ça goutte bon. Mais ça ne change rien au remède. Ça n'est pas bon, c'est un remède...

Elle avait une boîte en bois, avec des compartiments qui, chacun, contenaient un mélange différent d'herbes et de ce qui ressemblait à de la terre, grisâtre ou bien jaune comme du sable, blanche comme de la craie. Fasciné, Matthieu voulut connaître la composition de chaque préparation.

— Je ne sais pas, dit-elle en haussant les épaules. Je regarde et je mets ce dont la boîte a besoin. Mais si elle est vide, je ne sais pas.

— Mais si tu la perds, si tu la laisses tomber et que tout se mélange ?

Rose le regarda, étonnée, sans répondre.

Plus ils descendaient vers le fleuve, plus les forces de Matthieu revenaient, avec des pensées, des espérances dont il croyait s'être totalement détaché. Quand ils arrivèrent à Saint-Ephrem, personne ne les attendait sur les battures ; Matthieu tenta de persuader les Meshkina d'au moins prendre un repos d'une nuit à l'Auberge mais ils voulurent profiter de la marée montante.

— Te voilà chez toi, dit le père. Nous, il faut partir.

Matthieu serra longuement la main de Moïse, le cœur serré.

— Comment te remercier ? Comment vous remercier tous ?

— Il n'y a pas besoin. Ce qui a été fait, tu l'aurais fait. Je vais te rendre ton livre, je l'ai gardé pour toi et toi seul sais ce qui y est écrit.

D'un coup de rame, ils s'éloignèrent du rivage et très vite, dans la transparence lumineuse du printemps, ils se confondirent avec la crête des vagues.

Matthieu ne rejoignit l'Auberge qu'à l'heure où la clarté devint indistincte après avoir attendu longtemps, caché derrière un rocher, que Saint-Ephrem s'abandonnât à la pénombre. Les bruits venaient à lui, des appels, l'aboiement des chiens, une voix claire qui criait des noms d'enfants. C'était Pentecôte et, les yeux fermés, il devinait les préparatifs de la fête, la longue table dressée dans la salle à manger, les parfums de plats lentement mijotés. La main crispée sur son livre, il hésitait un dernier instant et sa lassitude rendait moelleux le sable où il était assis, tiède la pierre où il s'adossait.

Quand il parut sur le seuil de la salle décorée, il ne vit qu'eux et il ne fut pas surpris ; Éva se dressa d'un bond, très pâle, François se leva à son tour et lui posa le bras sur les épaules. Il n'y avait rien à dire et Matthieu le savait bien. Il eût voulu, simplement, éviter les silences embarrassés, cette fête qui, par sa seule présence, battait de l'aile, sonnait faux. Même la sollicitude d'Antonio qui l'accabla d'embrassades avait, malgré sa tendre sincérité, un arrière-goût de déroute.

Plus tard dans la soirée, quand le choc de son arrivée inattendue se fut estompé et que l'euphorie du jour divin eut repris ses droits, Éva l'entraîna au-dehors, les yeux pleins de larmes.

— Tu n'étais jamais là, dit-elle. Je t'ai longtemps attendu mais rien ne m'indiquait ce que tu voulais faire. Des mots, des lettres, mais est-ce là-dessus qu'on peut bâtir une vie ?

Matthieu se taisait, il n'était pas malheureux, simplement triste et impatient d'être délivré de ce personnage dont on attendait de la colère et de l'orgueil.

— Mais réponds ! Dis quelque chose ! cria Éva. Tu m'accuses, je le sais, mais que crois-tu ? Qu'une femme se suspend à un crochet comme une vieille veste ? C'est le Bois que tu as choisi et je ne t'appartenais pas. Il y avait trop grand entre nous.

Hors d'elle, bouleversée de honte et d'un amour qui n'était pas mort, elle titubait au bord de la méchanceté, cherchant goulûment les mots pour blesser, pour détruire. Matthieu lui posa doucement la main sur le bras.

— Je ne te reproche rien, Éva, je ne te reproche rien. Tu es bonne, je le sais, et je ne te blâme pas. Personne, crois-moi, ne pense à te reprocher ta décision. Maintenant, laisse-moi, et tâche d'être heureuse.

Le lendemain, après avoir embrassé les Mattioni et rendu une dernière visite à la famille Picard, pétrifiée, il emprunta un canot et monta à la Ville.

La Ville l'attendait. Il y trouva une toile pour dessiner sa rage, un refuge pour protéger ce qui en lui n'était pas consumé, un but pour reconstruire patiemment une attente. Les bateaux déversaient sur le rivage des grappes d'hommes hagards, avec leur dure volonté et leurs espoirs. Certains venaient de loin, avec des vêtements défraîchis, des pieds douloureux d'avoir tant marché, ils tentaient leur dernière chance pour se sauver de la misère, des jours incertains, pour garantir à leurs familles, restées en arrière, la dignité d'un salaire. Pour ces réfugiés de la détresse, l'œuvre était colossale ; il fallait élever des murs, démarrer l'usine au plus vite, cœur indispensable de ce rassemblement disparate, créer dans l'urgence et l'improvisation les structures pour assurer une certaine décence à la vie quotidienne. Sans cesse, de nouveaux problèmes surgissaient qu'on avait prévus mais qui refusaient d'attendre, qui exigeaient d'être résolus dans la fièvre, la boue, la chaleur, le vacarme. Nulle expérience ne guidait les décisions à prendre pour canaliser ce déferlement, tout était nouveau, et, sur les obstacles, la détermination prenait des forces, comme des eaux gonflées contre un barrage.

L'heure n'était plus à se satisfaire de ce que la Nature inconstante dispensait sans souci des êtres, à accepter que la vie fût une source incertaine qui s'enflait des beaux jours pour nourrir ses prochaines tempêtes. Matthieu s'était lancé dans cette brèche pour n'avoir ni à contourner ni à affronter le mur contre lequel sa volonté s'était brisée durant l'hiver. Il était d'une race de bâtisseurs qui, lorsqu'ils voient une rangée de pierres, sont portés d'instinct à en superposer d'autres, puis d'autres encore, jusqu'à ce que la maison soit de taille nécessaire. Sans forfanterie, il éprouvait un contentement sincère à voir le travail accompli, par une sorte de respect de l'ordre défiant le chaos, parce qu'il lui était impossible de s'engager à moitié.

Les maîtres de cette édification grandiose surent deviner en lui la puissance de sa hargne, l'énorme potentiel de sa foi repoussée. Ils lui offrirent une chance qu'il saisit sans réserve ; de simple bûcheron, il devint mécanicien, puis contremaître en une ascension foudroyante qui devant lui fit plier les échines, engendra des rancœurs, des jalousies cachées derrière bien des sourires. Il n'en était pas dupe mais s'en moquait, il n'avait pas le temps de s'attarder à des états d'âme qui n'étaient que minuscules cailloux dans sa chaussure.

Les prêtres bénissaient les rêves d'un monde où l'homme trouverait enfin sa place, où, par son travail, son acharnement, il gagnerait un bonheur terrestre qui lui appartiendrait, qui lui était dû puisqu'il l'aurait bâti pierre après pierre, clou après clou. Mais Matthieu ne se préoccupait pas de cette radieuse aurore annoncée ; le nez collé aux progrès quotidiens, concentré sur la solidité des prises où ses mains trouvaient appui, il n'avait plus le cœur de mesurer le chemin parcouru.

L'habitude lui était venu d'être une maison aux ailes disparates, avec des tourelles inhabitées, des escaliers, des corridors humides ; il n'en occupait qu'une partie et ne se préoccupait des autres que par de brèves lucidités qu'il noyait vite dans le travail, les soirées de foule et d'alcool, le bourdonnement des pensées ébauchées. Il était très entouré, parce qu'il savait être drôle, amical, sans jamais parler de lui-même ; mais de sa vie ancienne, il n'avait gardé présente que l'amitié de Gabriel, ce grand garçon chaleureux qu'une seule passion habitait.

De temps à autre, il se rendait à la Réserve pour rencontrer Moïse qui y demeurait toute l'année, depuis qu'il ne montait plus dans le Bois. Lors de la mort du père Meshkina, quelque chose s'était arrêté, comme une pendule dont un doigt interrompt la régularité du balancier. Ce n'était pas une décision, plutôt un ajournement qui se prolongeait au-delà de l'automne, au-delà du printemps, puis d'un autre automne.

— C'est trop loin, disait-il à Matthieu.

— Mais depuis des années, c'était loin, et vous n'avez jamais manqué un hiver.

— Je sais. Mais maintenant, tu vois, tu tends la main vers la radio et tu es à Montréal. Et puis les fourrures, ça ne vaut plus rien. On est bien ici.

Il haussait les épaules, en regardant ses enfants se rouler dans le sable en avant de sa nouvelle maison grise. Il avait un regard paisible, sa silhouette s'était alourdie, et de loin, dans sa chaise berçante, on eût cru un vieil homme endormi. Il vivait de peu, vendant quelques sculptures en bois qu'un amateur de Québec achetait pour une bouchée de pain, de l'argent que Matthieu lui prêtait sans espérer de remboursement. S'il parvenait à se procurer de l'alcool, il s'adonnait méthodiquement à une ivresse dont la Réserve craignait les manifestations violentes. Il n'était pas le seul, mais ni les interdictions, ni la colère de la Robe noire, ni les heures blafardes des lendemains de veille n'endiguaient cette marée insidieuse qui envahissait le vide que le Bois avait laissé.

— Mais toi, Moïse, tu es un artiste, disait Matthieu. Depuis Québec, on recherche tes sculptures, tu peux avoir un grand avenir si tu y travailles.

— Artiste ? C'est ça, le mot que tu dis ? répondait Moïse.

Et il pouffait de rire, en répétant le mot jusqu'à ce qu'il fût aussi dérisoire que le nom d'une personne dont on a tout oublié.

Matthieu restait là des heures, à fumer, à écouter les bruits du dehors, à accepter calmement qu'il n'y avait rien à dire. Cet homme qui par deux fois l'avait sauvé était déjà trop loin pour qu'il fût possible de l'atteindre. Matthieu devinait chez Moïse un courage, une détermination lovée sur elle-même, dont il se savait incapable et qui l'étonnait. Et lorsque, en partant, il laissait quelques billets sur la table, c'était comme d'allumer un cierge devant une statue de marbre.

Matthieu n'avait renoncé à rien, puisque ses rêves d'adolescent n'étaient plus que des chimères qu'il considérait avec ironie. De la naissance à la mort, c'était une course de fond qui, à tout prendre, permettait de se rendre d'un point à un autre ; il l'accomplissait avec sa vigueur habituelle, son sérieux et quelque chose d'obstiné qu'il était courant d'appeler de l'ambition. Il lui semblait avoir éclairci sa vie à grands coups de hache, pour se frayer une route droite, raisonnable, où plus rien ne le ferait trébucher. Lorsque dans des moments de grande fatigue, il entendait le murmure des voix anciennes, il feuilletait sans les lire les pages griffonnées du Shakespeare de Tshelnou et il pensait qu'il était sauvé. Il avait appris à se méfier des odeurs d'automne, du cri isolé d'un frédéric, des réminiscences qui jaillissaient sans prévenir d'une certaine lumière sur l'horizon, d'une brise qui apportait le souffle salé du fleuve. Il s'enfermait dans la Ville comme dans une forteresse où ne l'atteignaient plus les bruissements de soie de la vie, les espérances à couper le souffle, la magie du clair-obscur. Ainsi tenait-il à distance l'épouvante de la vacuité, le vertige halluciné de sa propre profondeur.

Les mois passaient, ou n'étaient-ce que des instants. Qui eût reconnu dans la Ville fière, aux belles rues larges et éclairées, ce coin désolé et aride qu'on appelait la Baie-sans-nom ? L'usine, tel un château d'autrefois veillant sur ses serfs, animait du pouls de ses machines l'existence d'une communauté qui n'était rassemblée que pour elle. Toutes les merveilles de la modernité auxquelles personne, dix ans auparavant, n'eût rêvé, voilà qu'elles n'étonnaient plus ou seulement par un effort de la mémoire, en comparaison des jours anciens qu'une nostalgie douteuse n'avait pas encore illuminés. Il était devenu normal d'avoir de l'eau directement aux robinets, des toilettes intérieures, la clarté de l'électricité qui n'usait plus les yeux. Seuls de menus accrocs dans le tissu uniforme du quotidien, un enfant malade qu'il fallait conduire à l'hôpital, la lettre d'un parent moins bien loti, ramenaient aux lèvres des balbutiements de reconnaissance. Ces hommes et ces femmes, que les rigueurs du sort avaient poussés jusque-là comme des bêtes de somme, entre l'œil sans paupière du Ciel et la Terre avare, découvraient l'insouciance, protégée par le salaire durement gagné mais qui tombait dans les bourses avec la régularité d'une horloge. Comme ces cultivateurs qui allaient troquer à peu de frais leurs armoires antiques pour des meubles rutilants de chrome, ils abandonnaient sans états d'âme leurs vieilles habitudes dans l'espérance de l'enfance éternelle qui leur était promise s'ils voulaient bien mettre leur main dans la main du progrès.

Ce qui avait établi la Ville, lui avait conféré une légitimité, était l'arrivée des familles. Au début, l'absence de femmes donnait au chantier des allures de camps forestiers que chaque printemps dispersait ; on ne s'y embarrassait guère de manières, c'était une masse homogène de visages rougis par le grand air, de corps mal lavés, de conversations truffées de jurons et de plaisanteries salaces. Un certain charme se dégageait de ce coude-à-coude d'hommes livrés à eux-mêmes, mais trouvait ses limites dans l'air confiné d'ennui et l'angoisse des lendemains. Puis ce fut l'arrivée des premières dames de la haute société, élégantes et lointaines, qu'on ne croisait qu'à la messe avec admiration ; puis des filles, employées au Manoir ou aux cuisines, promptes à se trouver un mari ou du moins des bras vigoureux pour lover leurs désirs. Mais, peu à peu, descendirent des bateaux les premières épouses, intimidées, heureuses, serrant autour d'elles leurs balluchons et des grappes d'enfants. On commença à se sentir chez soi, à admettre que dorénavant on vivrait là pour de bon, que les jeunes découvriraient très tôt les odeurs de craie et d'encre, les rudiments de l'éducation sur les bancs de la petite école. La Ville y prit une humeur allègre qui, le dimanche, émanait des maisons avec des effluves de bonne cuisine et le son des radios. Loin de déplaire à Matthieu, cet éclatement de la collectivité en petits îlots le rendait plus libre, le soustrayait à l'obligation de jouer son rôle de bon camarade. Dans le foisonnement de la foule, il lui était plus aisé de s'enivrer de présences féminines et, malgré le peu de loisirs dont il disposait, il était devenu un artiste des bonnes fortunes, favorisé par ses fonctions, son physique avenant et un je-ne-sais-quoi de secret qui attendrissait même les plus rebelles.

— Tu vas te retrouver avec une balle dans la peau, disait Gabriel, amusé par les incartades de son ami.

— Oh non ! Les hommes sont trop lâches, répondait-il. Un coup de poing sur la gueule peut-être, mais pour ça je sais me défendre.

Car seules les femmes mariées retenaient son attention et s'il s'affichait de temps à autre avec une jeune délurée, c'était pour mieux brouiller les pistes. Plus que l'amour, la satisfaction physique de ses désirs, il recherchait l'intrigue, la reptation vers la proie, le premier regard, le premier frôlement de mains. C'était une chasse plus difficile qu'il n'en avait jamais connu, dans un milieu où le moindre courant d'air chuchotait des commérages. Mais il n'était dénué ni de patience ni de persévérance. Le plus ardu n'était pas la conquête, car il s'était aperçu avec étonnement que les épouses étaient moins sauvages, moins scrupuleuses que les jeunes filles, mais de se commettre en toute impunité. Cela prenait parfois des mois avant d'attirer l'attention de la belle, créer l'atmosphère d'une innocente camaraderie, déceler les brèches dans la vigilance du mari. Avec le temps, il avait affiné ses méthodes, devinant que l'allégement des travaux quotidiens offrait aux femmes un peu de loisirs, une infime disponibilité aux rêves dont il savait profiter. Un compliment chuchoté, un regard appuyé et mélancolique, une absence calculée, et il s'émerveillait d'entendre l'écho timide de ses ardeurs. Une fois qu'il était parvenu à voler un baiser suave de culpabilité, à se vautrer en une étreinte fulgurante sur le lit conjugal, il pensait à autre chose, le cœur n'y était plus.

Gabriel, pour qui l'amour était un sujet sérieux auquel, jusqu'à présent, il n'avait pas eu le temps de penser, accueillait les confidences épisodiques de Matthieu avec un étonnement que son affection préservait de l'indignation.

— Mais que cherches-tu ? demandait-il.

— Rien. Cela m'amuse. Quand tu voles, est-ce que tu cherches quelque chose ?

Gabriel ne savait que répondre et acceptait placidement d'être le témoin d'aventures dont Matthieu, par une dernière honnêteté, ne décrivait que les ambiances, sans divulguer de noms.

En réalité, Matthieu n'était pas dupe de ce jeu sournois ; il dansait sur un fil et il le savait. Comme un toréador accule son taureau dans un coin de l'arène, il défiait sans cesse cette palpitation, un rougeoiement de cendres déposées en lui. Dans l'austérité émotionnelle où il avait trouvé refuge, c'était comme un tic qui déforme périodiquement un visage austère. Mais lorsqu'il était enfin délivré d'un regard, d'une bouche moqueuse et fraîche, de l'intonation d'une voix, la monotonie de l'existence le frappait avec la virulence d'une nausée. L'incertitude d'y voir une sagesse ou une défaite lui infligeait un tourment qu'il tentait d'éluder par un surcroît de travail, jusqu'à ce qu'un nouveau visage, dont le charme relevait plus de l'incertain que de la beauté, vînt le distraire de lui-même.

Après trois ans, la Ville avait trouvé ses assises. Ce n'était plus un fortin jailli d'un esprit inspiré et qu'il fallait défendre, mais une réalité qui s'imposait d'elle-même, semblait s'être toujours inscrite en filigrane sous le couvert des conifères et des bouleaux. Pour les nouveaux arrivants, elle ressemblait à d'autres villes, dans d'autres contrées, mais pour Matthieu qui l'avait connue dans les hésitations des premiers jours, elle restait LA Ville à laquelle il était attaché dans ses imperfections mêmes, comme l'amant s'attendrit d'une ride, d'une cicatrice de la personne aimée. Sa propre évolution s'enlaçait étroitement au devenir de la Compagnie dont il n'aimait pas penser qu'elle relevait d'un groupe puissant et étranger. La Ville et la Compagnie n'étaient que les deux têtes d'une même entité, incapables d'exister l'une sans l'autre et, si celle-là avait été décrétée « ville ouverte », soumise aux décisions d'une municipalité présumée indépendante, c'était avec l'ironie d'une sœur siamoise déclarant à l'autre : « Tu peux vivre ta vie si tu le désires. Je ne m'y opposerai pas. » La destruction des bâtiments temporaires, qui avait davantage impressionné les esprits que la fête d'inauguration, pompeuse et trop attendue, avait symbolisé l'entrée dans une ère nouvelle où le hasard n'avait plus de place. Le quotidien était pris dans un filet aux mailles serrées, et l'habitude s'imposait naturellement de se fier à cette image organisée du réel, comme on avait autrefois confié aux prêtres l'administration des consciences. La Ville était une divinité jalouse, et il était difficile de résister au progrès. Quiconque y eût seulement songé eût été considéré avec une inquiétude stupéfaite. Les exigences de la survie n'avaient pas disparu pour autant, il y avait toujours des bouches à nourrir, du travail à fournir, des dépenses indispensables. Mais elles n'avaient plus l'acuité des angoisses anciennes, elles se concentraient en surface, dans le désir d'accroître, de jour en jour, un bien-être tranquille. La main supérieure qui maniait les fils de l'existence ne relevait plus d'un Ciel qu'on implorait en vain, ni de la nature profonde d'une condition humaine vouée à une perpétuelle errance. Elle s'appelait la Compagnie et on s'accordait à dire qu'elle avait raison puisqu'elle était puissante.

Matthieu avait maintenant une maison, ou plutôt une moitié de maison puisqu'il n'en occupait que le deuxième étage. Des murs blancs, un ameublement restreint mais confortable, de grandes fenêtres qui regardaient vers le fleuve et dont il aimait, certains soirs de bonne humeur, observer la lumière lancer une dernière incandescence avant de sombrer dans la nuit. Il écoutait le cri des goélands qui lui parlait du large, la sonorité des cloches qui conviaient aux vêpres et, sous ses pieds, les bruits assourdis d'une vie de famille dont il ne connaissait que des visages, croisés sur le perron. Dans ces rares moments, il laissait son esprit descendre vers Saint-Ephrem, vers des souvenirs de soirées joyeuses, de visages amis, d'une jeunesse qui ne le touchait plus que par réminiscence. Il recevait de temps à autre des lettres d'Antonio, écrites de la main de Rachel qui ajoutait en post-scriptum : *Sylvain et moi t'embrassons aussi*. Il se disait qu'il devrait bien retourner les voir, mais cet effleurement de désir butait sur les battures, en un malaise qu'il ne préférait pas affronter. Lorsqu'il contemplait son lit défait, la table où traînaient de vieux journaux, des livres empilés sans ordre, il y voyait un havre où il avait trouvé la paix.

Il était rarement seul, et même lorsqu'il quittait le vacarme de l'usine ou la foule animée de la salle des fêtes, il était toujours occupé par un problème à résoudre, d'un projet d'excursion avec Gabriel, de quelqu'un à rencontrer. Il avait l'estime de ses patrons, l'affection de ses camarades, il n'en demandait pas plus. Son existence était un tapis roulant sur lequel il marchait sans effort, porté par les exigences de son métier, les mille riens qui emplissaient tout l'espace de ses pensées. Les prêtres avaient tort, le Ciel était trop haut, trop vaste, trop mouvant ; le destin se jouait ici-bas et le contentement était une valeur sûre, aisée à définir, loin des turbulences qui ne relevaient d'aucune connaissance humaine. Telle une recette de cuisine, certains ingrédients étaient nécessaires, des tours de main qui s'apprenaient avec l'expérience, et un zeste de patience. À partir d'un certain âge, le calme suffisait et c'était déjà bien assez de savoir la mort au bout de la route, même si la science peu à peu en retardait l'échéance. Il se vouait à la Compagnie parce qu'elle lui semblait une puissance souhaitable pour protéger les hommes de leurs propres folies ; à elle d'assurer les conditions pour que les corps pussent livrer leur plein potentiel et que les esprits, maîtrisés, y trouvassent leur compte. Des progrès étaient encore nécessaires et Matthieu s'y exerçait, attentif aux revendications d'un mouvement syndical dans ses balbutiements, il la voulait plus humaine, mieux organisée, infaillible. Le travail, maintenant qu'il n'était plus une composante essentielle de l'existence, devait être circonscrit avec soin dans un espace, une durée, une logique financière ; d'être ainsi appuyée, la vie serait simple, comme une photographie de paysage où chaque élément avait trouvé sa place.

Mais, de plus en plus, les dimanches vinrent troubler la quiétude que Matthieu s'était fixée comme horizon ; dès l'aube, un silence inhabituel l'atteignait dans son sommeil, pénétrait jusque dans ses rêves et il tirait en vain les couvertures sur sa tête pour oublier cette journée vacante, toutes ces heures débridées qui se devaient d'être pleines, insouciantes et claires. Si la journée n'était pas marquée d'une expédition avec Gabriel, il traînait son ennui le long des rues, assailli par le murmure des familles derrière les portes closes, un je-ne-sais-quoi de sacré dans l'air vibrant de la sonnerie des cloches, des salutations échangées d'un trottoir à l'autre, des parfums sucrés qui s'échappaient des cuisines. Rien ne parvenait à dissoudre une sensation de vide qui le prenait à la gorge, ni les distractions aux salles de quilles ou de billard, ni les conversations décousues entre désœuvrés, ni l'abus d'alcool qui lui laissait la bouche amère. Même sa vieille blessure semblait se réveiller et il voyait avec effroi s'entrouvrir des portes qu'il avait cru depuis longtemps condamnées. Il aspirait au crépuscule avec une tension douloureuse, guettant dans le ciel la première pâleur, la première frange de nuages pourpre, et ne retrouvait son calme qu'à la nuit tombée.

De dimanche en dimanche, ce malaise allait croissant et, dès le milieu de la semaine, il tentait de raisonner cette angoisse en s'inquiétant de Gabriel, de ses projets, avec une passion feinte pour l'aviation qui avait pourtant perdu de sa vigueur. Non que les heures passées en plein ciel ne fussent plus des échappées hors du temps, mais il avait assagi ses aspirations à piloter autrement que pour son seul plaisir. À l'occasion de rares vacances, il était monté à Québec pour accumuler les heures de vol nécessaires à l'obtention d'un brevet privé, mais ses voyages s'assombrissaient des visites obligées à la ferme des Roy. Il gardait pour ses parents une grande tendresse mais qui, à ne s'exprimer qu'au travers de propos habituels sur les récoltes ou la météorologie, lui pesait vite. Il eût aimé aborder avec eux des sujets plus intimes, parvenir à mieux comprendre ces êtres dont il portait le sang et le nom, mais ils regardaient ailleurs, par timidité ou indifférence. Alors il n'y alla plus ; d'ailleurs, de s'éloigner plus de quelques heures de la Ville lui devenait intolérable.

Ce nouveau sacrifice était le seul secret d'importance qu'il n'avouait pas à son ami, il aurait eu l'impression de le trahir, de perdre l'unique complicité qui lui tenait à cœur. Gabriel avait une nature trop entière pour deviner sous les atermoiements de Matthieu d'autres raisons que les difficultés matérielles opposées à une vocation indiscutable.

— Tu vas y arriver, man ! Je te l'ai dit, tu es fait pour être pilote. Il faut de la patience, mais tu peux compter sur moi.

Matthieu acquiesçait, prétextait le manque d'argent pour ne pas quitter la Ville, remettait à plus tard. Tant que Gabriel était là, certaines questions pouvaient rester en suspens, il était le gardien du coffre où Matthieu avait cru enterrer ses rêves.

Dès que l'avion dépassait les limites du plateau, la Ville n'existait plus. Qu'ils aillent vers le fleuve ou s'enfoncent dans les terres, c'était l'immensité du ciel qui prenait corps, sa transparence qui les portait, avec au loin, le flottement des nuages, l'air densifié en couleurs pastel. S'ils traversaient une turbulence, ils écoutaient le ronronnement du moteur, puis émergeaient à la lumière avec une profonde gratitude ; ils étaient libres et invincibles. À chaque envolée, c'était un fleuve différent, parfois opaque et noir, parfois d'un bleu sombre strié d'écume, ou figé, immobile sous les glaces. Lorsque aucune destination ne leur était imposée, ils se fiaient à l'humeur du temps et ne se décidaient souvent qu'avant le décollage, désignant du doigt un point sur la carte, partant à l'aventure dans un espace qu'ils connaissaient par cœur. Protégé par la présence de ses camarades, Matthieu s'abandonnait à l'insouciance de ces escapades, retrouvait dans l'étendue sans fins des cimes, l'éclair d'un lac, la fugitive vision d'un caribou paissant dans une baie de foin, l'effleurement de son ancienne fièvre. De contempler de haut un univers dont il s'était senti si proche effaçait ses frayeurs, il y voyait une beauté qui lui offrait ingénument ses charmes.

C'est ainsi qu'un matin de septembre, Gabriel prit le chemin du lac Atihk. D'abord intrigué par des regards de connivence dont il était exclu, Matthieu reconnut vite le tracé de la Rivière-aux-remous dont, jusque-là, ils s'étaient tenus loin par un accord tacite. Il était très tôt et, quand les flottes touchèrent la surface du lac, la forêt avait encore l'aspect juvénile de l'aube.

— Je voulais te parler, dit Gabriel quand ils furent assis autour d'un feu et que Marco se fut éloigné pour pêcher quelques truites. Je voulais te parler ici, reprit-il. Tu sais pourquoi...

Matthieu ne répondit pas ; les genoux repliés sous le menton, il gardait les yeux fixés sur les flammes.

— Tu as entendu les nouvelles. C'est la guerre en Europe.

Gabriel parlait lentement, avec une gravité inhabituelle. C'était un sujet qu'ils avaient abordé souvent depuis que, par la radio, les nouvelles du conflit avaient atteint la Ville, mais ils s'étaient bornés à des propos sans conséquences, autour d'une histoire qui les concernait peu. Depuis quelque temps cependant, Gabriel était fébrile et s'enfonçait dans un mutisme que Matthieu n'osait pas troubler.

— C'est la guerre, et je vais partir.

Matthieu continua de regarder les branches s'enflammer une à une, se tordre avec des crépitements secs ; les mots se déposaient en lui et il prenait conscience qu'il les attendait, qu'il les craignait depuis longtemps déjà. Le cri d'un écureuil le fit sursauter.

— Tu es sûr ? répondit-il. Tu as bien réfléchi ?

— Oui. Et ce que je sais aussi, Mat, c'est que tu vas venir avec moi.

Matthieu leva les yeux vers son ami, il croisa son regard décidé, si sérieux que, malgré son désarroi, il faillit éclater de rire.

— Moi ? Mais tu es fou ! Que veux-tu que j'aille faire dans cette histoire ?

— Mat, écoute-moi. Je te connais depuis longtemps, je t'ai bien vu, je n'ai rien demandé mais je sais. Si tu restes là, you're a dead man, you know...

Matthieu eut un haussement d'épaules ; la crainte qui lui nouait le ventre se transforma en colère, un sentiment trouble qui lui fit serrer les dents et chercher sa pipe avec des mains tremblantes. Gabriel ne le quittait pas des yeux, Matthieu sentait son regard appuyé sur sa joue, et seule la peur d'être ridicule l'empêcha de se lever et de lui tourner le dos.

— Pourquoi ? Parce que toi, tu crois que c'est si simple. Et tu t'imagines que sous prétexte que tu m'as amené ici, je vais te dire : D'accord, tu as raison, quand partons-nous ?

— Non. Mais tu peux mentir à toi, pas à moi. Je ne suis pas un fou, je ne suis pas stupide pour croire tes excuses, le manque d'argent, tout ça. Bullshit. Je n'ai rien dit, mais je veux pas croire que mon chum va finir foreman, avec un petit voyage d'avion le dimanche quand il fait beau.

Matthieu se retint de dire des mots cinglants, qu'il valait mieux être contremaître que risquer sa peau tous les jours aux commandes d'un avion pour un salaire de misère et une compagnie qui changeait de pilote selon son humeur ; que la guerre ne durerait qu'un temps, que Gabriel n'avait connu que l'approche du danger, pas la Mort, patiente, au pied du lit. Mais dans les paroles de son ami se lisait une tendresse qui le désarmait, une patience qui s'était tue, longtemps, pour ne pas le blesser, mais qui, jamais, ne l'avait quitté des yeux. Il eut honte d'avoir pensé tromper Gabriel, peur de son absence, une panique qui jaillissait d'un volcan resté là, sous les cendres, à attendre un signe du destin.

— Je devine ce qui se passe en toi, lui dit Gabriel en lui posant la main sur l'épaule. Il faut que tu penses, toi, seul à seul. Nous en reparlerons.

Lorsque le conflit avait finalement éclaté en Europe, l'onde de choc avait atteint Matthieu, pour des raisons qu'il discernait mal, mais qui s'était mise à battre, comme une petite veine à la tempe, à la lisière de ses pensées. Le monde extérieur, les lointains qui l'avaient fasciné dans son enfance aux récits d'Antonio étaient à nouveau palpables, il y avait au-delà des limites de la Ville une réalité bruyante, qui forçait l'attention. Les hommes s'inquiétaient déjà d'une possible conscription et, dans la fougue des conversations, Matthieu s'était instinctivement placé dans le camp des partisans de l'intervention. Par bravade, pour impressionner la belle du jour, il prônait la nécessité morale de défendre un pays frère mais n'allait pas plus loin que quelques phrases bien senties. La guerre concernait le Québécois qu'il était mais non lui, Matthieu Roy, dans sa chair, ses désirs, ses inquiétudes. Et pourtant, lorsqu'il envisageait l'enrôlement volontaire, il se disait que son expérience de mécanicien dans le domaine de l'aviation pouvait être utile, mais c'étaient des rêveries auxquelles il accordait peu d'importance, des imaginations sans rapport avec la conviction d'être à sa place, ni plus ni moins.

La brusque décision de Gabriel de devancer l'appel perturbait dangereusement cette apparence d'équilibre ; sans lui, la Ville perdait de son humanité, avec lui le départ devenait une opportunité concrète.

Matthieu sentit s'écarter les voiles sur un renoncement auquel il s'était fié par habitude, en prétextant la tyrannie du destin. La possibilité du choix le gifla, le débusqua dans ses torpeurs, et, indépendamment du sens de sa décision, ce ne serait plus jamais pareil puisqu'il en porterait la responsabilité. Ce furent des heures brûlantes, emportées, épouvantées, où il lui semblait entendre craquer le frêle édifice où il croyait avoir trouvé refuge, une juxtaposition hallucinée de certitudes contradictoires. Il regardait la Ville, la trouvait belle, lui jurait fidélité, mais le reflux de cette vague apaisante l'entraînait dans les grands fonds d'une insupportable nostalgie. Alors il empoignait ses rêves à bras-le-corps, transporté, ravi, jusqu'à ce qu'une nouvelle vague d'angoisse le ramenât en arrière. Il était un bouchon ballotté malgré lui très loin des rivages familiers. Il eût voulu dormir, ignorer Gabriel, fermer ses oreilles aux rumeurs de guerre, mais les nuits le trouvaient sans sommeil, le front appuyé sur la vitre de sa chambre, avec devant lui les myriades d'étoiles et la masse mouvante du fleuve, blême dans la clarté lunaire. Il haïssait Gabriel, il haïssait la Compagnie, il haïssait en lui son cœur tremblant, les pensées qui voltigeaient et se heurtaient au mur de son indécision, comme des mouches contre une fenêtre. À l'usine, il devinait dans son dos les propos malveillants sur son humeur hargneuse, il fuyait ses camarades ; Gabriel l'évitait, et Matthieu n'allait plus le soir au lac de la base.

C'était l'automne mais les jours brûlaient encore dans les dernières ferveurs de l'été indien. À la nuit tombée, Matthieu marchait dans les rues, s'offrant tête nue à la fraîcheur qui montait du sol comme une buée ; il s'arrêta pour allumer sa pipe et, d'une fenêtre ouverte, lui parvinrent des bribes de conversation.

— Ouais, l'Boss, un maudit mangeux de marde...

Matthieu reconnut la voix d'un ouvrier avec qui il avait eu quelques mots vifs durant la journée ; il s'approcha.

— Qu'est-ce que tu veux, reprit une autre voix, ces gars-là, dès que ça a un peu de pouvoir, ça se prend pour Dieu le Père.

— Ça me fera pas oublier qu'avant la Compagnie, c'était un tout-nu comme nous autres. Et qu'si demain, les English sont tannés de lui voir la face, il aura juste à ramasser ses guenilles et bonjour...

— C'est d'valeur, il était pas pire au début.

— Ça reste que pour arriver où il est, il a bien dû mettre quelque chose avant son amour-propre.

L'insulte atteignit Matthieu dans ses doutes les plus secrets. Il s'éloigna à grandes enjambées, se répétant à mi-voix *mon amour-propre, mon amour-propre* et, tout à coup, la Ville lui apparut dans toute sa duplicité, gonflée de médisances, de rancœurs. Il s'en croyait le fils, il n'en était que le valet ; ils avaient raison, d'un revers de main on le balayerait demain et qu'aurait-il fait jusque-là si ce n'était se flatter d'une importance illusoire. Il se vantait d'être libre parce que aucune femme ne réglait sa vie, que le jugement des prêtres ne l'atteignait plus, mais chacun de ses mouvements était dicté, surveillé, évalué par une puissance sans âme, pour qui il n'était qu'un rouage, un levier commode.

Il allait devant lui, croisant sans les voir des gens qui le saluaient, se dirigeant d'instinct vers le fleuve, pour fuir les lumières, les regards ; il étouffait, des sanglots lui nouaient la gorge, il arrivait au bout de quelque chose avec un rire sauvage, une jubilation qui frôlait la folie. D'un coup, il fut sur la grève, dans l'odeur salée de la marée montante, il renversa la tête et vit, au-dessus de lui, le globe dilaté de la lune voilé d'un nuage.

La décision s'imposa d'elle-même, comme si une fraction de seconde avait suffi pour effacer les obstacles dont il s'était cru la victime. Il ignorait tout de ce qui l'attendait mais c'était sans importance. Frappé de grâce, il se mouvait dans un univers totalement neuf, dont il découvrait chaque détail avec étonnement ; même sa respiration lui paraissait nouvelle, plus ample, plus fraîche. Il s'éveillait d'un long engourdissement et les attentes, les chagrins, les énervements qui l'avaient habité depuis la lointaine nuit de l'équinoxe s'estompaient, comme des rêves dont le sens n'apparaîtrait que plus tard.

Il lui fallut peu de temps pour négocier son départ de l'usine, faire ses adieux ; mais avant de partir pour Québec où il comptait s'enrôler avec Gabriel, il avait un dernier rendez-vous.

Ils décollèrent à l'aube, la forêt était un tapis de couleurs, vert et or ; çà et là, des lacs fumaient dans une brume rose et translucide, à l'horizon le ciel était d'un bleu très clair, presque blanc.

Il atteignit la source alors que le soleil commençait à peine sa courbe descendante. La croix était là, noircie par les années, deux modestes bâtons cloués l'un sur l'autre, qu'il fallait regarder en levant les yeux. Matthieu s'assit au pied de l'arbre, attentif aux craquements, aux gémissements du Bois qui l'oubliait, bercé par le chatoiement sonore de la source.

Pardonne-moi, Tshelnou, pardonne-moi. J'ai douté, c'est vrai, j'ai contemplé jusqu'à la cendre des restes de feux que je n'avais pas allumés. J'ai plongé dans des eaux troubles jusqu'à des profondeurs que le soleil n'atteint plus. Je t'ai traité de fou, je t'ai traité de faux prophète, je t'ai maudit, oui, et c'est moi que je maudissais. Il fallait cette longue route, tu le savais, et d'avance tu voulais me guider. Il me fallait mourir, renaître, mourir encore jusqu'à ne plus espérer que dormir. Moi, pauvre idiot, j'avais tout dit, j'avais fait le tour du monde du fond de ma chambre. Je ne désirais plus ni les aurores pâles ni les crépuscules pleins de sang. Nulle terre qui soit un horizon, nul sol où poser mes pas. Et je crachais à Dieu, pauvre Dieu que les hommes emprisonnent dans leurs églises dorées. Comme Il souffre, s'Il existe.

Et je suis venu déposer au pied de cette pauvre croix mes rêves blessés, mes cris de haine, le dégoût qui montait en moi aux heures noires jusqu'à faner la moindre fleur. Tu les veilleras puisqu'il faut qu'ils existent. Tu les caresseras de ton regard si doux, puisque je pars enfin. Là où je vais, il y aura, je le sais, de la peur et des silences lourds comme des arbres foudroyés. Il y aura la souffrance et la mort qui me guette depuis mon premier jour. Que n'y aura-t-il encore que dans mes pires cauchemars, je n'ai pas craint ? Mais je suis homme, maintenant ; de mes pieds, se dresse mon corps vers le ciel. Je suis homme et je ne le savais pas.

Ô toutes ces heures atroces pour un instant, un seul instant de cette paix qui m'enivre ! Peut-être faudrait-il

263

alors avoir le courage de se tirer une balle dans la bouche... Mais non, que dis-je ! Marcher jusqu'au bout de son chemin, jusqu'à sentir dans ses os la vie s'éteindre, comme l'aube dans le ciel efface les étoiles. Que serais-je devenu si je n'avais pas croisé ta route ? Un tison consumé, un feu si vite éteint...

Voilà, Gabriel m'attend. Mais je reviendrai. Je reviendrai te dire mes joies et mes déchirures. Je reviendrai aimer cette terre que je n'ai pas su voir. Je m'envole une fois encore, mille fois, et je n'ai pas de regrets.

Niaut[1], Tshelnou, ce n'est pas un adieu...

Lorsque l'avion plana au-dessus des terres dans l'incandescence du crépuscule, il vit tout, la modeste cabane, le lac Atihk d'où Aimée lui faisait signe, la rivière qui inlassablement roulait ses eaux sombres sur les galets. L'automne tremblait dans la lumière du soir, les teintes fauves des mélèzes, l'éclatement d'or pâle des bouleaux et la densité verte des conifères. Le nez collé à la vitre, Matthieu regardait, sur le moutonnement des cimes, glisser l'ombre de leurs ailes.

1. En montagnais : au revoir.

ROMANS DE TERROIR CHEZ POCKET

Les flammes du paradis
L'orange de Noël
Les demoiselles des écoles
Pacifique Sud
Louisiana

SAND George
La mare au diable
La petite Fadette

SEIGNOLLE Claude
Le diable en sabots
La malvenue
Marie la Louve
La nuit des halles
Le rond des sorciers

SIGNOL Christian
Les cailloux bleus
Les menthes sauvages
Adeline en Périgord

Les amandiers fleurissaient rouge
L'âme de la vallée
Antonin, paysan du Causse
Les chemins d'étoile
Marie des Brebis
La rivière Espérance
Le royaume du fleuve
L'enfant des terres blondes

TILLINAC Denis
L'été anglais
L'hôtel Kaolack
L'Irlandaise du Dakar
Maisons de famille
Le jeu et la chandelle
Dernier verre au Danton

VIOLLIER Yves
Les pêches de vignes
Les saisons de Vendée

Achevé d'imprimer en octobre 1998
sur les presses de l'Imprimerie Bussière
à Saint-Amand (Cher)

POCKET - 12, avenue d'Italie - 75627 Paris Cedex 13
Tél. : 01-44-16-05-00

— N° d'imp. 2245. —
Dépôt légal : novembre 1998.

Imprimé en France